# 책 사랑꾼
# 이색 서점에서
# 무얼 보았나?

**책 사랑꾼**
**이색 서점에서**
**무얼 보았나?**

**초판 1쇄 발행** _ 2017년 8월 20일
**초판 3쇄 발행** _ 2019년 1월 10일

지은이 _ 김건숙

펴낸곳 _ 바이북스
펴낸이 _ 윤옥초
편집팀 _ 김태윤
책임디자인 _ 이민영
디자인팀 _ 이정은

ISBN _ 979-11-5877-028-0 03810

등록 _ 2005. 7. 12 | 제 313-2005-000148호

서울시 영등포구 선유로49길 23 아이에스비즈타워2차 1005호
**편집** 02)333-0812 | **마케팅** 02)333-9918 | **팩스** 02)333-9960
**이메일** postmaster@bybooks.co.kr
**홈페이지** www.bybooks.co.kr

책값은 뒤표지에 있습니다.

책으로 아름다운 세상을 만듭니다. — 바이북스

책 사랑꾼

# 이색 서점에서 무얼 보았나?

**김건숙** 지음

바이북스
ByBooks

—
들어가며
—

# 내 스타일의 동네 서점을 찾아보세요

책이 귀하던 시절 책과 인연을 맺었습니다. 교무실 옆 아주 작은 도서관에 서였습니다. 어떤 행사 때문이었는지 모르지만 반 대표로 뽑혀가지 않았다면 저 또한 다른 친구들처럼 도서실이 있는지조차 모르고 초등학교를 졸업했을 것입니다. 그리고 책을 인생의 동반자로 삼을 기회를 얻지 못했을 수도 있습니다.

저는 밖에서 뛰어노는 것도 좋아하는 활동적인 아이였지만 텅 빈 도서관에 가서 책 읽는 재미에 빠져 있곤 했습니다. 제가 알고 있는 세상이 전부가 아니라는 것을 알고부터는 방학 때에도 갔고, 눈보라 치는 날에도 갔습니다. 도서관은 저의 소중한 놀이터가 되었습니다. 책을 읽고 있을 때는 옆에서 누가 불러도 못 알아들을 정도로 푹 빠져서 읽었습니다.

학창 시절에는 도서관에서 책을 빌려 읽었지만 책 살 여유가 생겼을 때부터는 사서 읽었습니다. 밑줄을 긋기도 하고 접기도 해야 하니, 빌려서 읽을 수가 없었던 것입니다. 그리고 좋아하는 책을 간직하고 싶은 마음이 컸기 때문입니다. 따라서 서점은 최고의 나들이 장소였습니다. 책이 가득 쌓여 있는 서점에 가면 심장이 뛰었습니다. 책을 통해 세상을 알아갈수록 호기심도 더욱 커져갔습니다.

오로지 책 한 권을 사러 가는 길일지라도 서점 가는 길은 가슴 설레는 일이었습니다. 새로운 세계를 열어줄 책에 대한 기대감, 서가에 꽂혀 있는 책들의 제목, 책을 열면 풍기는 종이 냄새, 가슴속으로 파고드는 문장들, 내 마음에 꼭 드는 책을 골랐을 때의 풍만감 등은 일상의 소소한 행복이었습니다. 그러나 시대의 흐름에 따라, 라이프 스타일에 따라 저도 빠르고 편리하게 책을 살 수 있는 쪽을 택하고 있었습니다. 그 사이에 동네 서점이 사라지고 있었다는 사실을 전혀 모른 채 말입니다.

새로운 스타일의 동네 서점이 생겼다는 소식을 접한 저는 동네 서점의 리스트를 쭉 뽑아놓았습니다. 그러나 바쁜 일상은 서점 탐방의 기회를 쉽게 내주지 않았습니다. 그런데 물꼬를 터준 '북바이북'을 시작으로 괴산으로, 서울로, 통영으로 다녔습니다. 도쿄에 갈 때에도, 서점을 찾아다녔습니다. 동네 서점들을 방문할 때마다 놀라움의 연속이었습니다. 그러나 그 놀라움의 내용은 저마다 달랐습니다.

우리나라 최초로 술을 팔기 시작한 '북바이북', 거실에 책방을 차려서 최초의 가정식 서점을 만든 '숲속작은책방', 짐 보관 서비스와 독립 출판을 도와주는 여행 전문 서점 '짐프리', 문화 예술인들을 위한 책으로 큐레이션한 '땡스북스', 엄마와 아이들이 함께 다닐 수 있도록 다양한 강좌를 마련한 그림책 전문 서점 '타샤의책방', 통영의 문화 · 예술인들을 재조명하면서 지역의 이야기를 풀어내는 '봄날의책방' 등 모두가 독특함과 매력을 발산하는 서점들입니다. 바로 2장에서 소개하는 국내의 동네 서점들입니다.

그리고 3장에서는 도쿄의 아름다운 동네 서점을 소개합니다. 세계 최대의 고서점가인 진보초에서 우리의 문학과 문화를 알리고 있는 '책거리'와 2012년 개점 이래 하루도 거르지 않고 이벤트를 하고 있는 'B&B', 한 종류의 책만 판매하는 '모리오카 서점', 어린이와 여성과 친환경의 관점으로 만든 '크레용하우스', 주로 예술 서적을 취급하고 고즈넉한 주변 풍경과 조화를 잘 이루고 있는 '카우북스'가 그것들이지요.

이 책에서는 많은 동네 서점을 소개하지 않습니다. 위에서 언급한 한국의 여섯 곳과 도쿄의 다섯 곳입니다. 이 서점들은 생긴 지 꽤 많은 시간이 지났으므로 이 책을 읽는 분들도 이미 알고 있는 곳일 수도 있습니다. 그러나 저는 이 책에 새로운 서점을 소개하기보다는 자신만의 빛깔로 지역에 뿌리를 잘 내려가고 있는 서점들을 이야기하고 싶었습니다. 책에 실린 서점의 차례는 대체로 서점을 방문한 순서대로 실었습니다.

여기에서 이야기하는 각각의 서점에는 4~5개의 카테고리가 있습니다. 일차적으로 서점을 포괄적으로 소개하고, 다음엔 서점의 강점을 뽑아 그것을 자세하게 소개하는 꼭지 글이 있습니다. 거기에 그 서점과 연관성 있는 문화 공간이나 여행지를 함께 방문할 수 있도록 제2의 공간을 소개하고 있습니다. 그리하여 더욱 풍요로운 일상을 즐길 수 있도록 하였습니다.

마지막에는 서점의 빛깔과 잘 맞거나 연관성 깊은 책 리뷰 글을 실었습니다. 서점의 사정에 따라 조금 다르게 배치한 경우도 있습니다만 대체로 이런 형식으로 구성하였습니다. 그리하여 서점을 좀 더 깊게 만날 수 있게 하였습니다. 그리고 요즘 서점이 책만을 판매하는 곳이 아니라 다양한 문화 체험과 취미 생활, 그리고 커뮤니티를 위한 복합 문화 공간인 것처럼 이 책도 복합적으로 엮었습니다.

이 내용들은 2년 넘게 탐방하면서 직접 체험한 이야기들입니다. 최근의 동네 서점은 서점 이상의 것을 함의하고 있었습니다. 주인장의 가치관과 철학이 뚜렷하게 담겨 있기 때문입니다. 서점의 형태나 운영 방식에서 그것들을 읽어낼 수 있었습니다. 따라서 서점에 다녀오고 난 뒤에는 그것들을 어떻게 제 삶에 적용할 것인가를 생각해보기도 했습니다.

또한 동네 서점에는 그 서점에만 있는 독특한 문화 행사들이 있습니다. 그래서 동네 서점은 일상에 지친 도시인들에게 해방 공간이 되어주고, 문화 예술의 체험 공간이 되어주기도 합니다. 누군가에게는 잃어버린 꿈을 찾게 해 주는 공간이 되기도 하고, 위로와 치유의 공간이 되어주기도 합니다. 또 누군가에게는 같은 취향을 가진 사람들과의 소통 공간이 되어주기도 하지요. 전체적으로 볼 때 동네 서점은 다양한 스펙트럼을 가지고 있으며 새로운 문화가 태동하고 있는 공간입니다. 책의 에너지와 문화가 끊임없이 교차합니다. 그러므로 동네 서점은 '나를 찾고, 일상을 바꾸고, 삶을 배우는 공간'입니다.

이 책은 책과 여행을 좋아하고, 배움이나 문화 예술 욕구가 강하며, 문화 트렌드에 관심이 많은 사람이 읽기를 기대합니다. 그리하여 자신의 스타일에 맞는 동네 서점을 꼭 찾아내기 바랍니다. 그곳을 집과 사무실이 아닌 제3의 공간으로 두어 풍요로운 일상을 만들어가기 바랍니다.

부족한 글과 사진을 한 권의 책으로 엮어서 세상의 빛을 보게 해주신 바이북스 대표님과 편집팀, 디자인팀에 진심으로 감사합니다.

마지막으로 장거리 운전 경험이 없는 아내를 위해 지방의 서점 방문 시 운전수 노릇을 자처해준 남편과 엄마의 일이라면 무조건 신뢰하고 지지해주는 두 딸에게 이 책을 바칩니다.

## 01

## 오늘의 이색 서점



## 02

## 한국 이색 서점 대표 주자들

02

## 한국 이색 서점 대표 주자들

*03*

## 도쿄 여행자라면 역시 이색 서점

03

# 도쿄 여행자라면 역시 이색 서점

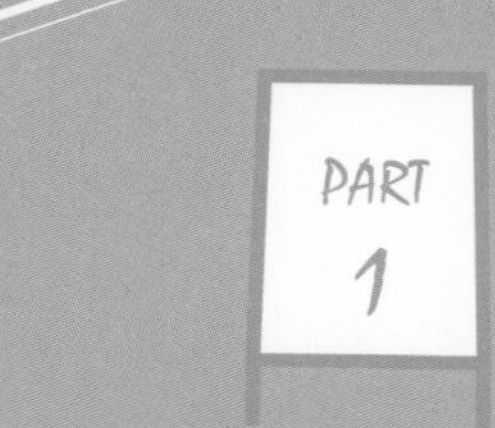


# 오늘의 이색 서점

자취를 감춘 동네 서점이 다시 생겨나고 있다. 우리 동네 또는 우리나라에는 재미있는 일을 만들어내고 있는 서점이 많이 생겨났다. 우리는 이 안에서 신나게 놀면 된다. 동네 서점을 가까이 하면 일상이 축제가 되지 않을까?
베스트셀러에 연연해하지 않고, 널리 알리고 싶은 가치가 들어 있는 책을 정성들여 선별해놓고 주인을 기다리고 있는 동네 서점, 그곳의 단골이 되어보자. 그곳에 발을 들여놓는 순간, 당신의 삶이 어떻게 변화할지 아무도 모른다. 당신도 모른다.

#1

## 노홍철도 서점 내는 세상

내가 다니던 고등학교 앞에 작은 서점이 하나 있었다. 차분하고 부드러운 인상을 가진 언니가 계산대 앞에 앉아 책 읽는 모습이 참 보기 좋았다. 나도 서점 주인이 되고 싶었고, 그리 되면 좋아하는 책을 실컷 읽을 수 있겠다고 생각했다. 나는 서점에 가는 것뿐만 아니라 책이 있는 공간이면 어디든 좋았다. 작은 서점, 중형 서점, 대형 서점, 북 카페, 도서관 등 가릴 것 없이 말이다. 내가 그 서점의 운영자라면 얼마나 좋을까 꿈을 꾸고 상상도 했다.

자취를 감춘 동네 서점이 다시 생겨나고 있다. 홍대 여신 요조가 책방을 냈다고 해서 화제를 일으키더니 개그맨 노홍철도 책방을 냈다 하고, 대기업의 임원이었던 이도 서점을 냈다는 소식이 들려왔다. 2017년 1월 현재 구글 동네 서점지도에 올라 온 서점 숫자가 무려 이백여 곳에 이르고 있다.

처음엔 동네 서점이 생겼다는 소식이 그저 반갑기만 했다. 그런데 생각보다 많이 생겨나고 있는 상황이 되자 우려의 마음도 들었다. 생겨나는 만큼이나 지속하는 힘도 있어야 할 텐데 현실은 꼭 그렇지만은 않기 때문이다. 경제 상황이 더 안 좋아질 것이라는 뉴스가 날마다 들려오고, 최순실 국정 농단 사태로 그나마 책을 읽던 사람도 안 읽는다고 출판계의 한숨이 짙다. 스마트폰과 전자책 전용 단말기는 종이책 수요를 바닥으로 떨어뜨리고 있다. 물론 최순실 국정 농단 사태는 지난해 연말에 터진 일이지만 종이책의 위기는 어제오늘 일이 아니다. 그렇다면 책을 읽지 않는 시대에 돈이 안 된다는 것을 뻔히 알면서도 서점들을 내고 있는 이유는 무엇일까?

홍대 앞에서 '땡스북스'를 운영하고 있는 이기섭 대표는 한 강연장에서 서점이 많이 생겨나고 있는 이유로 '저성장'을 한 예로 들었다. 불황이 계속되면서 취업이 어려워지자 자신에게 만족도 주고 진입 장벽이 그다지 높지 않은 서점을 하려는 젊은이들이 생겨나기 때문이라는 것이다. 이러한 현상은 다른 나라에서도 볼 수 있었으며 저성장 시대에 나타나는 긍정적인 효과라고 했다. '위트 앤 시니컬'이라는 시집 전문 서점을 운영하는 유희경씨도 이와 비슷한 말을 했다. "경제적인 안정보다 시간적·정신적으로 여유 있는 삶을 원하는 젊은 사람들이 많아진 데다가 자기가 좋아하는 책들을 서점에 꾸미는 데 대단한 전문 지식이 필요한 게 아니기 때문"[1]이라는 것이다.

가수 요조가 책방을 낸다고 하자 친구들이나 주위 사람들, 심지어 부동산 사장까지 반대를 했다고 한다. 오죽하면 책방 이름을 '망하지 말고 무사하게'라는 의미가 담긴 '책방무사'로 지었을까? 주위에서 모두 반대했을 때 요조도 흔들리지 않았을까? 하지만 어렸을 때부터 책방 주인이 되고 싶었던 요조의 꿈을 꺾지는 못했다. 물론 세상에서 가장 팔자 좋아 보이던 책방 주인아저씨의 모습이 실은 부풀려진 판타지였다는 것을 지금 알아가고 있는 중일 것이다. 그러나 밤 10시, 11시까지 손님이 책에 푹 빠져 있어 문을 닫지도 못하고 자신마저 책과 음악에 빠지게 된 행복한 시간으로 깨진 판타지 조각을 다

1) 신준봉 〈폼나네, 작은 책방〉, 《중앙일보》, 2016. 9. 7 http://news.joins.com/article/20561240

시 붙여가고 있는지도 모른다.

노홍철이 책방을 냈다는 소리를 들었을 때는 서점 창업이 그야말로 붐이라는 생각이 들었다. 원래 그는 책을 좋아하는 사람이 아니었다고 한다. 산티아고 순례길을 걷다가 우연히 파울로 코엘료의 《순례자》에서 마음에 와닿는 문장을 만나 책에 빠지게 되었다고 한다. 그래서 그는 그 기쁨을 많은 사람들과 나누고 싶어 책방을 열었다 한다. 이 세상에서 가장 책을 싫어하던 사람이 차린 만만한 책방이며 '노홍철이 들어 있는 책방'이라는 의미로 '철든 책방'이라 이름 지었다.

홍대 앞에서 '짐프리'를 운영하고 있는 이진곤 대표는 책과 여행을 좋아하다보니 여행자 센터를 겸한 여행 전문 서점을 내게 되었고, 괴산에서 '숲속작은책방'을 운영하는 백창화 씨는 서울에서 어린이 도서관을 운영하다가 전원마을에서 남편과 함께 도서관을 운영하려 했던 계획이 무산되자 자신들의 거실에 책방을 냈다. 그리고 책 마을을 만들 꿈을 꾸고 있다. 과천에서 그림책 전문 서점인 '타샤의책방'을 운영하고 있는 김현정 대표는 자신의 아이들이 읽을 만한 좋은 책이 있는 공간을 생각하다가 서점을 냈다. '북바이북'을 운영하는 김진양 자매는 큰 회사를 다니다가 직장 생활보다 더 행복한 삶을 살고 싶어서 책방을 열었다.

지금까지 예로 든 주인장들은 서로 다른 계기로 서점을 냈지만 모두 공통된 특징이 있다. 책을 좋아하고 책의 가치를 높이 사고 있다는 점이다. 그렇지 않다면야 과거의 좋은 경력을 과감히 던지고 험난한 길을 택하지는 않았을 것이다. 보기에는 낭만적으로 보이는 서점 일이 실제로는 많은 관리를 필요로 한다. 과거의 서점 운영과는 180도 달라졌기 때문이다. 이 내용은 다른 장에서 다루고 있지만 서점 운영이야말로 책을 사랑하지 않으면 선뜻 덤비기 힘든 일이라는 것은 삼척동자도 알 일이다.

1 땡스북스 2 짐프리 3 타샤의책방 4 북바이북(이전하기 전의 모습)

서점 운영이야말로 책을 사랑하지 않으면
선뜻 덤비기 힘든 일이라는 것은 삼척동자도 알 일이다.

나도 어렸을 때부터 서점 주인이 되고 싶은 꿈을 꾸었지만 서점 주인이 되기보다는 서점 손님으로 남아 있기로 했다. 다만 이런저런 방법으로 응원을 하고 있다. 서점을 낼 용기는 없지만 동네에 서점이 존재하기를 바라는 마음이 크기 때문이다. 이시바시 다케후미가 쓴 《서점은 죽지 않는다》에는 열정을 가지고 작은 책방을 낸 마유미라는 여성이 있다. 그 여성도 고전을 면치 못하고 있다. 그러나 그녀는 전국에 서점이 1,000곳 정도 생긴다면 세상이 바뀔지도 모른다는 희망을 품은 채 책방을 꾸려가고 있다. 본인이 당장 그런 네트워크를 만들 수는 없더라도 자신이 하지 않으면 아무것도 바뀌지 않을 거라 믿으며 즐겁게 일에 몰두하고 있다.

현재 우리나라에도 '마유미'가 200명 가까이 있다는 사실이 가슴 뿌듯하다. 그래서 나는 오늘도 작은 서점을 응원한다. 하이 파이브 동네 서점!

#2

# 동네 서점의 변신은 무죄

요즘 동네 서점에서는 좋아하는 저자의 책 이야기도 듣고, 평소 배우고 싶었던 드로잉이나 캘리그라피도 배운다. 사진이나 그림도 감상하고 책을 보며 커피를 마실 수도 있다. 나는 이토록 다이내믹한 요즘의 서점 분위기가 좋다. 서점의 진화이자 능력이다. 이것이 문화 트렌드이든 서점의 운영 전략에서 비롯되었든 말이다. 그래서 이 글의 제목을 '동네 서점의 변신은 무죄'라 했다.

> 서점이라는 곳이 꼭 책을 사야만 하는 곳이 아니라 언제나 편히 들를 수 있는 공간이라는 인식을 심어주기 위해 문화 행사나 이벤트 또는 워크숍을 진행합니다.

여행 전문 서점 '짐프리'를 운영하는 이진곤 대표의 말이다. 새로운 공간과 친해지기 위해서는 이진곤 대표의 말처럼 어떤 계기가 있어야 한다. 동네 서점의 공간이 대부분 작다 보니 들어갔다가 그냥 나오려면 뒤가 따가울 수 있다. 그래서 선뜻 들어서지 못하기도 한다. 그러나 문화 행사를 통해 자연스럽게 서점의 공간에 익숙해지거나 사장님과 친해지면 그 근처를 지나가다 들를 수도 있게 된다.

동네 서점 운영자들의 이야기를 들어보면 서점을 방문하는 사람들 가운데에는 공간 자체를 즐기러 오는 사람이 책을 사러 오는 사람보다 더 많기도 하단다. 작년 12월 '탐방서점'의 한 프로그램에 참여한 적이 있는데, 참여자가 한 10여 명 정도 되었다. 행사를 시작하기 전에 한 명씩 돌아가면서 간단한 자기 소개와 함께 참가 이유를 말했다. 그런데 책 읽는 것보다 책이 있는 공간을 좋아해서 참여했다고 말한 사람이 의외로 많았다.

서점이라는 공간이 많은 사람에게 긍정적인 에너지를 전달해주는 곳임에는 틀림없다. 그 안에 있기만 해도 책이 뿜어내는 에너지가 사람의 몸과 마음을 움직이는 것 같다. 서점의 운영자들은 그 힘을 알고 있기 때문에 현실적으로 어려운 것을 뻔히 알면서도 서점 운영을 시작했을 것이다. 그렇다 하더라도 운영자 입장에서는 수익을 생각하지 않을 수 없다. 당장 임대료를 낼 수 없으면 서점의 존재 자체가 사라지니 말이다. 그래서 고객들의 발길을 잡기 위해 여러 가지 아이디어를 끌어낼 수밖에 없는 것이다.

> 제가 힘들어하면서도 꾸준히 행사를 진행하고 워크숍을 여는 게, 어쨌든 이 작은 책방만으로 사람들을 끌어모을 수 없다는 생각을 하기 때문입니다. 독립 출판물 구하기 힘들다고 하지만 이미 서울에 많은 책방이 생겼고, 온라인에서도 쉽게 구할 수 있고, 단행본은 말할 것도 없고요. 특별한 애정이 있지 않는 이상 여기 와서 책을 살 이유가 없는 거죠. – 편집부 《탐방서점》, 프로파간다

그렇다. 클릭 한 번이면 당일 배송도 가능하다. 포인트 적립, 할인구간에 시

B&B

공간 자체를 즐기러 오는 사람이
책을 사러 오는 사람보다 더 많기도 하단다

간도 절약되는데 책 한 권 사려고 굳이 서점까지 가는 이는 적을 것이다. 과천 타샤의책방 김현정 대표 역시 "책만 파는 서점은 생존하기 어렵다. 뭔가 독특한 특색이 있어야 동네 서점이 생존 가능하다"라고 말했다. 파격적인 이벤트와 아이디어로 성공적인 동네 서점을 운영 중인 일본 B&B의 공동 대표인 우치누마 신타로 씨도 술이나 가구를 파는 일도, 이벤트도 하고 싶지 않다고 했다. 따라서 서점은 변신하지 않으면 안 되는 현실에 당면해 있는 것이다.

서점 운영자들 가운데 책으로 비즈니스를 하겠다고 시작한 사람은 없을 것이다. 책방 운영자들의 인터뷰나 그들이 쓴 책을 봐도 그들은 돈은 안 되지만 자신들이 좋아서 하게 되었다고 말하고 있다. 특히 책에 대한 가치를 누구보다 깊게 체험했고, 그것을 다른 사람들과 나누고 싶어서일 것이다. 그래서 서점의 문화 행사 중심에도 언제나 책이 있다. 그들도 만약 책이 잘 팔린다면 굳이 문화 행사를 하려 들지 않을 것이다. 책을 선별해 입고시키고, 진열하고 홍보하는 데에도 엄청난 에너지가 필요하기 때문이다.

이처럼 큰 이익이 나지 않을 것을 알면서도 누군가는 용기를 내어 가치 있는 일을 하고 있기 때문에 그 속에서 새로운 문화가 탄생하고 사회가 성장하는 것이다. 그리고 누군가는 그곳에서 꿈을 꾸고, 위안을 얻고, 일상의 즐거움을 얻는다. 약간의 돈만 지불하면 풍부한 일상을 맞이할 수 있다. 다양한 문화 프로그램이 있는 동네 서점은 문턱 낮고 가성비 높은 예술의 전당이요, 평생 교육 기관이다. 우리가 할 일은 바로 나한테 맞는 서점을 찾아가는 것이다.

북 토크는 대부분의 서점에서 하기 때문에 페이스북이나 사이트를 눈여겨보면 원하는 작가를 만날 수 있다. 스케줄은 한 달 단위로 나오거나 미리 공지하므로 친구나 이웃으로 맺어놓았다가 신청을 하면 된다. 소정의 금액을 지불해야 하는 곳도 있지만 무료로 진행하는 곳들도 있다.

일상의 고단함을 해소시켜 줄 취미 강좌를 원한다면 '북바이북'에, 인문학 공부를 하고 싶다면 '길담서원'에, 예술·디자인에 관한 정보를 얻고 싶다면 '더북소사이어티'나 '땡스북스'에, 아름다운 전원에서 책과 함께 하룻밤 묵고 싶다면 '숲속작은책방'에, 예술인의 자취를 더듬으며 북스테이를 하고 싶다면 '봄날의책방'에, 나만의 책을 만들고 싶다면 '짐프리'에, 여유 있게 차 한 잔하며 손바느질을 하거나 좋은 그림책을 즐기고 싶다면 '타샤의책방'에, 독립 서적을 감상하고 싶다면 '유어마인드'나 '헬로인디북스'에, 퀴어 서적에 관심이 있다면 '햇빛 서점'에, 해외 그림책을 구입하고 싶다면 '피노키오'에,

영화를 감상하고 싶다면 '퇴근길 책한잔'에, 생태·환경에 관심이 있다면 '목수책방'에, 북유럽의 감각을 즐기고 싶다면 '타스크북샵'에, 제주 여행을 가고 싶다면 '책방이곶'에 가면 된다.

물론 위의 서점들에서는 내 주관으로 뽑은 키워드 말고도 훨씬 다양하고 많은 일들이 진행되고 있다. 그리고 지면상 다른 동네 서점을 일일이 소개할 수 없다는 점이 아쉬울 뿐이다. 이 정도로 우리 동네 또는 우리나라에는 재미있는 일을 만들어내고 있는 서점이 많이 생겨났다. 우리는 이 안에서 신나게 놀면 된다. 동네 서점을 가까이 하면 일상이 축제가 되지 않을까?

#3

## 서점에 가면 문화 트렌드가 보인다

국어사전에서 서점을, '책을 갖추어 놓고 팔거나 사는 가게'라고 설명하고 있다. 그러나 이제는 이 개념도 새롭게 정의되어야 할 필요성을 느낀다. 모든 서점을 이처럼 포괄적으로 설명하기에는 다양한 기능을 가진 서점이 너무나 많이 등장했기 때문이다. 운영자의 취향이나 지역성을 고려한 도서의 진열 또한 서점마다 각양각색이다. 그래서 이제 서점도 자신의 가치관이나 취향에 따라 골라서 다녀야 하는 시대가 되었다. 색깔이 아주 뚜렷한 서점 몇 군데를 소개해보려고 한다.

작년 봄에 서울도서관에서 열린 '책방학교'에서 '유어마인드'를 운영 중인 이로 대표의 강의를 들었다. 국내의 독립 출판물을 취급하고 있는 그는 1년에 한 번 '언리미티드 에디션'이라는 독립 출판 북 페어를 주최하고 있다. 그리고 자신의 서점은 불친절한 서점이라고 소개했다. 일단 찾아오기 힘든 곳에 있고 엘리베이터도 없는 건물의 5층에 있어서 아는 사람만 찾아가는 곳이

라는 것이다.[2)]

'유어마인드'를 찾아간 날은 작년 5월의 한 주말이었다. 그때 나는 홍대 앞에서 책 편집 프로그램인 인디자인을 배우고 있어서 독립 서적에 관심을 가지고 있었다. 그리고 대학원 3학기째여서 연구 계획서를 제출해야 했는데 연구 주제를 '독립 서점'에 관한 것으로 정했다. 그래서 독립 서점 탐방에 나선 것이다.

이로 대표의 말은 사실이었다. 홍대입구역에서 꽤 떨어져 있는 주택가를 헤매다가 겨우 찾아서 5층까지 걸어올라갔는데, 일반 가정집의 문이 떡하니 버티고 있었다. 서점이라면 당연히 안이 보일 것이라 생각했다. 혹시 휴점인가 싶어 망설이다가 문을 살짝 열어봤더니 열렸다. 안에는 책을 보는 젊은이들 몇이 있었다.

서가는 예술이나 디자인, 사진 관련 책들을 비롯해 독립 출판물이 주를 이루고 있었다. 두세 바퀴를 돌아보았으나 선뜻 손에 쥐어지는 것이 없었다. 상상력이 돋보이는 독립 출판물들이 눈에 띄기는 했으나 책의 내용에 견줘 책

---

2) 올해 연희동으로 이전하여 현재는 2층에 있다.

값이 너무 비싸다는 느낌도 들었다. 동네 책방에 가면 책을 꼭 사가지고 나온다는 나의 원칙을 위해 두 눈을 크게 뜨고 되풀이해서 살펴보았지만 결국 못 샀다. 대신 입구 쪽에 있는 제주도 지도를 하나 사서 나왔다.

서점을 나오는 내 마음은 착잡하기 그지없었다. 그 전주에도 한 독립 서점을 갔는데 역시 비슷한 느낌을 받았다. 서점 안의 분위기나 책들이 이렇게 내 취향과 안 맞는데 어떻게 논문을 쓸 것인가 하는 것 때문에 고민이 되기 시작했다. 결국 논문 주제를 '독립 서점'이 아닌 '지역 서점'으로 바꾸고 나서야 마음이 평온해졌다.

이와 상반된 서점을 만나기도 했다. 2016년 10월에 강남의 도산공원 옆 퀸마마 마켓 3층에 문을 연 '파크PARRK'이다. 이곳은 '포스트포에틱스'와 '땡스북스'가 함께 만든 서점이다. 해외 출판사나 유통사를 통해 수입한 해외 서적을 판매하는 '포스트포에틱스'는 해외 서적을, 땡스북스는 국내 서적을 큐레이션해 진열해놓았다.

일단 내부 공간이 심플하다. 책 외에는 눈을 방해하는 것이 없을 정도이다. 입구에 있는 공용 테이블 말고는 직선으로 된 진열대들이 안을 채우고 있다. 그래서 어떻게 보면 책 전시장에 와 있는 느낌도 든다. 그런데 공간이 널찍하고 시원하다. 도쿄의 '다이칸야마 츠타야'가 사람의 자세나 동작, 감각에 맞게 공간을 디자인했다고 하는데 파크 서점도 그러한 느낌이었다. 그리고 서가 쪽을 향해 쳐다보면 테라스가 보이는데 그곳에 도산공원의 나무가 아름다운 자태로 서 있다. 서점에서 일부러 심어놓기라도 한 것처럼 잘 어울린다. 그 나무가 서점의 백미가 아닌가 싶다. 바람이 살랑거리는 봄날에 테라스에 앉아 책을 읽으면 최고이겠다 싶었다. 그 나무가 벚꽃이라 하니 봄이 되면 꼭 가서 그 분위기를 느끼고 싶었다. 그리고 마음을 편하게 했던 이유가 또 하나 있었는데 그곳에 있는 책들이 이미 내가 읽었거나 읽고 싶은 책들이었다는 것이다. 그날 백팩에 책이 없었다면 많은 책을 사왔을 텐데 구매욕을 억누르고 딱 한 권 만 사왔다. 책을 구경하다 보면 충동 구매할 책들이 많다.

파크에서의 편안함이 어디에서 왔는가 하면 그곳의 슬로건에서 찾을 수 있다. 바로 '어른들을 위한 서점'이었던 것이다. '자신이 원하는 책을 스스로 고르는 서점을 의미하고, 책에 대한 자신의 취향과 관점을 발견하고 단단하게 만들어가는 공간'이 그 서점의 콘셉트이다. 여행, 요리, 여가, 취미 그리고 디자인 중심의 라이프 스타일을 카테고리로 책을 분류했고, 국내 서적과 해외 서적을 구분 없이 주제별로 배치해놓고 있다.

시야도 낮췄다고 했다. 서점 공간을 선택할 때 도산공원의 풍경도 충분히 고려했다고 한다. 풍경을 통해 책의 가치와 일상의 소소한 기쁨을 누리도록 배려한 것이다. 만약 내가 서점을 연다면 '4060 서점'으로 중년, 노년층이 다닐 수 있는 콘셉트로 하면 좋겠다고 생각했는데, 파크 서점이 바로 그런 서점이었다. 그래서 돌아오는 길엔 얼마나 가슴이 꽉 채워졌는지 모른다.

지금까지 극단적인 두 서점을 예로 들어 소개했는데 서울의 서점들을 돌아다니다 보면 마음이 편하지 않은 곳들이 있다. 마치 몸에 맞지 않는 옷을 입은 것처럼 말이다. 그러한 곳들은 방문자들 대부분이 이삼십 대의 젊은이들이었다든가, 내 마음에 와닿는 책이 없던 곳이었다. 유어마인드처럼 말이다. 그리고 파크처럼 자주 가고 싶은 곳도 있다. 이것은 서점의 성향이 그만큼 다르다는 이야기다. 유어마인드는 인디 문화를 좋아하는 젊은 층의 취향으로, 파크는 나 같은 어른들의 성향에 잘 맞게  큐레이션해놓았다.

독자 개개인의 취향에 맞게 큐레이션해주는 서비스로 운영하는 해외 서점이 있었다. 일본 홋카이도의 농촌 도시에 있는 '이와타' 서점인데, 우리 돈으로 약 10만 원을 보내면 책을 골라 보내준다. 그것을 '1만 엔 선서'라고 한다. 인구 2만 명에도 못 미치고 생필품 유통 파괴로 일상생활조차 어려워진 탄광

마을의 서점이 몇백 명의 고객이 대기하고 있는 인기 서점이 되었다고 한다.

고객을 직접 만나서 판매하는 것도 아니고 설문을 통해 판매하는 방식을 쓰는 아주 특이한 서점이다. 먼저 메일, 팩스, 편지 들을 통해 고객의 직업, 나이, 가족 등의 질문을 받는다. 그리고 최근 읽은 책의 소감과 독자 인생의 희로애락 경험까지 참고해 독자가 읽으면 좋을 책 세 권을 추천해서 보내주는 서비스이다. 선서 서비스 종료 기한이 대략 3~4개월 걸리는데도 대기자가 몇백 명이라니 놀랍다. 그 과정의 훌륭함이든, 선서의 뛰어남이든 고객을 끌어당기는 그 서점만의 노하우가 분명 있는 것이다.

최근 우리나라에도 이와 비슷한 서점이 하나 생겼다. 땡스북스에서 일한 경험을 살린 주인장이 고객의 취향과 관심에 맞는 책을 골라주는 서점이다. 덴마크의 주치의처럼 책으로 인생을 보살피는 서점 주인이 되고 싶었다는 주인장은 한 사람에게만 집중하기 위해 예약제로 손님을 맞는다. 약 한 시간 정도 진행되는 동안 독서 차트와 독서 취향 등의 자료를 만들고 자유롭게 대화하는 시간도 갖는다. 상담이 끝나면 일주일 동안 그 사람에게 맞을 책을 골라 엽서와 함께 배송해준다. 엽서에는 책의 선정 이유, 책 속에서 고른 문장, 응원의 메시지를 적는다. 그래서 주인장 정지혜 씨는 그것을 '처방'이라 한다.

이처럼 서점은 점점 유니크한 공간으로 변해가고 있다. 개인의 취향이 더욱 다양해지고 세분화되어가고 있기 때문이다. 서점을 여는 사람들 가운데에는 젊은 주인장들이 많고 그들은 자신의 취향을 서점에 반영하는데, 이것이 결국 같은 세대에게 공감을 불러일으킨다. 반대로 독자들의 취향을 고려한 라이프 스타일 서점이나 편집 서점을 만들어놓으면 독자들은 자신의 취향에 맞는 서점을 찾아간다. 이래저래 서점은 또 하나의 취향 공간이자 현 문화의 트렌드를 담는 공간이 되어간다. 다음에는 또 어떤 서점이 나올지 사뭇 기대가 된다.

#4

## 함께하니 이 또한 즐겁지 아니한가

'얼로너aloner'라는 신조어가 등장했다. 먹고, 자고, 소비하고, 즐기는 것들을 혼자서 하는 사람을 뜻한다. 화장실까지도 친구와 함께 다녔던 우리 세대의 여성들에겐 다소 생경한 단어다.

대학생인 딸아이도 학교에서 점심을 혼자 먹는 경우가 많다고 한다. 친구와 서로 강의 시간이 달라서이기도 하지만 자신은 혼자 먹는 것이 아무렇지도 않으며 다른 사람도 혼자 먹는 경우가 많다고 한다. 딸아이는 평소에도 혼자서 일반 식당에도 잘 들어갈뿐더러 코인 노래방에 가서 노래를 맘껏 부르기도 한다. 혼자서 무슨 재미냐고 하면 스트레스가 해소되어 좋다고 한다. 나는 일행 가운데 한 사람이라도 화장실에 가거나, 자신이 부를 노래를 찾느라 내 노래에 집중하지 않으면 재미가 떨어지는 사람이라 그 느낌을 아직 잘 모른다. 아니, 혼자서 노래방에 가본 적이 없다.

《트렌드 코리아 2017》에서는 얼로너의 단계를 3단계로 나누고 있다. 1단계가 '혼밥, 혼술', 2단계는 '당당한 혼영, 혼놀', 3단계는 '나 홀로 덕질'이다. 어쩔 수 없이 혼자 돌아다니다가 때가 되면 식당에 들어가 혼자서 밥을 먹게 되는 경우가 있어서 나도 '혼밥'의 경험은 해보았다. 그러나 혼자서 술집에 가 본 적도 없고 혼자서 술을 마시는 일도 없다. 혼자 영화 보는 '혼영'은 사십대 후반이 되어서야 시작했다. 혼자 집에서 책을 보거나 글을 쓰면서 잘 지내기 때문에 '혼놀혼자 놀기'에도 해당되는 것 같지만 혼놀의 한 예인 '나 홀로 여행'은 한 번도 떠나보지 못했다. 3단계 덕질도 나와는 관계가 없다.

이렇게 보면 내 경우엔 경계가 모호하다. 1단계나 2단계에서 어느 것은 해당이 되고 어느 것에는 해당이 되지 않기 때문이다. 그런데 혼자서 한 것들도 그것이 좋아서라기보다는 어쩔 수 없는 상황이기 때문에 하게 되었다는 점이다. 사실 진정한 '얼로너'들은 상황에 직면해서가 아니라 스스로 그런 생활을 즐기는 '자발적인 즐거움'을 추구한다.

혼영하는 관람객 가운데에는 이삼십 대 젊은 세대가 약 70퍼센트에 달한다고 한다. 이것의 가장 큰 이유는 '몰입감 있는 관람을 위해서'이며, '약속 잡는 과정이 귀찮고 복잡해서'라고 한다. 《트렌드 코리아 2017》에 "2016년 7월 온라인 종합쇼핑몰 G9가 실시한 설문 조사 결과에 대한 내용이 나와 있는데 58퍼센트가 '나 홀로 해외여행'을 가본 적이 있다고 한다. 혼행을 떠나는 이유는 '혼자만의 시간을 갖고 싶어서'라고 한다. 두 번이나 '나 홀로 해외여행'을 다녀온 딸도 자기가 가고 싶은 곳과 친구가 가고 싶은 곳이 다르기 때문에 혼자 떠났다. 상대를 위해 불편을 기꺼이 감수하면서 여행을 함께 떠나는 우리 세대와는 확실히 많이 다르다. 그렇다면 이들은 정말로 모든 것을 혼자서 하는 것이 행복할까?

얼마 전 페이스북에서 젊은 여성이 올린 글을 보았는데 알지 못하는 사람들과 홍대 앞에서 모여 저녁 식사를 하는 모임을 가졌다고 했다. 반평생을 살면서 한 번도 해보지 못한 일이어서 실로 흥미로웠다. 누군가가 SNS에 공지를 띄웠고, 그것을 본 젊은이들이 속속 그 장소에 모인 것이다. 그 여성은 처음 만난 사람들이었지만 편안하고 즐거웠다는 리뷰를 올렸다. 요즘 젊은이들의 생활상을 엿볼 수 있는 대목이었다.

이러한 정서가 서점에도 영향을 미쳐 이런저런 모임이 이루어진다고 본다. 독서, 콘서트, 여행, 영화 등의 모임들이 말이다. 동네 서점들의 공지 가운데 영화도 보고 술도 마시는 모임이 꾸준히 올라오는 것을 볼 수 있다. 퇴근길 책한잔의 이야기다. 이 모임은 직장인들의 피곤이 막바지에 오를 금요일 저녁에 있다. 공지만 하고 별도의 신청도 받지 않는다. 영화를 보고 싶으면 원하는 시간에 맞춰서 가면 된다. 주로 이삼십 대의 낯선 젊은이들이 모여 상영회가 끝나면 술 한잔하면서 이야기를 나눈다고 한다. 글로만 보다가 뉴스로 나온 실제의 장면을 보자 머릿속에 있던 다른 한 장면이 천천히 오버랩되었다.

조선시대의 최고 문장가인 연암 박지원은 거문고를 잘 연주하던 김억이 새로 조율한 양금을 즐기기 위해 그와 함께 담헌 홍대용[3]의 집으로 갔다. 고요한 밤에 음악이 연주되고 있을 때 우연히 효효재 김용겸[4]이 들렀다. 그는 생황과 양금이 번갈아 연주되는 것을 듣고 몹시 즐거워하며 구리 쟁반을 두드리며 가락을 맞추었다.

그런데 잠시 후 밖으로 나간 효효재가 돌아오지 않았다. 그들은 법도를 잃은 자신들의 행동이 덕이 높은 어르신의 마음을 상하게 한 것은 아닌가 염려했다. 연암은 담헌과 함께 효효재의 댁으로 향했다. 수표교 아래에 이르자 바야흐로 큰 눈이 그치고 달이 밝았다. 그런데 효효재가 갓도 쓰지 않고 거문

---

3) 담헌 홍대용: 노론의 핵심 문벌의 자제로 태어났지만 순수한 학문의 길을 택했던 조선의 실학자로서 지전설, 무한우주론을 주장했고 《의산문답》과 《을행연행록》을 썼다.

4) 효효재 김용겸: 덕이 높고 대범했으며 예법으로 자신을 지켰다. 박지원과 담헌을 만나면 풍류가 넘쳤다.

동네서점에 가면 '함께하는 즐거움'을 맛볼 수 있으니
기회를 최대한 이용하는 지혜들을 발휘하시라!

고를 무릎에 비낀 채 달을 바라보고 있었다. 다들 몹시 기뻐하며 술상과 악기를 그곳으로 옮겨와 흥이 다할 때까지 놀았다. 《나의 아버지 박지원》[5]에 나오는 이야기다.

내게는 이 장면이 한 폭의 동양화로 다가온다. 삶의 여백이 느껴지고 눈 오는 날의 운치가 평화로이 펼쳐진다. 젊은 남녀 몇몇이서 함께 영화를 감상하고, 술도 한 잔씩 하면서 서로 이야기를 건네는 모습이 눈 내린 날 달빛 아래에서 악기를 연주하고, 술을 마시고, 시를 읊던 그들의 모습과 크게 다를 것이 없다고 느꼈다. 젊은이들은 타인과의 '관계 맺기'에 지치고 권태를 느껴서 자발적으로 '얼로너'가 되었지만 '함께하기'에 대한 목마름까지 버린 것은 아니다.

'함께하기'는 인간의 본능이다. 고립되면 고립될수록 이 욕구와 본능은 더 강해질 것이다. 그래서 동네 서점에서도 다양한 소모임이 계속 만들어지고 있다고 본다. 신상이나 속내를 툭 털어놓고 만나는 모임은 아닐지라도 '함께

5) 박종채 《나의 아버지 박지원》, 돌베개

한다'는 것이 이들에게 즐거움과 위안을 주기 때문이라 생각한다. 동네서점에 가면 '함께하는 즐거움'을 맛볼 수 있으니 기회를 최대한 이용하는 지혜들을 발휘하시라!

#5

# 그래도 종이책

나는 아직도 가방 안에 책을 넣고 다니는 습관이 있다. 그날도 전철에서 책을 꺼내 읽고 있었다. 그런데 어느 순간 내가 앉은 줄에 책을 읽고 있는 사람이 무려 네 명이나 되어서 눈이 휘둥그레졌다. 스마트폰이 일상화되면서 전철 안에서 책 읽는 사람을 그만큼 보기가 힘들어졌기 때문이다. 이제는 열심히 휴대폰을 들여다보는 사람들 틈에서 혼자 책을 읽고 있노라면, 시대에 뒤처진 사람처럼 느껴지고 심지어는 외계인이 된 것 같은 생각이 들 정도다.

소설가 김영하의 산문집 《보다》에서 함민복 시인이 쓴 〈서울 지하철에 놀라다〉를 접한 뒤로는 전철을 타면 그 시가 떠오르곤 한다. 바로 눈앞에 그 실상이 펼쳐져 있기 때문이다. "전철 안에 의사들이 나란히 앉아 있었다 / 모두 귀에 청진기를 끼고 있었다 / 위장을 눌러보고 갈빗대를 두드려보고 / 눈동자를 들여다보던 옛 의술을 접고 / 가운을 입지 않은 젊은 의사들은 손가락 두 개로 스마트하게 / 전파 그물을 기우며/세상을 진단하고 있었다" 이 시는 위트와 풍자가 뛰어날 뿐만 아니라 시대의 변화와 흐름을 그대로 보여준다.

김영하가 2년 반의 뉴욕 체류를 마치고 한국에 돌아왔을 때 가장 놀란 것이 바로 이런 지하철 내부의 모습이었다고 한다. 맨해튼의 뉴요커들은 여전히 지하철에서 종이책과 신문을 읽고 있었기 때문에 스마트폰으로 인한 변화를 크게 체감하지 못했다는 것이다. 뉴요커들은 별종인가? 아직도 그렇게 애서가들이 많은가? 독서 강국인 일본조차도 지금은 한국과 별반 다르지 않게 전철 안에서 스마트폰에 눈들을 박고 있는데 말이다.

그런데 그 이유가 재밌다. 맨해튼의 지하철에서는 휴대폰이 터지지 않기 때문이란다. 데이터 통신은 고사하고 음성 통화도 안 되는 곳이 대부분이라 하니 책 읽는 풍경이 자연스레 남아 있는 듯하다. 우리나라가 IT 강국이라고 호들갑이더니 가장 먼저 책으로부터 멀어진 나라가 되었나 보다. 슬픈 일이다.

사람의 뇌는 쉽고 재미있는 것을 추구하려 한다. 어릴 때부터 종이책에 재미 들린 사람에게서 책을 뺏기가 어려운 것처럼 스마트폰에 길들여진 뇌를 그것으로부터 분리시키기는 심히 어려운 일이다. 2015년 독서 실태 조사 결과를 보니 종이책보다 전자책 독서를 가장 많이 하는 그룹이 초등학생이었다. 수치도 월등히 높았다. 디지털 노출의 시기가 빠르니 갈수록 이러한 현상이 점점 심해질 것이라는 예측은 불 보듯 뻔하다.

파워 블로거이다 보니 종종 리뷰 제안을 받는다. 언젠가는 한 온라인 서점에 전자책 단말기가 출시되면서 하나 제공받게 되었다. 교통사고 후유증으로 조금이라도 무게 있는 것을 메고 다니면 디스크가 바로 반응하기 때문에 잘됐다 싶었다. 그러나 오랫동안 종이책에 익숙해 있어서인지 그것으로 한권도 읽지 않았다. 지금은 어디에 있는지조차 모른다.

내가 컴퓨터를 잘 못 다루거나 SNS를 안 하는 사람이어서 종이책을 고집하느냐 하면 그렇지 않다. 오히려 그 반대다. 운전을 하다가도 정지 신호를 받게 되면 나도 모르게 휴대폰을 들여다본다. 카카오톡, 블로그, 밴드, 페이스북, 인터넷 뉴스 등을 수시로 확인하고 은행 업무, 메모, 스케줄 관리, 길

찾기 등도 스마트폰을 이용하고 있으니 내 일상도 스마트폰 일상이다. SNS를 연동한 블로그도 운영하고 있다. 그런데도 책만큼은 인쇄된 것으로 읽어야 하는 '종이 세대'인 것이다.

내가 여기에서 굳이 종이 세대라는 단어를 쓰는 것은 '독서'의 범위를 한정 짓지 않는다는 말이다. 이 시대에 '책'이라는 용어를 그리 쉽게 단정 지어서는 안 되겠다 생각한 것은 우치누마 신타로의 "책은 이미 정의할 수 없고, 정의할 필요가 없다"라는 말 때문이다. 그는 손으로 쓴 것, 인쇄된 것, 디지털이 된 모든 것을 넓은 의미로 책이라고 한다면 상품 카탈로그와 팸플릿, 웹사이트, 전자사전, 휴대폰 속 전화 수첩, 사진집, 게임소프트, 닌텐도 DS, 블로그, 트위터도 책이며 방송 중계도 책이 아니라고 할 수 없다고 말했다. 이렇게 따져보면 청소년들이 책을 읽지 않는다고 우려의 목소리를 높일 것도 없다. 오히려 눈을 뜨는 순간부터 잠들 때까지 쉬지 않고 독서를 하고 있는 것이며 다독까지 하는 셈이다.

호불호를 떠나 책의 범위가 확장되고 있는 현실을 인정하지 않을 수 없다. 위의 예처럼 많은 것이 인터넷 속으로 속속 들어가고 있으니 말이다. 그런데 웹 사용성 전문가로 유명한 제이콥 닐슨 박사의 한 실험 연구는 우리에게 시사하는 바가 크다. 그는 232명의 피실험자에게 1,000개의 웹 페이지를 읽게 하면서 눈동자의 움직임을 추적했다. 그 결과 종이책과 웹 페이지 모두 왼쪽에서 오른쪽으로 읽어나가는 패턴은 동일하다는 것을 알았다. 그런데 종이책은 왼쪽에서 오른쪽으로 일직선으로 계속 읽어나가는 데 반해 웹 페이지를 읽을 때는 꼼꼼히 읽지 않고 F나 E자 또는 뒤집힌 L자 형태로 읽는다는 결과가 나왔다. 우리는 이 실험 결과를 통해 웹상의 글이 어째서 휘발성이 높은가를 알 수 있다. 문장 일부분만을 듬성듬성 읽기 때문이다.

나 역시 블로그나 인터넷 뉴스, 페이스북 등의 글을 읽을 때면 꼼꼼하게

"책은 이미 정의할 수 없고, 정의할 필요가 없다"

읽지 못한다. 대충 위에서 아래로 훑어버리는 것이다. 그래서 많은 것을 읽어도 남는 것이 적다. 밑줄도 긋고, 메모도 하면서 읽는 종이책도 사라지는 것이 많거늘 바람같이 읽어내는 웹 페이지야 두말할 필요가 없을 것이다. 더 무서운 것은 이 웹 페이지 읽기 습관이 종이책마저도 그러한 패턴으로 읽어버리게 한다는 사실이다. 그래서 미국과 유럽에서는 왼쪽에서 오른쪽으로 책을 읽는 패턴을 되살리자는 '슬로 리딩 클럽'이 유행이라고 한다.

우리가 단순히 재미만을 위해 책을 읽는다면 이러한 것이 그리 문제될 것도 없다. 하지만 왜 책을 읽어야 하는가에 대한 본질로 다가서면 달라진다. 책 읽기는 삶을 변화시키는 중요한 수단 가운데 하나이다. 따라서 살아가는

데 필요한 통찰력과 문제 해결력, 자기답게 사는 법, 포용력과 관용, 아이디어 등을 책에서 얻어야 하는 것이다. 독서의 장점은 일일이 열거할 필요도 없다. 지금 이 시대야말로 책을 읽어야 한다. 갈수록 사회가 분화되고 다양화되기 때문이다. 이런 사회일수록 문제도 다양해져서 대처 능력 또한 다양한 방법을 요한다.

동네 서점 대부분은 운영의 어려움에 처해 있다. 그런데도 서점주들이 계속 붙들고 있는 이유가 뭘까? 그 답은 여러 가지이겠지만 책이 가지고 있는 가치들을 지키고 싶어서가 아닐까? 신생 서점들이 복합 문화 공간의 형태를 띠고 있어도 어느 서점이든 그 중심은 책이다. 베스트셀러에 연연해하지 않고, 널리 알리고 싶은 가치가 들어 있는 책을 정성 들여 선별해놓고 주인을 기다리고 있는 동네 서점, 그곳의 단골이 되어보자. 그곳에 발을 들여놓는 순간, 당신의 삶이 어떻게 변화할지 아무도 모른다. 당신도 모른다.

PART 2

# 한국 이색 서점 대표 주자들

물질이 부족해도 우리는 견디어나갈 수 있으나 정신력이 부족하다면 작은 흔들림에도 비틀거린다. 정신을 견고하고 풍부하게 만들어 주는 데에는 책만 한 것이 없다. 또한 동네 서점은 문화 공간으로서 그 역할을 톡톡히 해나가고 있다. 그래서 점점 소외되고 삭막해져가는 우리 사회의 틈을 따스하게 메워나갈 것이다.

## **북바이북** 술 먹는 책방

맥주를 마시러 와서도 북바이북에 진열되어 있는 책들을 안주 삼아 대화를 하고,
그러다가 언뜻 땡기는 책이 있으면 바로 그 자리에서 구매를 하는 등
맥주와 책은 항상 연결되어 있었다. _ **김진양 《술 먹는 책방》, 나무, 나무**

**주소** 서울 마포구 월드컵북로 44길 26-2번지 1층(서울시 마포구 상암동 19-4)
**전화** 02-308-0831
**홈페이지** http://bookbybook.co.kr
**인스타그램** https://www.instagram.com/book_by_book
**페이스북** https://www.facebook.com/DMCBYB
자세한 내용은 홈페이지를 참조하세요!

#1

# 술과 공부 사이에서

내게 동네 서점을 여행할 수 있도록 첫 테이프를 끊어준 것은《술 먹는 책방》이었다. 이것은 '북바이북'의 김진양 대표가 서점의 오픈 과정에서부터 운영 방식과 진행 상황 등을 자세히 소개하고 있는 책이다. 지금이야 워낙 독특한 콘셉트의 책방들이 많고, 술 먹는 책방이 몇 군데 생겨서 더 이상 새로울 것도 없지만 우리나라에서 처음으로 술을 파는 서점이 등장했다는 사실은 파격 그 자체였다. 이 책 제목을 처음 보았을 때 술과 책의 조합이 너무 낯설었다. 하지만 호기심을 자극하기에는 충분했다. 술을 파는 책방 북바이북에서 '맥주'는 어떤 역할을 할까?

> 북바이북에 맥주 마시러 오는 손님들을 보면 대부분 책을 좋아하는 혹은 책이 있는 공간을 좋아하는 사람들이었다. 맥주를 마시러 와서도 북바이북에 진열되어 있는 책들을 안주 삼아 대화를 하고, 그러다가 언뜻 땡기는 책이 있으면 바로 그 자리에서 구매를 하는 등 맥주와 책은 항상 연결되어 있었다.
>
> – 김진양《술 먹는 책방》, 나무, 나무

가볍게 마신 술은 책방의 분위기를 부드럽게 해줄 것이다. 책과 독서와 공간과 사람 사이를 오가며 경계를 허무는 책방의 메신저 역할을 톡톡히 해내는 존재라고나 할까. 그러므로 만약 북바이북을 방문한다면 맥주 한 잔 들고 책 사이를 돌아다녀보아야 할 것이다. 게다가 주인장 김진양 씨는 자신이 천성적으로 사람을 무척 좋아하고 사교성이 좋은 사람이라고 말한다. 《심야식당》의 주인처럼 손님들의 사연을 아무 말 없이 들어주고 공감해주며 누군가에게 의지가 될 수 있는 사람이 되면 좋겠단다. 처음 만나는 자리에서 혼자만 간직하고 있던 이야기를 덥석 자기에게 풀어놓는 사람들을 마주했을 때엔 짜릿함도 느끼고 자신이 좋은 사람이 된 것 같다고 하니 누군가와 이야기하고 싶은 날, 또는 가까운 사람에게도 털어놓기 껄끄러운 고민이 있을 때에는 주저 없이 북바이북에 가보시기를!

《술 먹는 책방》을 만난 것은 2015년 여름이다. 그 당시 나는 동네 서점의 정보를 조금씩 모으고 있던 때였다. 인터넷에서 검색한 기사들을 프린트해놓고 방문할 시기를 엿보고 있었는데 마침 《술 먹는 책방》이 불을 지펴준 것이다. 나는 이 책을 읽은 뒤 북바이북의 블로그에 가서 이웃을 맺고 업데이트 되는 내용들을 받아 보았다. 그런데 얼마 안 가서 《작은 책방, 우리 책 쫌 팝니다!》의 저자 강연 공지가 떴다. 이 역시 동네 서점에 관한 책이어서 바로 강연 신청을 해놓고 인터넷으로 주문해서 읽어두었다.

덕분에 바쁘다는 핑계로 벼르고만 있던 '동네 책방 순례'가 시작되었다. 동네 서점 첫 방문지는 당연히 북바이북이었다.

나는 책을 꽤 많이 사는 편인데 대부분 사람들이 그러하듯 온라인 서점을 이용하고 있었다. 하지만 책을 사랑하는 사람으로서 동네 서점 출현 소식은 더 없이 흥분되는 일이었다. 북바이북에 가기 위해 집을 나선 그날의 걸음에는 설렘과 기대감으로 가득했다. 나는 글도 잘 쓰고 책도 좋아하는 초등학교

이전하기 전에 방문했던 당시의 모습

서점이 일반 가게들과 특별히 다를 것이 없다고 한다면,
북바이북은 세련되고 기품 있으며 개성 있는 옷을 입고 있었다.

친구에게 연락해 함께 가기로 했다. 우린 디지털미디어시티역에서 두어 시간 전에 만나 저녁을 먹고 서점에 들어가기로 했다. 역에서 나와 식당을 찾아 걷는데 대부분 고깃집이거나 술집이었다. 맘에 드는 식당을 찾으려고 계속 가다 보니 우연찮게 북바이북 소설점이 보였고 조금 더 가니 본점도 보였다(1호점이었던 소설점은 김진양 씨의 언니가 운영하고 본점은 김진양 씨가 운영했는데, 2016년 4월 소설점이 본점으로 통합되었다). 북바이북은 그동안 머릿속에 자리하고 있던 서점의 모습과는 너무도 달랐다. 예전의 서점이 일반 가게들과 특별히 다를 것이 없다고 한다면, 북바이북은 세련되고 기품 있으며 개성 있는 옷을 입고 있었다. '환골탈태로 귀향한 동네 서점의 모습이로구나!' 내 입에선 탄성이 절로 나오고 심장은 빠르게 박동했다.

어차피 서점에 당도했고, 서점에서 일본식 카레도 판매한다고 했으니 거기

서 먹자고 들어갔다. 하지만 아쉽게도 이젠 안 한다고 했다. 우리는 근처 중국집에서 냉콩국수를 먹고 서점으로 되돌아갔다. 그제야 내부를 둘러보고 책도 살펴보았다. 《술 먹는 책방》에서는 좀 넓어 보였는데 실제로는 그렇지 않았다. 그 공간에서 작가 번개도 하고, 재즈 콘서트도 열고, 드로잉 강좌와 캘리그라피 강좌에, 뜨개질 모임과 그림 전시도 한다니 이런 야무진 주인장이 또 없었다. 젊은 아가씨가 어쩜 이리도 대담하고 특별한 공간을 만들었는지 놀랍기만 했다. 서점 수업 강좌를 진행하는 것도 보았다. 요즘 서점을 하고 싶어 하는 젊은이들이 많은데 자신의 경험과 노하우를 나누는 모습이 훈훈했다.

표지가 잘 보이도록 전면으로 세워놓은 책들을 보니 아무 책이나 들고 읽고 싶은 마음이 들었다. 어느 책에선가, '자기가 읽은 책이 진열되어 있는 서점을 좋은 서점'으로 평가한다는데 바로 나를 두고 한 말이었다. 첫눈에 북바이북을 멋진 서점이라고 판단한 데에는, 내가 읽은 책들이 눈에 많이 띄었다는 까닭도 예외가 아닐 것이다. 사고 싶은 책은 많았지만 강연이 끝나면 다시

전철을 타고 긴 시간 가야 되는 데다 가져간 책도 있어서 두 권만 샀다. 김영하의 《보다》와 《어느 날 서점 주인이 되었습니다》였다.

북바이북에는 술만큼이나 중요한 포인트가 있다. 넓은 유리창을 통해 밖에서도 보이는 삐뚜름한 책장이다. '마누파쿰'이라는 브랜드란다. 주인장이 북바이북 공간을 만들던 첫 시작에 있어서 가장 중요하게 생각한 것이 책장이었다. 북바이북만의 상징이 되면서 튀지 않고, 책장 자체만으로도 분위기를 살리고, 책방의 아늑하고 독특한 분위기를 만들 수 있는 책장이었으면 좋겠다고 자신이 쓴 책에서 말했다. 북바이북을 한 번이라도 다녀온 사람이라면 이 서점 이름만 들어도 바로 그 책장을 떠올리게 될 것이다. 이 마누파쿰의 가구는 북바이북에서도 구입이 가능하며 10퍼센트 할인까지 받을 수 있다고 한다. 이처럼 책장 하나에도 열정을 쏟으니 서점의 개성이 강할 수밖에 없다.

카페도 겸하고 있는 북바이북에서 커피를 무료로 마실 수 있는 몇 가지 방법이 있다. 책 추천 평이라 할 수 있는 '책 꼬리와 독서 카드를 쓰는 경우, 북바이북에서 구매한 책을 다시 판매할 때, 비 오는 날이나 눈 오는 날 책 구매 시, 책 두 권 구매 시'이다. 그리고 책 구매 시 쌓인 적립 포인트로도 가능하다. 비 오는 날이나 눈 오는 날 구매해도 공짜로 차를 준다 하니 센스 만점의 주인장이다. 은근히 감성 돋는 날이 '비 오는 날'과 '눈 오는 날'이 아니던가. 음악과 책과 커피, 맥주가 함께하는 공간, 생각만 해도 비와 눈이 기다려지지 않을 수 없을 것이다.

이날 강연 시간은 8시였다. 시간이 가까워지면서 작은 서점 안으로 사람들이 하나둘 모여 들었다. 미리 온 사람들은 진열대의 책들을 펼쳐보고 있었고, 김진양 대표는 소설점을 닫고 행사를 돕기 위해 왔을 언니와 분주하게 움직였다. 강연 신청자들에게 음료도 주문받고, 책을 사는 사람들에게 계산도 해주고, 막 도착한 강연자를 맞이하는 등 하루 중 가장 바쁜 시간을 보내고 있는 것 같았다. 빔 프로젝트 준비도 끝나고 한쪽에 놓인 의자에는 차곡차곡 사람들로 채워지고 있었다. 작은 서점에서의 강연장이 궁금했는데 평소 손님들이 앉아 차나 술을 마시는 테이블 공간이 바로 청중의 공간으로 변하는 것이었다.

드디어 서점 안은 사람들로 가득 찼다. 사람들은 앞뒤, 옆 사람들과 간격도 없고, 등받이도 없는 작은 의자에 앉아 강연을 들었다. 괴산에서 작은 책방을 하는 부부 강연자의 유머와 위트는 서점 안을 자주 웃음바다로 만들었다. 달아오른 열기 속에서 강연이 끝나자 사람들은 서점에 준비된 저자의 책을 사서 사인을 받으려고 길게 줄을 섰다. 나도 집에서 가져간 책을 꺼내 사인을 받았다. 아내인 백창화 씨의 사인을 받으려는 줄이 꽤 길어서 나는 남편인 김병록 씨에게 받았다. 이것은 한 달 후 그들의 서점 방문 시 말문 트는 데 좋은 매개자 역할을 해주었다.

이날 나는 북바이북에서 역동적인 에너지를 온몸으로 느꼈다. 김진양 대표는 "매일 가고 싶은 곳, 매일 가도 질리지 않는 그런 은은한 에너지가 느껴지는 곳이 북바이북이었으면 좋겠다"라고 했지만 나는 상암동 골목을 뜨겁게 달구고도 남을 에너지를 감지했다. 어쩌면 내 몸이 전율로 휩싸여 있었기에 더 그랬는지 모르겠다. 하지만 실제로 지금도 많은 사람이 퇴근길이나 주말에 작가 번개 모임에 참석하기 위해, 피로를 풀어주는 음악을 듣기 위해, 좋아하는 공부를 하기 위해서 북바이북에 들르고 있다.

북바이북으로부터 12월 행사에 대한 문자를 받은 것을 보니 총 열일곱 건이었다. 일주일에 이틀 정도만 빼고 나머지 날은 모두 문화 행사의 날인 것이다. 그 가운데 작가 번개가 열한 건, 원 데이 클래스가 세 건, 콘서트가 한 건, 특강이 한 건, 토크 쇼가 한 건이었다. 북바이북이 날마다 이벤트를 벌이는 일본 서점 B&B를 모델로 했다지만 이렇게 많은 행사를 진행하는 것이 벅찰 법도 한데 대단하다. "출판사들과 거래도 해야 하고, 책도 읽어야 하고, 서가 진열 구성도 짜야 하고, 책 비닐 포장도 해야 하고, 신간 검색도 해봐야 하고, 트렌드 파악"도 해야 한다면서도 꾸준히 이런 행사를 진행하는 열정에 응원의 박수를 보낸다.

상암동은 방송국 인력을 비롯한 직장인들이 많다고 한다. 그들 가운데 북바이북의 여러 문화 행사에 참여하는 사람들은 하루 종일 일하면서 받은 스트레스를 풀어내고 다시 일할 에너지를 충전할 것이다. 심보선은《그을린 예술》에서 "사회의 기능적 메커니즘에 종속되거나 배제되면서, 그 과정에서 수동적으로 혹은 능동적으로 소진되면서, 사람들은 숨 막히는 불안을 극복할 수 있는 네트워크 바깥의 시간과 장소, 말과 행동이 자유롭게 교환되는 관계를 갈망하게 된다"라고 했다. 북바이북이 바로 그런 시간과 장소와 관계를 만들어주고 있기에 강한 기운이 감지된 것은 아니었을까.

나는 상암동 주민이나 그 근처의 직장인들이 부러웠다. 내가 사는 근처에 북바이북 같은 서점이 있다면 오며 가며 들를 것이다. 차 한잔 마시면서 주인장과 안부도 주고받고, 읽고 싶은 책이 새로 들어왔는지 살피는 즐거움도 맛볼 것이다. 게다가 배우기 좋아하는 성향인지라 분명 몇 강좌는 신청해서 열심히 기술을 연마할 터이다. 그런 가운데 나와 취향이 잘 맞는 친구를 만나 재미있는 일을 도모할지도 모른다. 이런 상상만 해도 마음이 풍선처럼 커진다.

북바이북은 내게 포털 사이트이자 이정표이다. 그곳은 나의 동네 서점 여행의 첫 출발지였기 때문이다. 거기에서 만난 강연자의 서점은 두 번째로 이어졌다. 그리고 그들이 쓴《작은 책방, 우리 책 쫌 팝니다!》는 또 다른 이정표가 되어주었다. 그렇게 이어진 서점 여행은 석사 논문의 연구 주제로까지 발전했으니 물꼬를 터준 북바이북은 내게 의미가 깊은 서점이다.

이처럼 사람이든 서점이든 나와 관계를 맺기 시작하면 이후 어떤 일이 생길지 아무도 모른다. 예전의 서점처럼 책만 팔았던 시대하고는 색다른 관계 맺기이다. 그 안에서 펼쳐지는 일들이 다양하기 때문에 여러 길을 체험할 수 있다. 특히 북바이북은 기획력이 뛰어난 두 자매의 활약으로 다른 서점보다 문화 행사가 활발하다. 포털 '다음'에서 쌓은 두 자매의 마케팅과 기획력, 그리고 개점 전 일본 서점 투어를 통해 얻은 것들을 서점 안에 잘 녹여내고 있고 자신들의 독특한 발상도 잘 키워내고 있다. 북바이북과 인연이 닿는 사람이라면 그것들을 최대한 흡수하시라.

그리고 그들이 책방과 카페를 함께 운영하는 가장 큰 이유는, 책방에서 꼭 책을 읽지 않아도 되고, 책을 구매하지 않고도 쉽게 방문할 수 있는 장소가 되었으면 좋겠다는 생각에서란다. 그러므로 꼭 책을 사지 않더라도 망설이지 말고 서점 문을 힘껏 열어보시라!

> 북바이북은 굳이 '책=독서'라는 공식이 성립되지 않더라도 부담 없이 책과 한 공간에 있고 싶은 사람들이 모이는 곳이다. 커피만 마시고, 음악만 듣고 있어도 마음이 편안해지고 설렘을 느낄 수 있는 곳, 그런 공간이면 족하다고 생각한다.
>
> – 김진양《술 먹는 책방》, 나무, 나무.

#2

# 책 꼬리와 독서 카드는 에너지 강물

첫인상을 파악하는 데 걸리는 시간은 얼마나 될까? 심리학자들에 의하면 단 2초라고 한다. 한 남성이 어떤 여자에게 "당신을 처음 보았을 때 후광을 보았다"라고 했다면 그것은 사실일 확률이 높다. 한눈에 반할 만한 인상이라는 것을 자기도 모르게 판단한 것이다. 아니 판단된 것이다. 2초에는 어떤 논리도, 의지도 개입할 수 없다. 다만 직감의 결과이다.

이러한 일이 꼭 사람과 사람 사이에서만 생기는 것은 아니다. 어떤 공간이나 사물을 만났을 때도 일어난다. 이것은 오랜 시간 쌓인 경험의 프레임이 순간적으로 작동하면서 일어나는 일일 것이다. 북바이북에 들어갔을 때에 내가 이런 느낌을 받은 것 같다. 판단하는 데는 알파고보다 더 빨랐을 것이다. 하지만 바로 그 순간에 무엇이 그리 좋은가를 물었다면 이렇게 답했을 것이다. "잘 모르겠어요. 그냥 좋은걸요!"

그런데 그 '2초'는 상대가 말을 하지 않았을 경우이며 말을 하게 되면 7초 정도가 걸린다고 한다. 이것은 다른 요인들이 끼어들면 시간이 더 길어지면서 이유가 구체적으로 드러난다는 말일 것이다. 그러므로 북바이북에 처음

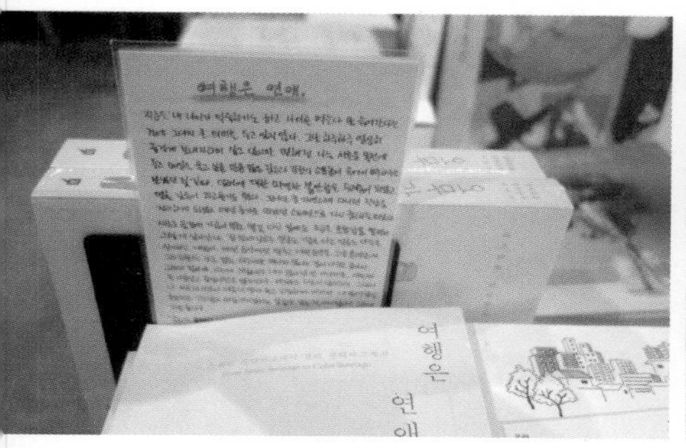

종이에 쓰인 글은 오감을 통해 읽힌다.

들어갔을 때엔 이유도 모른 채 좋다고 느꼈지만 시간이 지나면서부터는 하나 둘 이유가 생긴 것이다. 진열된 책이 좋다든가, 인테리어가 세련됐다든가, 액자 속 그림이 멋지다든가 말이다.

그 가운데에서 서점 안에 흐르고 있던 에너지를 빼놓을 수 없다. 앞서 나는 이 책방의 기운을 '상암동 골목을 뜨겁게 달구고도 남을 에너지'라고 표현했다. 그 에너지는 어디에서 뿜어져 나오고 있었을까? 책방 곳곳에 좋은 에너지가 흐르고 있었지만 가장 강력했던 것은 바로 '책 꼬리'였다.

책 꼬리는 일종의 추천평이다. 엽서처럼 작은 종이에 손님이 책에 대한 추천평을 써서 책갈피에 꽂아놓아 다른 손님이 읽을 수 있게 하는 것이다. 북바이북에 있는 책, 북바이북에서 구매하지 않은 책, 북바이북에 추천해주고 싶은 책, 어느 것이든 자유롭게 쓸 수 있다. 매장에 들러서 직접 써도 되고 메일로 보내도 된다. 손으로 정성들여 쓴 책 꼬리 원본은 코팅해서 북바이북에 영구 보관한다고 한다. 원본 외에 인쇄한 텍스트는 손님들이 마음대로 가져갈 수 있도록 별도 공간에 진열해놓는다니 관심이 있다면 맘에 드는 걸로 한

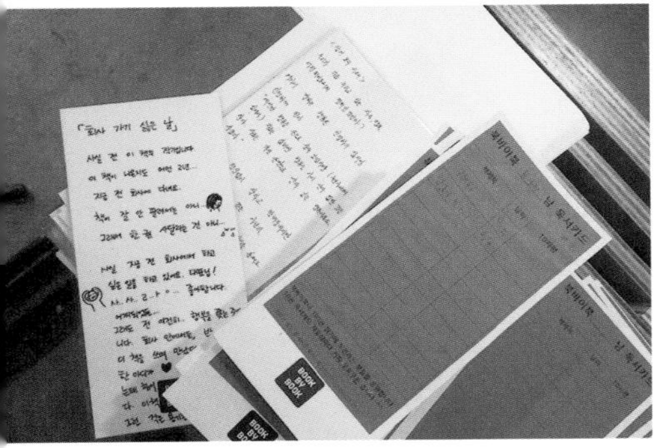


독서 카드의 부활이다.
아날로그 정서가 그리운
디지털 시대의 따뜻하고
아름다운 발상이다.

두 개쯤 가져와도 좋겠다. 주인장 김씨는 책 꼬리가 북바이북이라는 공간에서 조금이라도 감동을 받은 사람들에게 일종의 기념품 같은 역할을 하는 것이라고 말한다.

책 꼬리의 크기가 작기 때문에 가장 핵심적인 문장을 써야 할 것이다. 그러므로 누군가는 쓰기 전에 고심을 많이 할 것이다. 궁리 끝에 고른 문장을 멋지고 틀리지 않게 조심조심 써내려가는 모습을 상상해본다. 이것은 컴퓨터와 휴대폰 글쓰기에 익숙한 사람들에게 작은 선물일 수도 있겠다 싶다. 읽는 사람들은 분명 쓴 사람의 에너지를 느낄 것이다. 그러므로 사람들이 들고 날 때마다 이런 에너지가 끊임없이 생겨나서 때로는 뭉치고, 때로는 부딪히며 서점 안을 뜨겁게 달구리라. 그래서 나처럼 처음 가는 사람들도 그 에너지의 기운을 느끼게 될 것이다.

이 책 꼬리는 주위 사람이 추천해주는 것만큼이나 큰 영향력을 발휘할 것이다. 어떤 책에 대해 잘 모를 때는 인터넷 서점 자체에서 소개하는 추천평을 참고 삼아 사기도 하는데 하물며 같은 서점을 다니는 이웃이 순수한 마음으로 쓴 것이라면 효과는 몇 배가 더 높을 것이다. 내가 쓴 리뷰를 보고 책을 사는 이웃이 있는가 하면 반대로 나도 이웃의 리뷰를 보고 책을 사는 경우가 적지 않다. 책 꼬리는 바로 이웃 블로거의 리뷰 글과 비슷한 성격을 지닌다.

하지만 블로그 리뷰는 웹상에 있고 책 꼬리는 오프라인에 있다. 웹상의 리뷰를 읽는 것과 종이 위의 추천평을 읽는다는 것은 많이 다르다. 아무 향기도 질감도 느낄 수 없는 웹상의 글과는 달리 종이에 쓰인 글은 오감을 통해 읽힌다. 손끝에 전해져오는 질감, 글이 가지고 있는 모양, 그리고 내용이 가지고 있는 성격들이 서가에서 흘러나오는 책 냄새나 소리에 어우러져 특별한 이미지로 남게 되는 것이다.

책 꼬리에서 파생되는 에너지와 정서의 교감은 책방의 이름과도 아주 잘 어울린다. 애로 잉글리시 이론에 따르면 'Book By Book'의 'By'가 '~에 의한'이 아닌 '~의 힘을 받는 원천'이라는 뜻으로도 풀이할 수 있다고 한다. 따라서 서점의 이름은 '책의 힘의 원천이 되는 책'이라는 의미라고 한다. 그러므로 이 책 꼬리가 그 역할을 제대로 하는 주인공이 아닐까.

북바이북의 또 다른 특색에는 '독서 카드'라는 것이 있다. 이것 역시 꼭 북바이북에서 구매한 책이 아니어도 어디서든 읽은 책이면 가능하고 10자평과 함께 채워나갈 수 있다고 한다. 독서 카드의 부활이다. 아날로그 정서가 그리운 디지털 시대의 따뜻하고 아름다운 발상이다.

예전에는 책을 읽고 난 다음에 긴 감상 글은 아니어도 느낌과 정보를 간단히 적는 경우들이 꽤 있었다. 그러나 지금은 블로그나 페이스북에 쓰기는 해도 노트에 적는 사람이 많지 않을 것 같다. "내 이름이 적힌 독서 카드가 있어 조금씩 채워나간다면 1년에 책 100권 읽기 도전 같은 건 부담이 아닌 재미로 느껴지지 않을까 싶어 별 기대 없이 시작했던 것인데 의외로 많은 사람이 참여해주어서 하루하루 보람을 느끼고 있다"라고 김진양 씨가 자신의 책에서 말하고 있다. 만약 가까운 곳에 이런 서점이 있다면 나도 자주 들러서 쓰고 공짜 커피도 얻어먹을 것이다.

독서 카드 이야기를 하니 예전에 학교 도서관에서 사용했던 대출 카드가 생각난다. 시간이 많이 흐르기도 했고 성격이 꼼꼼하지 못해서 그런지 대출 카드가 서랍에 담겨 있었던 것으로 기억이 된다. 도서관 담당자가 종이 대출 카드가 빽빽하게 세워져 있는 서랍을 쭈욱 잡아당겨서 내 것을 찾은 다음 날짜와 제목을 기입하고 빌려주었던 것 같다. 그런데 영화 〈러브레터〉에서 도서관 신이 나오는데 대출 카드가 책 뒤에 꽂혀 있었다. 아마 우리도 그랬을 것이다. 빌려줄 때 인적 사항을 적은 뒤 서랍에 넣어두었다가 반납할 때 열었던 것을 착각하는 것 같다. 어쨌거나 나는 도서관 하면 서가를 돌아다니면서 책을 찾던 내 모습과 대출 카드가 가득 담긴 서랍이 어슴푸레 떠오른다.

대출 카드는 이제 전자 카드로 바뀌었고 바코드 한 번만 찍으면 일은 바로 처리된다. 깔끔한 절차다. 독서 이력도 모두 컴퓨터가 관리해준다. 그런데 거기에 아쉬움이 많은가 보다. 독서 카드만 작성하기 위해 북바이북에 방문하는 사람들이 적지 않다니 말이다. 그리고 독서 카드 수도 상당하다고 한다. 이 카드가 과거 대출 카드의 재현이라 한다면 이것은 추억을 불러오는 일이 아닐 수 없다. 디지털 세대에겐 새로운 문화 경험일 것이다. 이 카드가 서점의 책 큐레이션에 도움을 준다는 것에도 큰 가치가 있지만 혹시라도 많은 시간이 흘러 동네 서점 박물관이라도 생긴다면 이것도 한 자리 잡을 수 있겠다는 생각을 문득 한다.

책을 사가는 것으로 서로의 관계가 끝나던 시대는 지났다. 서로 손을 맞잡고 걸어가는 관계가 되어야 한다. 이것이 지역 서점이다. 꼭 거창할 필요도 없다. 이처럼 소소한 것만으로도 충분하다.

주인장은 북바이북이 항상 맑은 물로 찰랑거렸으면 좋겠다고 한다. 맑은 물이 찰랑거리려면 새로운 물이 계속 흘러들어야 한다. 서점에 재미난 일이 있다면 고객들의 발길은 멈추지 않을 것이다. 북바이북에는 이미 그러한 재미와 에너지로 가득 차 있었다. 그래서인지 언론 매체의 조명도 집중적으로 받는다. 동네 서점의 모델로 자리를 잘 잡아가고 있는 북바이북, 도심 속의 샘터가 되어 언제나 맑은 물로 찰랑거리기를!

#3

# 도시 속 산책, 경의선 책거리

경의선 숲길에 책거리가 만들어졌다는 소식을 들었다. 홍대입구역 6번 출구에서 이어진다고 해서 홍대입구역 상가에 있는 짐프리에 가는 날에 가기로 계획을 잡았다. 마침 짐프리에서 북 토크 행사가 있어서 그날 오후 시간을 넉넉하게 잡아서 갔다. 그런데 2호선 쪽에서 갔더니 가는 길이 만만치 않았다. 원래가 300미터 정도 걸어야 한다는데 그마저도 정확하게 알고 있지 않아서 빙 돌아 30분도 넘게 걸은 것 같다.

내리던 진눈깨비는 멈췄지만 바람이 꽤 차가웠고 하늘도 잿빛투성이라 도시를 산책한다거나 여행한다는 느낌이 전혀 들지 않았다. 그래서 계절을 잘못 맞췄다는 생각이 들었다. 하지만 개장한 지 한 달 반 정도 지난 시점에서 정보를 접한 것이고, 봄까지 기다릴 수는 없었다.

결론적으로 서점과 함께하는 여행이라면 상암동의 북바이북과 엮어도 좋겠다는 점이다. 나는 돌아서 가는 바람에 와우교에서부터 탐방을 시작하였는데, 책거리가 끝나는 지점에 경의·중앙선과 공항철도 6번 출구가 있었다. 그러므로 두 노선이 모두 통과하는 디지털미디어시티역 부근의 북바이북에 갈

때 산책 코스로 잡으면 알찬 서점 여행이 되겠다 싶어 이 꼭지에 소개한다.

2호선에서 나와 구글 지도로 검색했을 때 신촌로 방향으로 가라고 되어 있어서 대로변으로 걸었다. 그런데 숲길이 전혀 나올 것 같지 않은 일반 풍경이었고, 너무 걸었다고 느껴지질 때쯤 나타난 신호등 앞에서는 건너야 되나 말아야 되나 망설였다. 그래서 지나가는 사람을 붙들어 물었더니 오른쪽으로 방향을 틀어서 가라 했다. 그가 알려준 대로 50미터쯤 걸으니 과연 다리 하나가 나왔는데 그것이 와우교였다.

다리에서 내려다보니 인터넷에서 봤던 아름다운 숲길은 고사하고 연식이 그리 오래되어 보이지 않는 앙상한 나무들이 휑하니 서 있었다. 이렇게 꾸며 놓고 숲길이니 책거리니 했을까 하는 의구심마저 들었다. 날씨마저 흐려서 실로 썰렁하기 그지없었다. 그러나 길 자체는 나빠 보이지 않았다. 나무들의 가지에 잎이 돋고 꽃이 피는 봄이나 신록이 깊어지는 여름에는 멋질 것 같았다.

인터넷에서 보았던 파스텔 톤의 책거리역이 보이지 않았는데 내려가보니 다리 아래에 떡하니 자리 잡고 있었다. 이미 철로는 끊기고 폐역이 된 곳이지만 책거리는 어엿하게 서강과 세교리 사이의 역으로 서 있었다. 플랫폼에 가득 쌓인 선물 박스와 책은 최순실의 국정 농단으로 어수선해진 마음을 조금은 위로해주는 듯했다. 가로등과 빈 나무 의자는 작고 귀여운 역의 분위기를 더욱 정감 있게 연출해주고 있었다. 이 간이역은 옛 서강역사를 재현한 것이라 한다.

'경의선 책거리'는 경의·중앙선 홍대입구역 6번 출구에서 신촌 방향 와우교까지 250미터 구간에 조성되었다. 그러니까 나는 반대 방향에서 걸어가게 된 셈이다. 그때까지도 나는 책거리역이 있으므로 그 지점에서 시작되는 줄 알았다. 2009년 서울역에서 문산까지 광역 전철이 개통되면서 서울역에서 수색역 구간은 철로를 이용하지 않게 되었다. 주변이 피폐해지자 문화 공원으로 만들기로 했다. 뉴욕의 센트럴 파크 같은 산책 공간을 만들

었더니 사람들이 모여들어서 책이 있는 공원을 만들게 되었다고 한다. 홍대 부근에 많은 출판사와 인쇄소가 있다. 때문에 책을 테마로 한 복합 문화 거리가 탄생한 것은 조화로운 일이다.

기차 모양의 부스는 출판사가 운영하는 작은 책방이다. 부스는 총 열네 개인데 각각의 테마별로 나뉘어 '인문 산책', '예술 산책', '아동 산책', ' 창작산책', '여행 산책' 등이 있으며 '문화 산책' 부스는 전시 공간이다. 와우교 쪽에서 가장 먼저 만난 부스는 '기찻길옆책방'이다. 여기에서 책 두 권을 사서 같이 간 친구에게 선물했다.

다리 위에서 보았을 때는 산책로가 삭막했지만 책이 있는 부스 안으로 들어가니 분위기가 달랐다. 부스마저 무채색이어서 더욱 우중충했는데 책이 진열되어 있는 내부는 화사하고 생동감이 돌았다. 부스를 돌아다니면서 나도 모르게 "이 동네 주민들은 좋겠구나!"라고 여러 번 되뇌었다. 부스마다 장르도 다르고 진열 방식도 달라서 구경하는 재미에 시간 가는 줄도 모르고 있었다. 산책로에 서점이 있다면 좀체 운동할 기회를 못 찾고 있는 나 같은 사람도 자꾸 나갈 것만 같다.

부스마다 개성 있는 진열로 눈길을 끈다. 그림책은 세워놓기만 해도 그림 전시의 느낌이 든다. 그림책의 매력이다. 그 아래 사진은 여행 책방의 한 코너이다. '당신의 다음 여행은 어디인가요?'라는 물음에 많은 사람들이 답변을 써서 붙여놓았다. '여행'이 이 시대의 뜨거운 트렌드임을 알 수 있었다.

'당신의 다음 여행은 어디인가요?'라는 물음에 많은 사람들이 답변을 써서 붙여놓았다. '여행'이 이 시대의 뜨거운 트렌드임을 알 수 있었다.

문학동네 출판사에서 운영하는 책방에는 책 탑이 두 개 있다. 이 부스에는 내가 읽은 책들이 눈에 많이 띄었고, 내가 좋아하는 작가들의 책들도 많았다.

가장 길어서 기차를 가장 많이 닮은 문화 산책 부스는 복합 문화 공간이다. 이때는 '겨울 동화 그림길전'을 하고 있었는데 회화와 페이퍼 토이가 전시되고 있었다.

국내 최고의 아티스트들과 컬래버레이션을 한 아트 토이 작품들이 많이 진열되어 있었다. 나는 이 입체적 구조를 지닌 페이퍼 토이에 푹 빠져 회화 감상은 별로 하지 못했다. 2015년 페코토이에서 개발한 '페이퍼 사피엔스 PAPER SAPIENS'는 호모 사피엔스에서 착안한 신조어로 페이퍼 토이의 조상이 되고 싶은 의지를 담고 있으며, 팔꿈치 등에 관절 움직임을 줄 수 있도록 개발 설계한 것이 특징이라고 브로슈어에 씌어 있었다. 이 작가들의 강연은 창작 센터에서 진행한다고 한다. 인형들은 전시장에서 구입하여 직접 만들 수 있다.

어린이 도서를 만드는 보리출판사에서 운영하는 '보리책방'에는 아이들이 앉아서 책을 읽을 수 있는 공간을 만들어놓았다.

'마포구민이 어른이 될 때까지 읽어야 할 책 100선'에 선정된 도서라고 한

다. 《감옥으로부터의 사색》, 《무소유》, 《월든》 등 내가 좋아하는 책들이 눈에 띄었다. 산책하면서 내가 읽은 책은 무엇이고 다음에 읽어야 할 책은 무엇인지 살펴보는 것도 작은 즐거움이겠다.

부스 앞에는 강연이나 저자와의 만남 같은 프로그램이 적혀 있는 곳들이 있었는데 이러한 프로그램이 상시 운영되고, 요일별로 입주한 출판사들과 연계한 특화 프로그램도 운영되고 있다고 한다. 이에 관한 것은 '경의선 책거리 카페http://cafe.naver.com/gbookstreet'에서 확인해보면 된다. 참가비는 대체로 무료다. 마포구는 동네 책방이 가장 많이 몰려 있는 지역인데 이 책거리가 어떤 영향을 미칠지 모르겠으나 동네 시민들에게는 좋은 문화 시설이라고 생각된다. 서로가 상생하는 시스템으로 가면 좋겠다. 야외에서도 각종 행사를 할 수

이 책 길은 '잠시 비쳐 든 햇빛'이
아니기를 바란다.

있는 시설들이 있어서 앞으로 많은 행사가 이루어질 것으로 보인다. 콘서트라든가 플리 마켓, 낭독회 등이 풍부하게 열릴 것으로 예상된다. 월요일은 책거리 전체가 휴관이다.

'오늘 당신과 함께할 책은 무엇입니까?' 책거리 간이역 맞은편 벽에 씌어 있는 문구이다. 책을 읽지 않는 시대가 되었다. 책은 부활할 것인가? 부활시킬 것인가? 그렇다면 누가?

아무도 책을 읽지 않는 영국의 산골 마을에 헌책방을 시작한 청년 리처드 부스의 무모한 도전은 50여 년이 지난 지금 한 해에 50만 명의 관광객을 불러 모으게 되었다. 세계에서 가장 오래된 책 마을 '헤이온와이'이다. 마을의 낡은 창고는 책방으로 바뀌었고 축제가 6월인데도 민박 예약은 연초에 일찌감치 마감된다. 우리나라도 현재 책방 붐이 일고 있다. 지자체로서는 처음으로 만든 책 거리로서의 경의선 책거리의 아이디어는 독서광인 박 구청장에게서 나왔다고 한다. 이 움직임이 어떤 바람을 불러올지 기대를 해본다.

벽에 진열해놓은 책에 잠시 빛이 스며들었다. 작은 책방과 문화 시설이 들어선 이 책 길은 '잠시 비쳐 든 햇빛'이 아니기를 바란다. 앞으로의 변화 과정이 기대된다. 자라고 풍성해져서 멀리서도 찾아가고픈 거리가 되기를 기대한다.

경의선 책거리는 앞으로 3년간 한국출판협동조합이 위탁 운영한다고 한다. 날이 추워서인지 이날 책거리에는 사람들이 별로 없었다. 부스마다 대부분 판매자 혼자 있었다. 이 공간이 아름다운 쉼터와 훌륭한 문화 공간으로 성장해 홍대의 아름다운 문화 거리가 되기를 바란다. 이곳을 찾는 사람들은 자신의 취향대로 이 공간을 맘껏 즐기면 될 것이다.

벚꽃이 화사한 봄날에 다시 가봐야겠다.

#4

# 당신에게 그런 책방 있나요?

로널드 라이스《나의 아름다운 책방》, 현암사

나는 강연 듣는 것을 좋아한다. 그러므로 좋아하는 저자의 강연이라면 먼 거리도 마다하지 않고 다니는 경우가 많다. 그런데 예전의 강연자들은 대부분 유명 작가들이었고, 강연 장소는 대형 서점이나 도서관 같은 공공 기관이었다. 그러나 요즘 그 분위기가 많이 바뀌었다. TV에서나 볼 수 있을 만큼 대단한 인물도 바로 코앞에 서로 앉아 이야기를 나눌 수 있고, 평범했던 사람이 어느 날 저자가 되어 북 토크의 주인공이 되는 것을 보기도 한다.

한편 과거의 저자 강연은 청중이 너무 많은 까닭에 저자가 일방적으로 강연을 한 다음 말미에 서너 명의 질문을 받는 식으로 진행했다. 동네 서점에서는 북 토크 형식으로 많이 진행되고 서점의 단골 고객들이 많이 참여하므로 대체로 화기애애한 분위기이다. 저자도 연단을 벗어나 한 테이블에 나란히 앉아서 하는 경우도 많아서 더 친근하게 느껴진다. 참가 인원이 적을지라도 저자도 참여자도 모두 만족도가 높을 수밖에 없다. 동네 서점의 큰 매력이다.

우리나라 동네 서점에서 북 토크를 가장 많이 하는 서점은 북바이북일 것이다. 동네 서점에서 한 달에 한 번 하는 것도 사실 만만치 않은 일일 텐데 북

바이북에서는 매달 10~15차례 진행한다. 엄청난 횟수다. 그곳에서 북토크를 진행한 작가들에게는 '북바이북'이 어떤 공간일지 궁금해진다.

《나의 아름다운 책방》에는 미국 작가들을 푹 빠지게 한 동네 서점 이야기가 실려 있다. 이제 그들이 사랑하는 동네 서점 이야기 속으로 들어가보자. 먼저 50편이 넘는 작품을 쓰고 국가 인문학 훈장을 비롯한 많은 상을 받은 웬델 베리 이야기이다. 이 작가는 어렸을 때부터 마음속에 소중한 자리를 차지한 책들을 지금도 여전히 가지고 있다. 그리고 그 책을 산 서점과 책방 주인에 대한 기억은 그 책이 누린 삶의 일부라고 생각한다. 웬델 베리는 동네 서점을 서점이 지녀야 할 조용함, 친절함, 특유의 냄새, 유형성이 존재하는 곳이라고 평했다. 즉 동네 서점은 책의 삶이 완벽하게 구현된 곳이었다. 그곳에서 그는 책을 사서 보물처럼 집으로 가져올 때 삶의 즐거움을 느꼈다.

과거에 드나들었던 서점은 많은 시간이 흐른 뒤 소중한 공간으로 남게 마련이다. 그리고 그 시간들은 아름다운 기억으로 기억된다. 그것이 누군가에게는 가는 길에서의 설렘일 수도 있고, 또 누군가에게는 서가를 돌아다니면서 책을 고를 때의 흥분감일 수도 있고, 서점에서 일어난 에피소드일 수도 있다. 그런데 서점이 대형화되고 온라인 서점이 생기면서 동네 서점이 하나 둘 사라졌기에 이런 호사(?)를 누리지 못한 젊은 세대들을 보면 안타까운 마음이 든다. 최근 도서 정가제에 힘입어 동네 서점들이 꽤 생겨나고는 있지만 이것도 일부 지역에 집중되고 있어서 그 수혜자가 많지 않다. 그래도 사십 대 이후의 사람들은 작은 서점에 대한 추억들을 한두 개쯤 간직하고 있지 않을까 싶다. 그러한 사람들은 위의 내용에 충분히 공감할 것이다.

어떤 작가는 자유를 경험한 최초의 장소가 서점이라 하고, 또 어떤 작가는 기분 전환이 필요하거나 재충전이 필요할 때마다 들르는 곳이 서점이라고도 한다. 최근에 생겨나는 우리나라의 동네 서점 또한 이러한 역할을 충분히 해내고 있다. 선별된 책과 커피와 술이 있고 다양한 문화 활동을 할 수 있는 공간으로서 일상의 변화를 줄 수 있는 능력이 충분하기 때문이다. 그래서 어떤 사람에게는 동네 골목에 있는 서점이 자신의 집처럼 편안한 공간이 되기도 한다.

복잡한 도시에 사는 사람일수록 집이 아니면서 집처럼 편안한 장소가 필요하다. 지친 몸과 마음을 위로하고 풀어주어서 일상으로 복귀할 수 있게 돕는 장소로서 말이다. 이 책에는 멀리 여행을 떠난 작가가 그만 향수병에 걸려 그곳의 동네 서점을 찾아갔다는 이야기도 나온다. 동네 서점은 어느 나라나 비슷할 테니 자신이 다니던 서점에서 느꼈던 '집'과 같은 편안함을 느끼고 향수병을 이겨내고 싶었기 때문이다. 이렇게 서점은 단순히 책만을 판매하는 곳이 아닌 것이다.

베스트셀러 작가 앤 후드는 25년 동안 셀 수 없을 정도로 많은 서점에 다녔고, 서점에 들어설 때마다 첫사랑 같은 열병에 다시 빠진다고 한다. 독자 시절 낭송회에서 작가들의 모습을 넋이 나간 듯 쳐다보다가 쑥스럽게 사인을 받아온 그는 자신이 훗날 사람들 앞에서 책을 읽고 서명하리라고는 것은 상상도 못했다. 카틀리나 키틀은 자신의 집에서 700킬로미터 떨어져 있는 고향 서점은 자신이 도움을 얻기 위해 찾는 곳이자 변함없이 좋아하는 장소라고 한다. 이를테면 애서가이자 작가로서 꿈에 그리던 서점이라는 것이다. 서점의 초청을 받고 낭송회에 갔던 날, 이 작가는 황홀경에 빠져 거의 기절할 지경이었다.

나도 얼마 전 동네 서점의 북 토크에 가서 이러한 기분에 휩싸인 적이 있다. 모여 앉은 사람은 열 명도 안 되었는데, 한 사람 한 사람 이야기에 깊이 몰입했다. 저자와의 대담 시간에도 질의와 답변이 끊이지 않았지만 끝난 후에도 서로 헤어지지 못하고 한참이나 서서 이야기를 나누었다. 어떤 사람은 저자와, 어떤 사람은 같이 참여한 사람과, 서로 관심사를 나누느라 시간 가는 줄 모르고 이야기를 나눈 것이다. 동네 서점이라는 것이 어떠한 곳이라는 것을 제대로 실감한 시간이었다. 북바이북의 작가 번개 모임 시간도 작가들에게 흥분과 긴 여운을 안겨주는 시간이 될 것이다. 그러므로 그 작가들 가운데 누구는 마이크 레너드가 30년 동안 인연을 맺은 자신의 동네 서점에 대해 말한 것처럼 북바이북에게도 이런 말을 건네지 않을까? "당신의 서점은 위대한 지역 사회의 심장이며 위대한 사상가들이 모이는 진지한 장소다"라고 말이다.

작가는 최고의 독서가이자 최고의 고객이다. 책을 좋아하는 사람이 책을 쓰기 때문이다. 여기에 나온 작가들도 어릴 때부터 책을 좋아했고, 서점에 대한 추억을 많이 갖고 있다. 고객이었던 사람이 훗날 작가가 되어 그 서점에서 낭송회를 하고 사인회를 갖는다. 그리고 그들은 여전히 그 서점의 고객으로 남는다. 지금 동네 서점에 다니고 있는 당신이 바로 그 주인공이다.

## 숲속작은책방 최초의 가정식 서점

소설 속 이야기로만 존재할 것 같은 이야기였다.
서점이 산골 마을에 생겼다는 것도 놀라운데 자신의 거실에 낸 서점이라니,
동네 서점 소식이 들릴 때마다 놀라움을 경신한다. _ 숲속작은책방

**주소** 충청북도 괴산군 칠성면 명태재로 미루길 90(칠성면 사은리 768-5 미루마을 28호)
**전화** 043-834-7626
**홈페이지** http://blog.naver.com/supsokiz
자세한 내용은 홈페이지를 참조하세요!

#1

## 최초의 가정식 서점

가정식 백반이라면 모를까 '가정식 서점'이라니 금시초문이었다. 그것도 충청북도 괴산의 산골 마을에 있다고 했다. 이 소식을 접한 것은 2015년이다. 최근 도서 정가제에 힘입어 상상을 뛰어넘는 동네 책방들이 생겨나고 있지만 이토록 이색적인 생각을 했다니 놀라지 않을 수 없었다. 소설 속 이야기로만 존재할 것 같은 이야기였다. 서점이 산골 마을에 생겼다는 것도 놀라운데 자신의 거실에 낸 서점이라니, 동네 서점 소식이 들릴 때마다 놀라움을 경신한다.

과연 시골 마을에서 책으로 먹고사는 일이 가능할까? 우리나라의 독서 인구는 점점 줄어들고 있고, 책을 사는 사람들은 대체로 온라인 서점을 이용하고 있는 실정이다. 도시 한복판의 서점들도 경영난으로 문을 닫는 곳이 태반이다. 알고 보니 책방 주인 부부도 시골로 이주하기 전에 이 질문을 던졌다고 한다. 부부는 사람들과 함께 책과 문화를 꿈꾸며 소박한 삶을 살아 갈 수 있는지에 대한 탐색을 하기 위해 40여 일간 영국과 프랑스, 이탈리아 등 동유럽의 시골에 만들어진 '책 마을'을 찾아다녔다. 그 여행을 통해 절반의 절망과

절반의 희망을 느꼈지만 희망의 편에 기대기로 하고 시골행을 결심했다.

초등학교 시절 내가 가진 꿈 가운데 하나는 사면을 책으로 가득 채운 서재를 갖는 것이었다. 지금은 책이 넘쳐나는 시대여서 독자의 손에 들어가기도 전에 버려지는 책들도 많지만 1970년대의 시골에서는 책이 아주 귀한 물건이었다. 어떤 인연으로 책을 좋아하게 되었는지 잘 모르지만 나는 학교 도서실을 자주 찾았다. 지금 생각하면 외진 시골 초등학교에 도서실이 있었다는 사실이 큰 복이었다. 그런데 동창회에 나갔더니 도서실이 있었는지조차 모르는 친구들이 대부분이었다. 돌이켜보니 도서관에서 혼자 책을 읽었던 경우가 많았다.

소장 도서도 많지 않았고 지금처럼 좋은 책이 출판되는 시기도 아니었으나 도서실 덕분에 책을 알게 되었고 그 인연으로 책은 내 삶의 동반자가 되었다. 초등학교 때 꾸었던 서재의 꿈은 아파트를 사서 이사할 때 거실에다 실현했다. 양쪽으로 큰 책장을 들이고, 거실에서 책을 읽고 글을 쓴다. 책은 여러 번 걸러냈어도 여전히 넘쳐서 안방에도 들어가고 거실 바닥에도 쌓이는 현실이 되었지만 책과 함께하는 일상은 행복하다.

4인 가족이 생활하는 보통의 아파트에서 서재로 쓸 공간이 없어서 나처럼 거실에 만드는 경우들이 있다. 그리고 책에 관심이 있는 부모라면 아이들에게 책을 가까이 하기 위해서 일부러 만들기도 한다. 하지만 자신의 거실에 서점을 차렸다는 일은 한 단계, 아니 열 단계는 업그레이드된 일이다.

숲속작은책방의 백창화·김병록 부부는 자신들이 보던 헌책들을 거실에 진열해놓고 판매하다가 지금은 새 책도 판매하고 있다. 새 책들은 자신들이 먼저 읽고 난 뒤에 선별해 들여놓는다. 또한 '책이 있는 집에서의 하룻밤'이라는 카피를 내걸고 '북 스테이'도 한다. 책이 있는 집에서 사람들이 만나고 그 만남을 통해 삶의 의미를 되새기는 인문 공간을 꿈꾼 것을 실행하고 있는 것이다.

이들의 가정식 책방 입문기는 《작은 책방, 우리 책 쫌 팝니다!》를 통해 먼저 읽었고, 북바이북에서 저자 강연 때 들었다. 그들의 강연을 듣고서 20여 일이 지난 후에 남편과 나는 괴산으로 향했다. 우리에게 괴산행은 처음이었다. 1박 2일로 여행 일정을 잡았지만 순전히 그것은 숲속작은책방에 가기 위해서였다. 따라서 첫 번째 방문지는 역시 책방이었다. 이색 서점에 대한 궁금증도 있었지만 책을 좋아하는 사람으로서 작은 책방을 응원하고 싶은 마음은 먼 거리라도 갈 구실을 만드는 법이다. 내가 작은 책방을 응원하는 방법은 서점을 탐방한 뒤 블로그에 올리는 것이다. 올린 포스팅을 보고 관심을 보이는 경우가 적지 않기 때문에 나는 열심히 다니고 열심히 올리고 있는 중이다.

나는 괴산이라는 곳이 어떤 곳인지 전혀 상상이 가지 않았다. 충북 지역엔 거의 갈 일이 없었기 때문이다. 그런데 책방이 있는 미루마을에 들어서면서 많이 놀랐다. 책에서 숲속작은책방을 보았을 때 집이 멋있다는 것과 그 마을이 조성된 전원 마을이라는 것을 알고 있었지만 마을 전체가 동화 나라처럼 예쁜 집들이 있는 곳인 줄은 몰랐다. 한 사람이 비슷한 디자인의 집들을 조금 다르게 설계한 것 같았다. 분홍 톤으로 밝고 예쁜 집들이 잘 꾸며진 정원들 사이에 지어져 있었다. 뒤는 멋진 산으로 둘러싸여 있었다. 한눈에 봐도 풍수가 좋은 곳이라 느껴졌다. 집과 집 사이도 여유로워서 사생활 보장도 충분히 될 거리였다. 탄성이 절로 나왔다. 우리도 전원생활을 꿈꾸고 있었는데 그런 마을이면 좋겠다 생각했다.

공터에 주차장이 있어서 차에서 내려 한 바퀴 돌았지만 책방을 찾지 못했다. 무슨 사무실이 있어서 물어봤더니 28호라고 알려주었다. 생각보다 마을이 넓어서 쉽게 찾을 것이란 생각이 오산이었다. 드디어 '숲속작은책방'이라고 쓰인 나무 간판을 보았다. 마당을 질러 들어가니 양쪽에 작은 오두막이 있고 현관 옆에 있는 발코니의 책장도 보였다. 책에서 보았던 모습이었다. 벌써 책의 향기가 발끝에 와서 닿는 것 같았다.

발코니 앞의 의자에 남성 두 명이 앉아 있었다. 안에 들어간 가족을 기다리는 듯 보였다. 떨리는 마음으로 현관문을 들어섰다. 하지만 머뭇거리지 않고 들어갔다. 여기에서 '머뭇거리지 않고'라는 표현에 주의해야 한다. 이들 주인장이 내린 서점의 정의를 숙지해야 하기 때문이다. "서점이란, 그곳에서 내게 필요한 정보를 얻었거나 친구와 만남의 장소로 이용했다면 더더욱 그에

상응하는 대가를 책 구매 행위로 치러야만 하는 곳"으로 다음과 같은 설명이 덧붙는다. "우리 부부는 처음부터 책을 '강매'하는 책방으로 출발했다. 시골 마을 작은 책방은 오가는 대화 속에 정이 넘치는 인심 좋은 공간이 아니라 웃는 얼굴로 지갑을 열고 책 사기를 강요하는 상업 공간인 것이다."

나는 이미 이 문장을 책에서 읽었고, 거기에 동의했기 때문에 그곳에 가기로 했다. 또한 나는 원래 책을 좋아하는 사람이고 동네 서점을 응원하는 사람이므로 방문했을 경우라면 사 가지고 나오는 것이 지극히도 당연한 일이라 생각했다. 온라인 서점에서 책을 구입하는 금액도 적지 않지만 그 서점처럼 책을 전파시키는 데 힘을 아끼지 않는 곳이라면 사야 하는 것이 맞는 것이다.

현관문 안쪽에도 책장이 있었는데 카메라를 멘 젊은 남성이 책을 보고 있었다. 안에는 젊은 엄마가 막 계산을 하고 있었다. 산골 서점에 사람들이 있는 것이 마냥 신기했다. 그런데 그때는 주말이었고, 동네 서점에 관심이 있는 사람이라면 나처럼 방문하고 싶은 마음에 온 사람들도 있을 것이었다.

계산하던 손님이 나간 후 나는 저자 강연 때 받은 사인을 김병록 씨에게 보여주었다. 그래서 자연스레 말문을 텄다. 안주인 백창화 씨는 마을 일로 회관에 갔다고 했다. 김병록 씨는 거실부터 2층까지 안내를 해주었다. 숲속작은책방에서 가장 중요하게 생각하는 분야는 첫째, 환경과 생태 분야이다. 나도 시골살이에 관심이 많지만, 시골 마을의 작은 책방까지 찾아오는 사람들 가운데에는 환경과 시골살이에 관심이 많아 함께 나눌 만한 좋은 책들을 찾아내는 것이 자신들의 주요 과제라고 생각한다고 한다. 다음은 평화에 대한 책이다. 전쟁과 폭력에 반대하고 평화를 지키려는 노력을 담은 책을 널리 알리려고 한다는 것이다.

그리고 서가 배열에서 가장 심혈을 기울이는 부분이 책 표지라고 한다. 책 표지는 책의 가장 아름다운 부분이고, 책 제목은 그 책을 읽어야만 하는 이유가 적혀 있기 때문에 책 표지를 노출시키는 것이다. 서점에서도 책등이 보이는 것과 표지가 보이는 것에는 차이가 있다. 책등이 보일 때는 제목도 책도 눈에 잘 띄지 않지만 전면이 보이면 한눈에 보인다. 서가에 꽂혀 있는 것과 평대에 있는 책들의 매출도 차이가 많이 날 것으로 생각된다. 일단 고객의 눈에 띄어야 책이 관심을 받는다. 동네 서점에 가면 표지를 보이게 진열해놓는 경우가 많다. 이제 이런 인식이 많이 퍼져서 그럴 수도 있겠고 상대적으로 책의 재고가 적어서일 수도 있겠지만 책 표지가 보이는 것이 책과의 거리를 가깝게 한다.

북바이북에 추천 평이 있다면 숲속작은책방에는 띠지가 있다. 나는 책을 사면 띠지를 어떻게 처리할지 난감할 때가 많다. 띠지에는 내용이 좋은 것들도 있기 때문에 버리는 것이 아까울 때가 있다. 때로는 책갈피로 사용하기도 하지만 책을 읽으려면 거추장스러워서 빼게 되고, 빼놓으면 주변이 지저분해지거나 다 읽고 나서는 어디 갔는지 안 보이는 경우들이 많다.

백창화 씨는 색지에 추천의 글을 써서 책 표지에 씌우기 시작했는데 강력한 효과를 발휘했다고 한다. 예쁜 손 글씨로 그 책이 어떤 감동을 안겨주는지, 어떤 사람이 읽으면 좋을지 자신의 느낌을 적는다고 한다. 일본에도 주인이 추천 문장을 써서 놓는 서점이 있는데 손님들한테 반응이 아주 좋다고 한다. 예를 들면 '연인과 이별한 날 읽으면 좋은 책', '지하철에서 읽으면 안 되는 책' 등 호기심을 자극하는 문구를 써놓는 것이다.

숲속작은책방에서는 일반인과 초등, 청소년의 3개 팀으로 나뉘어 한 달에 한 번 북 클럽이 진행된다. 일반인들은 책 한 권을 미리 읽고 토론하고, 초등생들은 간단한 책 이야기와 지난달에 구입한 책에 대해 대화를 나눈다고 한다. 청소년들은 자신들이 읽고 싶은 책을 읽는다고 한다. 청소년들은 상대적으로 시간이 부족한데 미리 읽어야 한다면 부담스러울 것이다.

그런데 자유롭게 와서 읽고 싶은 책을 읽는 것은 체험의 기회로 좋을 것 같다. 책방이 도서관 역할까지 해주므로 지역민들에게는 참 든든할 것이다. 그리고 북 콘서트, 시 콘서트 등도 진행하는데 넓고 아름다운 정원이 있어서 그 분위기가 최고일 것 같다. 북 아트, 목공 체험 등도 할 수 있다. 그리고 책 이외에 그림책에 등장하는 인형과 자체 개발한 노트도 판매한다. 이곳 미루 마을은 자연 환경은 좋지만 조성된 지 얼마 안 된 지역이라서 문화 기반이 취약할 수밖에 없을 것이다. 이러한 곳에 숲속작은책방이 문화와 예술의 체험 공간으로서 큰 역할을 하고 있다고 본다. 지역 주민과 가치 있는 문화를 하나하나 확장시켜나갈 것으로 기대한다.

이날 나는 김병록 씨가 추천해준 책을 샀다. 도서관과 서점, 그림책에 관한 책과 에세이였다. 시간이 여유로우면 좀 더 천천히 구경하고 더 샀을 텐데 남편이 밖에서 기다리고 있어서 추천해주는 것만 계산하고 나왔다. 사실 집에 밀려 있는 책이 많아서 그것을 다 읽을 때까지는 그만 사자고 했지만 동네 서점에 왔을 때는 1년 뒤에 읽게 될지라도 사야 하는 것이 맞다고 판단했기 때문이다.

#2

## 지친 영혼이라면 책과의 동침을

싱글의 청산은 정신적 안정을 주는 대신 몸의 노동을 요구했다. 가사와 출산, 육아에 이르기까지 일은 점점 많아지고 힘들어졌다. 현재의 젊은 친구들하고는 비교가 안 되겠지만 그래도 남편은 우리 세대에서는 드물게 가사에 많이 참여하는 편이었다. 하지만 회사 일로 늦는 날이 많아서 집안일은 대부분 내 차지였다. 특히 연년생 아이들을 낳아 키우고 있을 때 남편은 국·내외 출장이 잦았다. 그래서 많이 힘들었다. 아이들이 어느 정도 큰 뒤에는 독서 관련 일을 했는데 점차 일이 많아지면서 몸이 지쳐갔다. 숨구멍이 필요했으나 일을 안 할 수는 없었다. 이처럼 힘들고 지칠 때에는 배낭에 책을 가득 넣어 깊은 산속으로 들어가고 싶었다. 아무것도 안 하고 그저 책만 읽으며 휴식을 취하고 싶었던 것이다.

다큐멘터리 TV 프로그램에서 법정 스님의 암자를 본 적이 있다. 대나무 숲길을 지나 방으로 들어가니 가사 한 벌, 앉은뱅이책상, 다구, 책만 있었다. 그때에도 많이 지쳐 있었는지 그곳에 내가 있는 상상을 했다. 그 암자의 모습은 아직도 강하게 각인되어 있다. 누구한테도 방해받지 않는 한적한 곳에서 단 사흘만이라도 책만 읽다가 오면 좋겠다는 마음이 간절했다.

그런데 바로 그런 공간이 생겼다고 했다. 내가 그토록 원하던 시기에는 없었지만 최근 몇 군데 북 스테이 공간이 생겼다. 하지만 현재 순수한 서점 민박으로서는 숲속작은책방뿐이다. 이들도 처음부터 민박을 하려고 했던 것은 아니다. 아들이 대학생이 되어 집을 떠나 있게 되면서 아들 방이었던 2층 다락방이 손님방이 되었다가 민박으로 바뀌었다. 프랑스에서 경험한 행복했던 시골 민박이 자연스럽게 그 일을 하도록 했다고 한다. 지금 이곳은 예약이 많아서 바로는 들어갈 수 없을 정도다.

그런데 나처럼, 힘들 때 책과 함께 푹 쉬고 싶어 한 사람이 있었다고 해서 반갑고도 놀랐다. 한 직장 여성이 1년 중 유일하게 허락되는 3일의 휴가를 이 숲속작은책방에서 보냈다고 한다. 어렵게 얻은 휴가라 아무것도 안 하고 책만 보면서 조용히 쉬고 싶다면서 간단한 산책을 제외하곤 집을 떠나지 않았다고 한다. "하루 종일 볕을 쬐거나 다락방에 머물며 잠을 자거나 책을 읽었다"라고 주인장의 책에 나와 있다. 이 부분을 읽으면서 나처럼 그런 공간과 시간을 간절히 원하는 사람들이 적지 않을 것이라는 생각이 들었다. 책을 좋아하는 사람이라면 그럴 것이다.

서점의 안주인인 백창화 씨도 그런 경험이 있었다고 한다. 과로와 스트레스로 마음이 지치자 몸이 많이 아팠던 때라고 한다. 하던 일을 당장 그만둘 수가 없어 단 며칠이라도 몸과 마음을 달래면서 조용히 쉬고 싶었단다. 일상과 떨어져 온전히 자신만의 시간을 갖고 싶어서 책이 가득한 곳을 열심히 찾았지만 대개 수련원이나 명상 센터여서 결국 포기했다고 한다.

> 자연 속에서 아름다운 정원과 책으로 가득한 집을 만들고 살면서 그때 생각이 많이 났다. 그때 내가 원하던 곳이 바로 이런 집이었다는 생각이 들었다. 어쩌

면 나는 몇 해가 흘러서 그때 간절히 원하던 집을 스스로 만들고야 말았구나 하는 생각. – 백창화 · 김병록 《작은 책방, 우리 책 쫌 팝니다!》, 남해의봄날

그랬던 것이다. 꽃들의 향기가 가득한 정원에 책 한 권 들고 앉아 있으면 문득 과거 자신의 모습이 떠올라서 민박의 문을 열게 된 것이다. 자신이 누리는 편안함과 행복감을 지친 이들과 함께 나누고 싶은 따스하고 아름다운 마음이 있었기 때문에 그것이 가능했던 것이다. 숙박업이라는 것이 돈벌이로 생각한다면 하기 힘든 일이다. 예약에서부터 침구 세탁, 청소, 손님 맞이 등 여간 손이 많이 가는 일이 아니다.

특히 이 숙소는 주인 부부가 살고 있는 2층에 있다. 화장실도 1층에 하나여서 주인들과 같이 사용해야 한다. 주변에 식당이 있는 것도 아니다. 내가 숙소를 얻을 때 가장 염두에 두는 것이 화장실과 식당이다. 밖에 나가서 볼일을 제대로 보지 못하면 여행이 아니라 고통이다. 그리고 나는 아무리 주방 시설이 잘 되어 있는 곳에서 묵는다 해도 음식을 싸 들고 다니지 않는 현지 조달형이다. 그래서 주변에 식당도 있어야 한다.

그래도 이곳은 한번 묵어보고 싶다. 이틀까지도 가능할 것 같다. 주변 경관이 너무 좋아서 식당이 없어도 용서가 될 것 같다. 동네 자체도 멋지고 산책하기에 좋지만 조금만 나가면 멋진 계곡과 호수가 있다. 나는 이곳에 갔을 때 묵지 않고 책만 사서 나왔다. 일본에서 온 남편과 함께였기 때문에 여러 가지 고려해 자는 것까지는 못 했다. 다음엔 친구와 함께 가서 꼭 한번 자보고 싶다. 지금은 지친 몸을 풀어주기 위해서가 아니라 책방과 책방 주변의 자연을 흠뻑 느껴보고 싶다.

책방이 있는 미루마을엔 동화 속에 등장할 것 같은 집들이 모여 있다. 책방의 숙소 공간인 2층 다락방도 동화 나라 같다. 한쪽에 책이 몇 권씩 놓여

아이가 어렸을 때 아름다운 추억을 만들어주는 것은
최상의 선물이다. 성인이 되었을 때 그것이 어떤 영향을
미칠지 모르기 때문이다.

있는 나무 계단을 올라가면 방 두 개가 마주보고 있다. 한 사람이든 두 사람이든 꼭 한 팀만 예약을 받는다고 하니 존중받는 느낌을 받을 것 같다. 사선으로 내려온 천장과 깔끔한 침대 그리고 책들이 편안한 분위기를 만들어준다. 벽에 붙어 있는 나무 인테리어도 좋다.

다락방의 숨은 장치인 왼쪽 문은 아이들이 아주 좋아할 것 같다. 주인장이 "책아 책아, 사랑해. 책아 책아, 사랑해. 책아 책아, 사랑해" 하고 세 번 외치면 스스로 열리지만 곧 들통날 장난이라는 주인장님의 위트 넘치는 말에 웃음이 나온다. 이 마법의 문이 열리면 그 방은 한마디로 보물 창고이다. 《이상한 나라의 앨리스》를 좋아하는 안주인이 앨리스에 관한 자료들을 모아놓았다. 토끼 굴로 떨어진 앨리스의 눈에 비친 이상한 나라처럼 신기한 곳이어서 그렇게 이름을 붙였다고 한다.

그리고 안주인이 가산을 탕진(?)하며 수집하였다는 팝업 북과 아트 북이 500여 권이 있다. 구경하는 재미가 쏠쏠하다. 아직 우리나라에는 팝업 북이 다양하지 않아서 구경할 수 있는 좋은 기회를 만날 수 있다. 온갖 캐릭터 인형과 북 아트 아이템이 모여 있고 수레 책장과 재미있는 모양의 책상 등이 있어 아이들과 함께 묵기에도 좋다. 아이가 어렸을 때 아름다운 추억을 만들어주는 것은 최상의 선물이다. 성인이 되었을 때 그것이 어떤 영향을 미칠지 모르기 때문이다.

일상에 지친 도시인들에게 '묻지 마 여행지'로는 이 숲속의작은책방이 최고일 것이다. 1박 2일 또는 2박 3일을 묻지도 말고, 따지지도 말고 그냥 지친 영혼을 자연 속에 푹 놓아주는 것이다. 직장도 집도 모두 잊고 말이다. 그러다가 누군가와 말이 하고 싶어질 때면 정원에 앉아 주인장과 이야기를 나누시라. 따스한 햇살 아래여도 좋고, 은은한 달빛 아래여도 좋을 것이다. 이미 당신과 같은 경험을 가진 자이기에 표정만 보고도 그 마음 다 헤아려줄 것이다.

#3

## 길에 취하다, 풍경에 취하다, 산막이옛길

'괴산'은 내게 이름으로만 존재하던 곳이었다. 지도의 어느 부분에 자리하고 있는지도 모를 정도로 나와는 인연이 없는 곳이었기 때문이다. 소설이나 여행책에서조차 잘 만나보지 못한 지역이었다. 아는 것이라곤 충북의 한 고장이라는 것뿐. 따라서 내가 괴산을 상상한다는 것은 그 자체가 불가능한 일이었다. 동화 속에 나올 법한 아름다운 산골 마을에서 가정식 서점을 하는 숲속작은책방을 알지 못했더라면 괴산은 그저 미지의 세계로 오랫동안 남아 있을 뻔했다.

그래도 알고 있는 것 하나가 있었으니 '산막이옛길'이었다. 이웃 블로그에서 본 사진 속 길이 너무나 멋져서 언젠가는 꼭 가보고 싶다는 생각을 갖게 한 길이었다. 산막이옛길은 숲속작은책방에서 가까운 곳이어서 책방 방문을 할 때 같은 여행 코스로 짜면 좋을 것이다. 길을 걷고, 유람선을 타고 아름다운 경치 속에 있다 보면 도시와 일상에서 받은 스트레스를 다 날려버릴 수 있을 것이다.

그곳을 방문한 때는 9월 중순이었고 길에 오른 것은 오전 11시경이었다.

눈을 들어 바라보면 능선들이 몇 겹으로 펼쳐져 있었다.

일교차가 심한 때라고는 하지만 중부 이남 지방이어서인지 한낮 볕은 여름이나 다름없었다. 그리고 월요일이어서 사람이 별로 없겠거니 했는데 웬걸, 제법 많은 사람들이 길에 오르고 있었다.

산막이옛길에 오르자마자 눈에 들어오는 자연들은 탄성을 자아내게 했다. 넓고 푸른 호수와 그 주변을 둘러싸고 있는 산의 능선들, 그리고 산책로에 서 있는 멋스러운 소나무들과 사방에 펼쳐진 초록빛들은 기대 이상이었다. 그다지 높지 않지만 오르락내리락 하다보면 호수를 감상할 수 있는 전망대와 쉼터가 길 중간에 있었다.

괴산槐山의 '괴槐'는 느티나무를 뜻한다고 한다. 그러고 보니 동네를 지나올 때마다 오랜 세월을 살았을 느티나무가 눈에 많이 띄었다. 그리고 '산山'자가 왜 있는지 그 곳을 반나절만 돌아다녀도 알 수 있다. 강원도의 산만 첩첩인 줄 알았더니 괴산의 산도 높기는 마찬가지였다. 눈을 들어 바라보면 능선들이 몇 겹으로 펼쳐져 있었다. 산이 높으니 이름난 계곡도 많다. 바다가 없는 '충청북도'라고 해서 군이 서러워할 필요가 없을 것 같았다. 게다가 산막이옛길의 괴산호는 어느 풍경에 뒤지지 않을 매력을 지니고 있었다.

이제 내 머릿속 괴산 지도는 '아름답다'와 '또 가고 싶다'라는 문구가 함께 새겨져 있다. 길게 이어진 괴산호의 풍경은 싱그럽고 맑으며 아름답다. 많은 미사여구를 끌어다 붙이고 싶은 곳이다. 산막이마을 선착장 부근인 초입에서 중간까지 배를 타고 가서 다음 코스를 걸어도 되고 반대로 걸어 간 다음에 배를 타고 주차장으로 나와도 된다. 그러나 배에 사람이 다 탈 때까지 기다려야 한다고 해서 우리는 먼저 걸어서 갔고 나중에 유람선을 타고(금액 10,000원) 더 이상 걸을 수 없는 곳까지 들어가서 절경을 구경할 수 있었다.

'산막이옛길'은 충북 괴산군 칠성면 외산리 사오랑 마을에서 산골 마을인 산막이마을까지 연결됐던 총 10리의 옛길을 말한다. '산막이'란 산이 장막처럼 가려졌다는 의미이다. 두산백과에 의하면 조선 후기부터 연하구곡으로 불리며 명승지로 이름 높았던 계곡을 따라 오솔길이 있었다고 한다. 그런데 괴산댐 건설로 이 일대가 수몰되면서 계곡 주변의 산 중턱으로 새로운 오솔길을 내었는데 그 길이 산막이옛길이다. 조선 중기 이곳에서 유배 생활을 했던 노수신1515~1590의 고택이 남아 있는데 그의 후손인 노성도1819~1893가 연하구곡 일대의 풍광과 어우러지는 수월정이라는 정자를 건립하면서 유명해졌다.

옛날에는 이 길이 얼마나 적막했을까? 시간이 지나면서 지금은 주말에 만 명 정도가 찾을 만큼 북적이는 길이 되었으니, 언제 어떻게 바뀌게 될지 알 수 없는 일이다. 이토록 아름다운 길이 유명세를 타면 그 풍경이 훼손될까 염려되어 내 발길마저 조심스러웠다. 내가 못 들어갈지라도 아껴두고 싶은 길이었다.

당신이 만약 산막이옛길에 간다면 유람선을 꼭 타시라! 유람선을 타고 괴

산호 깊은 속살까지 들어간다면 당신은 분명 가장 진부하기 그지없는 '우리 강산 금수강산'이라는 말을, 적어도 열 번 이상 내뱉지 않을까 싶다. 남편이 유람선을 타자고 했을 때 산막이마을까지 걸어오면서 충분히 호수의 아름다움과 동행했고 그때까지 본 풍경과 그다지 다를 것이 없을 것이니 타지 말자고 했다.

그런데 점심을 먹기 위해 산막이마을의 한 식당에 들렀을 때 왠지 그냥 가면 후회할 것 같은 마음이 들었다. 걸어서 더 이상 갈 수 없는 곳에서부터 더 깊숙이 들어간다는 매표소 직원의 말도 떠올랐다. 식당에서 손두부와 막걸리를 시켜 놓고 남편과 마주앉았을 때 내가 유람선을 타자고 했다. 그 말을 듣자마자 남편은 나중에 가서 표를 사자는 내 말을 뒤로하고 한여름 더위와 진배없는 양지 속으로 총총 걸어갔다. 15자리가 남아 있었다고 했는데 그 사이 표가 떨어질지도 모른다고 하면서 말이다.

호수의 풍경이 모두 비슷비슷할 것이란 나의 추측은 아마도 경험의 부족에서 온 탓일 게다. 물과 산이 대부분인 호수 주변이 뭐가 그리 다를 것이겠느냐는 내 생각은 많이 빗나가 있었다. 선장은 배가 지나갈 때마다 아름다운 바위나 장소에 대해 소개했다. 나는 더 잘 보기 위해 갑판 위로 올라가 있었는데, 거기에서 마침 안산에서 온 어떤 여성과 말을 하게 되었다. 우리는 반

갑다고 가벼운 포옹까지 했는데 그 여인이 계속 말을 하는 바람에 내가 궁금하게 여기고 있던 명소의 해설을 놓치고 말았다. 아쉬웠지만 어쩔 수 없었다. 그 시간에 그곳에 서 있었던 것을 운명이라 여기고 눈으로 맘껏 즐길 수밖에……….

우리가 유람선을 탄 시간은 오후 1시경이었다. 그 시간에 찍은 사진인데도 그토록 아름다운 풍경이 담긴 것을 보노라면, 이른 아침 물안개가 피어올랐을 때나, 막 해가 지고 있는 시간의 모습은 굳이 말을 하지 않아도 충분히 상상이 될 일이었다. 그러나 지나친 기대감은 금물인가 보다. 친언니 가운데 하나는 기대를 많이 하고 가서인지 산막이옛길도, 유람선도 크게 좋지 않았다고 한다. 느끼는 것은 모두 개인적인 취향이고, 그 사람만이 가지고 있는 경험의 범주에 의해 결정된다. 산막이옛길보다 훨씬 더 멋진 길을 가보았다면, 괴산호의 아름다움은 분명 평이할 수도 있다.

그러나 내 수준에서만큼은 가슴 벅찬 풍경과 감동임에 틀림없었다. 판소리 단가인 〈강상풍월〉의 '강상江上에 둥둥 떴는 배 / 풍월 실러 가는 밴가 / 십리장강 벽파상 / 왕래허든 거룻배'라는 가사가 절로 떠오르는 유람이었다.

산막이옛길은 괴산수력발전소에서 시작해 차돌바위 선착장을 지나 참나무연리지, 소나무출렁다리, 정사목, 호랑이굴, 매바위, 앉은뱅이 약수터, 얼음바람골, 호수전망대, 괴산바위, 괴음정, 마흔고개, 다래숲동굴, 진달래동산, 물레방아, 산딸기길을 지나 산막이 선착장에 이른다.[1] 현재 이곳엔 연하협구름다리 개통과 산신령바위, 연꽃연못, 당산남두 등의 명소를 추가 개발하였다고 한다.

나는 산막이옛길을 걸으며 단풍이 절정일 무렵엔 얼마나 아름다울까를 내내 상상했다. 그렇다면 새잎 돋고 앞다투어 꽃을 피워내는 봄이라면 어떨까? 눈이 소복이 쌓인 겨울이라면? 분명 제각각의 아름다움을 뿜어낼 것이렷다.

---

1) 출처: 두산백과

#4

## 책 마을을 꿈꾸는 사람들

백창화 · 김병록 《유럽의 아날로그 책공간》, 이야기나무

《유럽의 아날로그 책공간》에는 현재 괴산에서 가정식 서점 숲속작은책방을 운영하고 있는 백창화 · 김병록 부부가 유럽 4개국의 책 공간을 여행한 이야기가 실려 있다. 그들은 괴산의 전원 마을로 내려가기 전에 작은 마을 도서관을 운영하며 건강한 어린이 책 문화를 위해 힘을 썼다. 괴산의 전원 마을에서도 자신들의 경험을 살려 도서관을 운영하려 했으나 도중에 일이 무산되는 바람에 서점을 열게 되었다.

그들은 유럽의 여러 나라에 있는 책 마을처럼 행복한 책 마을을 만들 꿈을 꾸었다. 그 꿈이 유럽의 책 공간으로 떠나게 했다. 이들은 35일 동안 유럽 4개국을 여행했다. 유럽 사회의 책 공간과 책 문화를 들여다보는 것이 그들의 여행 목적이었다. 그렇게 해서 유럽 책 마을을 다녀온 그들은 자신들이 체험한 유럽인의 책과 문화, 도서관 그리고 책 마을을 이 책에서 소개하고 있다.

예전에 인터넷을 통해 영국의 책 마을에 대한 여행기를 보면서 '책 마을'이 존재한다는 사실에 몹시 놀란 일이 있다. 우리나라의 책 공간으로서는 서점과 도서관이 대부분이고 책 마을은 존재하지 않고 있었으니 말이다. 그런

데 이 책을 보니 영국뿐만 아니라 유럽의 다른 나라에도 책 마을이나 동화 마을이 있어서 부러움을 몹시 사게 했다. 무엇이 그들에게 우리와 다른 책 문화를 만들게 한 것일까? 아무래도 책에 대한 태도가 아닐까 싶다.

> 한국 사람인 내가 느끼기에 유럽의 초등학교에는 책 읽는 전통과 책 읽는 교육이 살아 있다. 여전히 유럽의 도시들은 골목마다 서점이 살아 있고 지역 도서관은 생활에 가장 필요한 서비스를 제공하는 삶의 현장으로 기능하고 있다. 교통이 몹시 불편한 산골짜기에 수십 개의 서점과 도서관이 있는, 책으로 가득한 마을을 만들어서 관광객들을 불러모으고 있으며 그들이 사랑한 동화, 그들이 사랑한 작가의 흔적을 마을 단위로 보존하고 계승시키는 노력을 아끼지 않고 있다. - 16쪽

그러나 저자는 이것이 그들의 학교 교육이 훌륭하거나 도서관이 많아서만은 아닐 것이라고 말한다. 책을 사랑하는 전통과 미덕이 사라지지 않았기 때문이란다. 또한 그 배경에는 책과 관련된 아름다운 어린 시절과 추억의 시간, 그리고 공간들이 있었기 때문일 것이라고 덧붙이고 있다. 유럽에서 책 마을이 가장 많은 나라는 프랑스라고 한다. 대개 한 나라에 많아야 두세 곳 정도인 데 견주어 프랑스는 여덟 곳이나 된다고 한다. 저자가 현지에서 만난 사람들의 이야기를 종합해보면 프랑스가 유럽 최대의 농업 국가인 것과 무관하지 않다고 한다. 한국의 6배에 달하는 넓은 땅덩어리에 인구는 6,700만 명 정도이고 농업을 제외하고는 파리 등 대도시를 중심으로 경제가 집중되어 있기 때문에 농촌의 공동화 현상이 심각하다고 한다.

하지만 이 글만을 보았을 때는 '농업 국가'와 '책 마을'이 쉽게 연결되지 않았다. 왜냐하면 이것은 우리나라를 비롯한 많은 나라들이 처한 현실이기 때

문이다. 그런데 덧붙인 글, "프랑스의 국가 이미지는 무엇보다 문화예술 국가라는 것이고 유럽인들 가운데도 특히 책을 좋아하고 토론을 즐기는 지적 전통이 강한 곳이라는 점이 큰 요인이었을 것"이라는 것에서 수긍이 갔다. 책을 아끼는 나라일수록 그에 관한 정책들이 나올 것이고, 그 공간을 살리려는 의지와 실천이 현실화되기 쉽기 때문이다. 서점을 연구하면서 알게 된 사실 가운데 하나가 전반적인 경제 침체에도 프랑스의 서적 시장은 1년에 평균 3퍼센트의 성장률을 보이고 있다는 점이다.

현재 우리나라에서는 인천시 옹진군, 경북 영양군·울릉군·청송군 등이 서점 멸종 지역이 되었다. 책이야 인터넷 서점에서 살 수가 있다지만 서점 안에서 만들어지는 여러 추억과 책 문화는 어디에서 만들까? 유럽은 죽어가는 시골 마을을 살리고 지역 주민들의 풍요로운 삶을 되찾기 위해 책 마을을 만들었다고 한다. 그런데 우리나라의 파주출판도시는 "도심의 비싼 임대료를 감당하면서 사업을 영위하기 어려웠던 한국 출판 산업 육성조치의 일환으로 정부가 싼값에 토지를 불하해준 산업 지원책(263쪽)"이었다고 한다. 따라서 이러한 우리의 현실을 유럽의 책 공간과 비교해볼 때 그들은 어떤 마음이었을까?

> 나는 내가 사는 시골 마을에 책의 본질과 그리움을 간직하고 보존할 수 있을까? 그 추억의 향기로 삶에 지친 도시인의 마음을 위로해줄 수 있을까? 내게 책 마을이란 허황된 로망인가, 구현 가능한 현실인가. 그날 밤 우리는 눈 덮인 피레네 산맥이 마주 보이는 농가로 돌아와 몽톨리외 라벨이 붙은 와인 5병을 깨끗이 비우며 무언가에 사로잡힌 삶이 주는 매혹에 대해 이야기하다 깊은 잠에 빠져들었다. - 286쪽

백창화 · 김병록 부부는 지금 산골의 전원주택 거실에 책방을 열고 지역 주민들에게 문화 · 예술 체험의 기회를 만들어주고 있다. 나는 종종 한 사람의 꿈과 의지가 사회를 바꾸고 세상을 변화시키는 것을 보았다. 그들이 보고 온 책의 세계가 언젠가는 현실화되어 우리 곁에 존재하기를 기대해본다. 그러하기 위해서는 우리들 한 사람 한 사람의 관심과 사랑도 꼭 필요하다는 것을 기억하자.

주소 충청북도 칠성면 산막이옛길 88

## **짐프리** 여행 서점

'여행'이란 단어는 몽환적인 느낌을 불러일으킨다.
그래서인지 여행 서점에 가면 일상에서 지친 마음을 위로받지
않을까 하는 기대감마저 인다. _ **'짐프리'**

**주소** 서울특별시 마포구 양화로 191 1층
**전화** 02-322-1816
**홈페이지** http://www.zimfree.com
자세한 내용은 홈페이지를 참조하세요!

**#1**

# 짐이여 안녕, 짐프리ZIMFREE

요즘 전문화와 특화의 트렌드로 문을 열고 있는 서점 가운데 많은 이들의 관심과 흥미를 받고 있는 곳이 '여행 서점'이 아닐까 생각한다. 내 관심 순위도 분야별로 따지면 여행 서점이 1순위였다. 1992년 해외여행 자유화 이후 방학이 되면 젊은이들은 배낭 메고 세계 각국으로 떠나고 일반인들도 다양한 방법으로 여행을 하고 있다. 따라서 블로그나 SNS에서 여행 이야기가 뜨겁듯이 전문 서점 가운데에서도 여행 서점이 단연 으뜸이 아닐까 생각한다.

'여행'이란 단어는 몽환적인 느낌을 불러일으킨다. 그래서인지 여행 서점에 가면 일상에서 지친 마음을 위로받지 않을까 하는 기대감마저 인다. 그런데 여행 전문 서점 가운데 하나인 짐프리는 이러한 느낌과는 좀 다르게 다가왔다. 여행자들의 짐을 보관해주고 간단한 사무 서비스와 여행 정보까지 제공해준다는 것 때문인지 여행에서 풍기는 낭만과는 좀 거리가 있다고 생각한 것이다. 그런데 알고 보니 아니었다. 딱 여행 서점이었다.

여행을 하면서 난감한 상황 가운데 하나가 짐은 많은데 보관소가 마땅치 않을 때이다. 캐리어까지 끌고 다니려면 금방 지치고 거추장스러워서 여행도

즐길 수 없다. 그러한 점에서 짐프리의 짐 보관 서비스는 'ZIMFREE'라는 서점 이름처럼 여행자들에게 짐을 덜어주고 자유로움을 선사해주어서 가장 현실적이고도 멋진 아이디어라 생각한다. 평상시에는 짐 보관 서비스 이용객이 적지만 주말과 방학에는 많다고 한다. 이진곤 대표는 세계의 다양한 외국인들을 만날 수 있어서 좋은데 자신의 꿈 여행지인 아이슬란드에서 온 여행자가 짐을 맡기러 왔을 때는 더욱 반가웠다고 한다. 그렇다 해도 '서점'과 '짐 보관'이라는 조합은 '서점'과 '술'이라는 조합만큼 낯설고도 독특했다.

짐프리는 홍대입구역 상가 내에 있다. 이곳은 국내외 여행자들이 많이 찾는 지역인 데다가 공항철도까지 연결되어 있어서 해외여행자들이 이용하기에 아주 좋은 위치에 있다. 이진곤 대표는 지방과 홍대 지역을 염두에 두고 서점 자리를 찾으러 6개월 동안 부동산을 찾아다녔다. 여행과 관련된 지역에서 오픈하고 싶었기 때문이다. 그런데 우연히 들른 홍대의 한 부동산에서 소개받아 지하철과 연결된 현재의 상가를 얻었다.

여행 작가이기도 한 그는 여행을 다니면서 여행과 관련된 일을 하면 행복할 것이란 생각을 했다. 그리하여 17년차 다니던 회사를 그만두고 서점을 오픈했다. 여행 작가로서 여행 글을 쓰다 보니 자연스럽게 책과 여행과 친하게 되었고 안목도 생기게 되었다. 서점을 결정하고 나니 규모가 작은 동네 서점에 모든 책을 가져다놓을 수는 없다는 결론을 내렸다. 전문화시켜야만 동네 서점으로 유지할 수 있는데 자신이 여행 전문가이니 다양한 여행 안내도 해줄 수 있다는 생각에 여행 서점을 내게 되었고 자신의 정체성과도 잘 맞는다고 생각했다.

10평 규모의 서점에서는 여행 관련 단행본과 700여 권의 독립 출판물을 취급하고 있다. 그리고 소량의 문구류와 창작자들이 그린 소품 등을 판매한다. 여행서는 크게 가이드북, 여행 에세이, 인문서 등으로 나뉘는데 지인의 추천이나 자신의 안목에 따라 선별하고 있다. 여행 가이드북은 각 나라별로 선호도 높은 상위 책을 최대 3권만 유지하고, 1년이 지난 것은 반품시키고, 개정되었다면 빠르게 입고한다. 여행 에세이와 인문서는 많이 사랑받는 책, 알려지지 않았지만 주옥같은 글이 담긴 책, 지인들에게 추천받은 책 위주로 입고한다고 하니 책에 대한 주인장의 태도가 어떠한지 알 수 있는 부분이다.

이진곤 대표는 짐프리가 여행자들이 여행을 준비하기 위한 시작점이나 다

녀온 후에 소통하는 마침표가 되기를 원한다. 또한 여행서는 물론이고 그 나라와 관련된 인문학과 역사 등 그 나라를 이해하기 위한 서적까지 구비해 살아 있는 여행이 되는 책을 소개하고 싶어 한다. 대중에게 알려지지 않았지만 주옥같은 여행서를 찾아내 소개하기도 원한다. 그래서인지 대화 도중 어떤 여행 책이 괜찮았다고 하면 책 내용을 메모하곤 했다.

이진곤 대표는 서점이란 광장 같은 역할을 하는 곳이라 한다. 사람이 모이는 장소로서, 책이 아니라 사람이 중심이 되어 다양한 소통이 일어나는 곳이라는 뜻이다. 그래서 여행자가 사진을 보면서 생생한 감동을 전달하는 투어 토크를 비정기적으로 진행하기도 하고, 창작자 독립 출판자들이 지속적으로 작품을 전시할 수 있도록 자리도 마련해준다. 짐프리의 가장 큰 카테고리는 '독립 출판과 여행'이다. 독립 출판의 경우, 서점이기 때문에 기본적으로 판매는 하고 있지만 책 만들기 수업을 통해 책을 생산하는 공간으로의 플랫폼으로 구축하려고 한다.

그는 여행에 관한 토탈 서비스를 하는 기업으로 성장하기를 꿈꾸지만 여느 동네 서점들처럼 고전을 겪고 있다. 이제 만 2년이 되었고 여행 서점으로서 홍보가 꽤 되기는 했어도 힘든 것은 여전하다. 서점 초기 가장 어려운 점

은 책을 공급받는 것이었다. 이것은 작은 서점들의 공통된 고민거리라 생각한다. 총판에서도 거절당했지만 반품하지 않는 조건으로 소개받아 꾸준히 거래하고 있다고 한다. 그다음으로는 동네 서점이라 홍보하는 것이 어려웠다고 한다. 지금은 소문을 듣고 지방에서도 간간이 찾아오는 고객들도 있지만 멀리서 방문하도록 하는 것이 쉽지 않다고 한다. 초기에는 손님이 거의 없어서 하루에 고객 한 사람이 방문하면 기적이었다는 그의 말에 숙연해질 수밖에 없었다.

서점을 '일상 여행자의 오아시스'라 정의하는 이진곤 대표는 서점이라는 곳이 꼭 책을 사야만 하는 곳이 아니라 언제나 편하게 들를 수 있는 공간이어야 한다고 말한다. 그러므로 홍대 앞을 지나칠 일이 있다면 잠시 들러서 서점을 구경하고 가시라. 2호선 홍대입구역 9번 출구 방향에서 밖으로 나가지 말고 왼쪽 계단으로 내려가 다시 왼쪽 방향으로 조금만 걸어가면 화장실 바로 못 미쳐 짐프리가 있다. 서점 문을 열고 들어서면 순하게 생긴 남자 한 분이 점잖게 맞아줄 것이다.

당신이 꿈꾸는 여행, 이곳에서 미리 여행해보시길 바란다.

#2

## 여행 작가가 되고 싶다면

남편이 일본 도쿄에서 사업을 시작하면서 일본을 자주 다니게 되었다. 일본에 가면 평일에는 혼자서 도쿄 시내를 돌아다니고, 주말엔 남편과 함께 교외로 나간다. 그러다 보니 자연스럽게 여행에 대해 관심을 갖게 되었다.

그러던 어느 날 '여행 작가가 되는 법'에 대한 책을 읽게 되었다. 나는 좀 더 알고 싶은 내용이 있어서 인터넷을 검색하다가 한국여행작가협회에서 운영하는 카페에 들어가게 되었다. 카페에 올린 글들 가운데 '나만의 책 만들기 워크숍'이 공지되어 있었다. 8주 코스였다. 그 당시 나는 여러모로 시간이 많지 않았지만 무리해서라도 배워두기 위해 신청했다.

평소 글쓰기를 좋아하시는 분

가족이나 연인 및 친구들의 추억을 사진과 글로 남기고 싶으신 분

여행을 떠나기 전이나 후에 나만의 여행책을 만들고 싶으신 분

나만의 시각으로 찍은 사진으로 사진집을 만들고 싶으신 분

나만의 관심사를 기록하고 소통하고 싶으신 분

'나만의 책 만들기 워크숍'을 통해 만들고 판매 중인 책들

이것은 '나만의 책 쓰기' 워크숍의 홍보 문구 내용의 일부이다. 그런데 나는 여행서보다는 '독서 프로젝트'에 대한 책을 먼저 만들고 싶었다. '독서 프로젝트'는 2011년도 10월부터 1년 동안 날마다 책을 한 권씩 읽고 블로그에 리뷰를 올린 일이다. 인생 후반기에는 어떤 삶을 살아야 될지에 대한 물음을 안고 시작한 프로젝트였다. 뚜렷한 성과를 얻을지 알 수 없는 고된 일이었지만 잠을 줄이면서 치열하게 해냈다. 내 삶에 있어서 가장 어렵고도 보람찬 일이었다. 그래서 그 리뷰 글을 책으로 엮어서 딸들에게도 물려주고, 나 자신도 간수하고 싶었다. '물성'이라는 것이 주는 힘은 강력하기 때문이다.

그렇게 해서 '나만의 책 만들기' 수업을 위해 안산에서 홍대 입구까지 8주간 다녔다. 왕복 4시간에 수업 2시간까지 합해 하루 6시간이 걸리는 일이었다. 이때 워크숍을 담당한 강사가 이진곤 대표였다. 그리고 그가 서점을 운영한다는 것을 알게 되었는데 그것이 짐프리였다. 내가 공부한 곳이 서점이 아니고 여행 작가 협회의 교육장이었던 것은 이진곤 대표가 여행작가협회에 소속되어 있어 그곳에서도 강의를 했기 때문이다. 이 워크숍은 짐프리에서도 진행되고 있다.

나는 이 워크숍을 마치고 바로 책을 내지는 못했다. 대학원 과제가 만만치 않은 데다가 논문 자료 준비에, '그림책 심리학' 공부까지 하고 있어서 시간이 없었다. 원래의 목표도 배워두는 것에 두고 있었다.

이 공부를 통해 얻은 큰 수확은 '독립 출판'이라는 세계에 대해 알게 되었다는 점이다. 독립 출판이란 개인이나 그룹이 직접 기획해서 원고를 작성하고, 편집 디자인을 해서 인쇄한 출판물을 배포하고 판매하는 일련의 행위를 말한다. 많은 사람들의 생각이 그러하듯이 나도 책이라면 일반 출판사에서 기획·출판된 책이 더 뛰어나다고 생각했다. 그런데 이 워크숍을 진행하는 동안 독립 출판물을 취급하는 서점을 돌아다녀보고, 독립 출판 북 페어를 관람하다 보니 생각이 많이 바뀌었다. 기성 출판물의 프레임을 새롭게 구성한 독립 출판물들에는 창작자의 다양하고 멋진 아이디어와 상상력이 돋보이는 작품이 많았기 때문이다. 그래서 기성 출판물이라 해서 다 훌륭한 것도 아니고 독립 출판물이라고 해서 품질이 모두 떨어지는 것도 아니라는 것을 알았다.

짐프리는 여행 서적과 독립 출판물을 취급하고 있기 때문에 개점할 당시부터 책 만들기 과정을 진행했다. 이진곤 대표에게, '책은 소비하는 공간이 아니라 책을 생산하는 공간으로 책 만들기 플랫폼을 구축'하고 싶은 꿈이 있었던 것이다. '여행'과 '책'은 상관관계가 높다. 여행을 다녀온 사람들은 여행지에서 겪은 소중한 경험과 추억들을 기록으로 남기고 싶어 한다. 웹상의 기록과는 또 다른 형태로 말이다. 따라서 블로그에 올린 것들을 재정리해서 독립 출판물로 만들기도 한다. 완성된 출판물은 자신이 원하는 만큼 인쇄하기 때문에 자신이 보관하고 싶은 부수만 찍는 경우도 있고, 독립 출판물을 취급하는 서점에 입고하기 위해 수십 권 또는 수백 권을 인쇄하기도 한다.

짐프리에서 진행하는 '나만의 책 만들기' 워크숍은 스스로 책을 만들어 최종적으로는 전국 100여 개의 서점에 자신의 책을 유통하는 것을 목표로 하고 있다. 출판이라는 이름을 전혀 모르는 초보자를 위한 과정이다. 그동안 책을 출판하고 싶었지만 그 방법을 모르거나 자신과는 거리가 멀다고 생각해서 시도해보지 못한 사람들에게 좋은 기회이다. 이진곤 대표는 "한 권의 책을 만든다는 것이 쉽지는 않습니다. 하지만 이미 많은 분들이 만들어보았고, 판매까지도 해보시는 분들을 보면 특별한 의미가 있다고 생각이 듭니다"라고 말한다.

이진곤 대표가 블로그에 올리는 '서점 일기'에는, 연세 지긋한 분이 찾아와서 "죽을 날이 얼마 안 남아서 지금까지 모아놓은 가족 기록을 책으로 만들고 싶다"라고 한 이야기도 있고, 중학교 교사가 제자들에게 책 만들기가 어떤 영향을 미칠지에 대해 상담을 했다는 이야기도 있다. 여러 이유들로 사람들은 독립 출판에 관심을 가지고 있다. 이 과정을 통해 출판된 책은 《여행 좀 다녀올게》, 《서랍 속 이야기》, 《조카, 세월을 아니?》, 《KISS》, 《여행의 맛 우도, 마라도 제주 서부》 등이 있다.

'나만의 책 만들기' 워크숍을 마치고 나자 나는 이것이 지금까지 배운 것 가운데 가장 의미 있는 것이라는 생각이 들었다. 블로그에 있는 콘텐츠들을 비롯해, 앞으로 생겨나는 이야기들을 한 권 한 권 책으로 만드는 일이야말로 후반 인생을 아주 재밌게 보낼 수 있는 일이기 때문이다.

#3

## 작가와 독자들을 한자리에 모은 서울 진 페스티벌

짐프리의 이진곤 대표는, 서점이 다양한 창작자들이 자신의 출판물을 소개하고 독자를 만날 수 있는 장이 되기를 바란다고 한다. 그래서 독립 출판물을 입고받고, 여행에서 찍은 사진들을 전시할 기회도 주고, 북 토크를 통해 독자와 만날 수 있도록 자리를 마련해주고도 있다. 그런데 그는 서점에서 하는 것으로는 만족을 못 하는 듯했다. 왜냐하면 독립 출판 작가와 독자가 동시에 한자리에서 만날 수 있는 큰 자리를 마련했기 때문이다. 작가나 독자나 얼마나 기다리던 자리였을까?

작년 10월 1일과 2일, 이틀에 걸쳐 홍대 앞에 있는 '갤러리 위안'에서 열린 '제1회 서울독립출판축제서울 진 페스티벌'가 바로 그것이다. 이 축제는 짐프리와 또 다른 서점인 이후북스가 함께 벌인 판이다. 동네 서점들이 운영의 어려움 속에서도 좌절하지 않고 이런 문화 프로그램을 적극적으로 만들어가고 있는 모습이 보기 좋았다.

나도 하루 날을 잡아 이 축제의 장을 찾았다. 입구에서 열심히 손님을 안내하는 이진곤 대표를 보았다. 조용한 성품이어서 이런 일을 벌일 것 같지 않

은데 은근한 추진력이 있다는 것을 알 수 있었다. 다른 독립 출판 축제의 참가비는 보통 7~10만 원이라는데 '서울독립출판축제'는 3만 원이었다니 주머니 가벼운 작가들에게 고마운 일이었을 것이다.

전시장은 2개 층이었지만 공간이 넓지 않아 비교적 작은 규모였다. 하지만 작품들은 하나같이 흥미로웠다. 기성 출판물도 요즘 표지 디자인에 많은 신경을 써서 세련된 책들이 많지만 사이즈나 두께 등에서는 큰 차이가 나지 않는다. 우리가 기성 출판물을 고르는 기준도 외형보다는 주로 내용 위주이다.

그런데 독립 출판물들은 크기, 모양, 두께 등에서 우리의 상상을 뛰어넘었다. 작가의 취향이 최대한 표출되어 있어서 책 내용도 내용이지만 형태로도 한눈에 마음을 사로잡았다.

북 페어의 좋은 점은 궁금한 것을 작가에게 바로 물어볼 수 있다는 점이다. 그런데 이 예술성이 강한 작가들은 대부분 수줍음을 많이 타서 쑥스럽다는 듯이 앉아 있는 경우가 많았다. 그래도 자신의 작품에 관심을 가져주는 것을 싫어하지는 않았다. 그래서 나는 최대한 작품에 대해서 물어보고, 마음에 드는 것들은 사기도 하면서 돌아다녔다. 이미 서점에서 사서 본 책의 저자는 읽어보았다는 내 얘기를 들으면 공짜로 엽서를 주기도 했다. 나도 짐프리의 이진곤 대표에게 책 만들기 과정을 마쳤을 때 책을 출판했다면 그 자리에 앉아 있었을 것이란 생각을 하니 살짝 부럽기도 했다. 다음에는 손님이 아니라 작가가 되어 그 자리에 앉아 있는 모습을 상상하며 돌아다녔다.

독립 출판물들은 새벽 경매장에 나와 있는 생선들처럼 펄떡거렸다. 어떤 것에도 통제당하지 않고, 어느 것에도 규정당하지 않는 것들로, 날이 선 채 자유로워 보였다. 그래서 혹여 내용이 거칠더라도 다 용서가 된다. 오히려 통통 튀는 책들을 보고 있으면 무디어진 뇌가 자극받고, 잠시나마 기존의 질서에서 벗어나는 듯한 느낌을 받아 즐겁다. 그래서 이런 행사장엔 젊은 사람들이 아니라 나이 먹은 사람들이 더 다녀야 한다.

이번 전시장에서 가장 내 마음을 사로잡은 책은 《자립탐구생활》이라는 책이다. 기존의 형태를 완전히 해체한 책이다. 크기는 말할 것도 없고, 엮지도 않았다. 표지는 크래프트지에 일반 책을 반, 혹은 3분의 2 정도로 싹둑 자른 형태이다. 예전에 식당에서 영수증 철로 사용하던 클립보드로 만든 책이다. 나는 이날의 책 가운데 이 책을 '최고의 책'으로 꼽았다. 가장 새롭고도, 좋은 내용을 담은 책이었기 때문이다.

1 제1회 서울독립출판축제, 서울 진 페스티벌의 포스터
2 제목의 일부가 뒤집어져 있어서 더 눈이 가는 책
3 《지(紙)가 좋아서 만든 책》, 위트가 넘친다.

1 작가의 감각이 돋보였던 부스
2 책 내용과 비슷한 소품을 함께 진열한 코너
3, 4, 5 내가 사온 책과 소품과 얻어온 것들 모두

'도시네이티브의 스스로 좀 더 해보기 프로젝트'라는 부제를 달고 있는 이 책은 "'자립'에 대한 다양한 실험을 생활에 적용하고 그 과정 기록물과 부산물을 매개로 사람들과 만나는 가내 수농공업자"라고 자신을 소개하고 있었다. 자신의 자립적인 삶을 위해 실험하고, 실천하고, 생활하는 단계를 기록한 주관적인 내용이지만 그 정신을 높이 평가하고 싶었다. 작가는 아직 결혼도 안 한 여성인데 교외의 땅을 빌려 직접 벼농사까지 지어보는 실험도 해보았고, 자신이 지은 농산물로 요리를 해 먹고도 있었다. 20년은 더 살았을 내가

스승으로 모셔야 할 사람이었다. 이야기를 듣고 난 나는 작가에게 응원과 칭찬의 말을 아끼지 않았다.

독립 출판 전시장은 이런 독특한 사람들의 생각을 만날 수 있는 장이다. 벌써 내년이 기다려진다.

#4

# 소년은 왜 알래스카로 떠났나?

호시노 미치오《여행하는 나무》, 갈라파고스

그대는 지금 무슨 꿈을 꾸고 있는가?

"지금 꾸는 꿈의 모습이 미래의 모습이다"라는 말이 있다. 만약 지금 자신의 모습이 과거에 꿈꾸었던 모습이라면 그 사람은 정말로 행복한 사람일 것이다.

홋카이도의 자연을 동경했던 십대의 한 소년이 있었다. 홋카이도는 그 소년에게 일종의 이상향이었던 것이다. 그런데 북방을 향하던 그의 동경이 먼 알래스카로 옮겨가게 되었다.

어느 날 소년은 도쿄 시내의 헌책방에서 알래스카 풍경을 담은 사진집 한 권을 발견한다. 하필 알래스카 사진집을 골랐는지 본인도 모르는데 책에 실린 사진이 소년의 마음을 흠뻑 빠지게 했다. 사진이 다 마음에 들었지만, 하늘에서 에스키모 마을을 촬영한 사진이 가장 마음에 들었다.

회색의 베링해와 잔뜩 찌푸린 하늘, 구름을 뚫고 쏟아져내리는 북극의 햇살, 그 한가운데에 작은 점처럼 박혀 있는 에스키모의 마을은 점점 소년의 궁금증을 부풀게 했다. 그 사진 가운데 '쉬스마레프 마을'이라는 사진은 소년의 가슴 한구석을 훈훈하게 했다. 그래서 편지를 썼다. 주소는 미국, 알래스카라고만 썼다.

"지금 꾸는 꿈의 모습이 미래의 모습이다"라는 말이 있다.
만약 지금 자신의 모습이 과거에 꿈꾸었던 모습이라면
그 사람은 정말로 행복한 사람일 것이다.

"쉬스마레프 마을이 찍힌 사진을 책에서 봤습니다. 저는 알래스카에 관심이 많습니다. 그래서 찾아가고 싶어졌습니다. 무슨 일이든 할 수 있으니 저를 초대해주셨으면 합니다." 답장을 기대하지도 않았고 까맣게 잊고 있었는데, 반년이 지난 어느 날 쉬스마레프 마을의 촌장으로부터 편지가 왔다. 언제든지 오면 환영한다는 편지를 받고 소년은 반년 동안 알래스카 여행을 준비해서 떠났다. 작은 비행기를 몇 번씩이나 갈아타고 나자 베링해가 보였고, 며칠이 지나 쉬스마레프 마을에 도착했다. 그 마을에서 소년은 3개월을 지냈다. 소년이 자신의 삶에서 가장 강렬한 체험을 하는 시간이었다. 곰과의 첫 만남, 바다표범 사냥, 토나카이 사냥, 태양이 한없이 반복되는 백야, 마을 사람들과의 즐거운 시간…….

소년에게 그 여행은 다양한 삶이 존재한다는 진리를 깨닫게 해주었다. 그

때 소년의 나이 열아홉이었다. 소년은 알래스카를 잊을 수가 없었다. 대학을 졸업하고 알래스카 대학 야생생물학과에 입학하게 되어 그토록 보고 싶었던 곰을 만나러 간 것이다. 그리고 16년이나 알래스카인이 되어 살면서 멋진 사진들을 찍는다. 그런데 소년이 우리나라 나이인 마흔다섯 살에 텐트를 치고 자다가 곰의 습격을 받아 사망하게 된다. 그가 남긴 사진과 글은 그림책으로 엮였다.

알래스카에서 일본으로 돌아와 생활하면서도 곰 생각에 빠져 있던 소년. 나는 《그림책의 힘》과 《마음이 흐린 날엔 그림책을 펴세요》에서 이 그림책을 알게 되어 구입했다. 하나는 《곰아》이고 다른 또 하나는 《숲으로》이다. 그가 그토록 사랑한 곰에게 습격당해 유명을 달리했기에 《곰아》라는 책에 마음이 더 갔다.

《여행하는 나무》를 읽기 전에 이 그림책을 먼저 봤는데 그때는 별 감흥이 없었다. 그런데 《여행하는 나무》를 읽은 후에 다시 보니, 그림책 속에 있는 문장 하나하나가 무엇을 이야기하고 있는지, 퍼즐이 맞추어지는 듯했다. 모르고 읽을 때와 알고 읽을 때의 느낌이 천지 차이였던 것이다.

《여행하는 나무》는 소년이 알래스카에 가게 된 이야기부터 알래스카에서 16년 동안 지내며 쓴 일기 내용이다. 어린 시절, 한 권의 사진집을 보고 꿈꾸어왔던 한 소년이 실제로 그 꿈을 이룬 이야기를 아주 천천히 읽었다. 아름다운 대자연 속에서 에스키모인, 인디언들과 행복한 한때를 보내다가 예기치 않은 사건으로 짧은 삶을 마감해야 했던 소년의 이야기는 현실을 쫓기듯 사는 우리들에게 강력한 메시지를 전해주고 있다. 자신이 진정으로 하고 싶은 일이 무엇인지, 그 삶을 따르라고 말이다.

《여행하는 나무》의 저자 호시노 미치오는 중학교 동창이었던 T라는 친구가 조난으로 죽음을 당하자 자신이 그토록 원하던 알래스카로 가기로 결심한다. 그러나 그 친구의 죽음이 아니어도 자신은 그곳으로 떠났을 거라고 말한다.

호시노 미치오의 몸에는 자연과 여행에 대한 동경의 피가 원래부터 흐르고 있는 것 같았다. 중학생 시절부터 학교에서 수업을 받다가도 미국을 여행하고 싶다는 생각이 들면 몸이 마구 달아오르는 것을 느끼곤 했다고 한다. 함께 갈 친구도 미리 정해놓았는데 정작 말했더니 멍한 표정으로 아무런 마음이 없었다. 그래서 그는 혼자서 방문하겠다고 결심하고 아르바이트를 하면서 돈을 조금씩 모으기 시작한다.

열여섯짜리 당돌한 소년은 1968년 여름, 배를 타고 여행을 떠난다. 광활한 태평양과 한없이 푸르른 하늘에 압도당하며, 밤이면 갑판에서 별자리를 확인하고, 물결치는 태평양 소리에 귀를 기울이다 잠들곤 하면서 2주일이 지나 미국에 도착한다. 어디로 가야할지 몰라 무작정 걷던 그는, 케네디 대통령과 킹 목사의 암살 그리고 베트남 전쟁과 흑인 폭동으로 혼돈이 극에 달한 미국을 무서운 줄 모르고 돌아다닌다.

웅장한 그랜드캐니언을 바라보며 새로 태어나고 작은 텐트에서 처음으로 야영을 한다. 남부 애틀랜타, 내슈빌, 뉴올리언스 등을 돌아보고 멕시코의 고대 문명의 유적지를 둘러보면서 유카탄 반도의 끝까지 갔다가 길을 잃기도 한다. 캐나다에서는 히치하이크로 만난 가족들과 열흘이나 함께 지낸 인연으로 25년이 지나서도 연락을 주고받는다. 그렇게 많은 사람들을 만나고 도움을 받으면서 2개월 동안의 여행을 무사히 마치고 돌아온다.

내가 이 글을 읽을 당시 작은 딸이 열일곱 살이었다. 호시노 미치오가 일본 나이로 열여섯 살이었으니 딸과 똑같은 나이였다. 과연 딸이 혼자서 경비를 마련하고, 부모에게서는 도움을 조금만 받아 여행을 떠날 수 있을까? 1960년대가 아닌 2012년, 배가 아닌 비행기로 열몇 시간만 가면 되는 미국 땅에 배낭 메고 혼자서 떠날 수 있을까?

여행을 떠나기 전과 후의 십대 소년은 너무나 달라져 있었다. 호시노 미치오는 미국 여행을 통해 진정한 '나'를 만났다고 고백한다. 여행은 자신이 살고 있는 세계와 살 수 없는 세계를 구별하는 힘과, 보이지 않는 것까지 볼 수 있는 눈을 선사했다고 한다. 그는 이 귀한 가르침들을 그대로 실천하며 살았다.

이 책을 읽으면서 삶이란 과연 무엇인지 다시 생각했다. 알래스카가 아니어도 홋카이도라도 여행을 떠나보자고 생각했다. 현재의 공간과 다른 세계로 한번 떠나보자는 소리가 들렸다. 《여행하는 나무》를 읽다 보면 나도 한번 그곳에 가서 눈을 녹여 음식도 해 먹어보고, 블루베리 열매를 따다 곰과 부딪치지는 않나 두리번거려도 보고, 카리부가 이동하는 모습도 몰래 지켜도 보고, 백야를 경험해보고, 오로라도 보고, 쏟아지는 별똥도 보고 싶어진다. 생명이 살아가기에 최악의 조건에서 진정한 생명력을 느껴보고 싶어진다.

비록 자신이 사랑하는 곰을 만나러 떠났다가 곰에게 목숨을 잃었지만 호시노 미치오야말로 진정한 여행자라 생각한다. 자신의 꿈을 실현시키는 여행, 그 꿈에 집념이 있다면 거기에 어떤 이유도 달지 않을 것이다. 그저 떠날 뿐이다. 자신의 가슴이 말하는 언어에 따르며…….

## **땡스북스** 디자인, 문화 예술 책방

아름다운 세상을 만들어가고 있는 사람들 가운데에는
이렇듯 확고한 경영철학으로 큰돈이 되지 않는 서점을
붙들고 있는 사람들이 있다. _ '땡스북스'

**주소** 서울시 마포구 양화로6길 57-6
**전화** 02-325-0321
**홈페이지** http://www.thanksbooks.com
자세한 내용은 홈페이지를 참조하세요!

#1

## 디자인, 문화 예술, 인간미가 흐르는 공간

땡스북스에 들어간 것은 그야말로 우연이었다. 작년 5월, 홍대 부근에서 일을 마친 나는 그림책 전문 서점인 피노키오를 가려고 구글 지도를 켜고 잔다리로를 걸어가고 있었다. 그런데 왼쪽 유리창을 통해 책이 보였고, 본능적으로 간판을 보니 땡스북스였다. 이름도 많이 들었던 곳이고, 조금만 걸어가면 있는 '상상마당'에 매주 강좌를 들으러 다니고 있었는데도 한 번도 보지 못했다. 그 둘 사이에는 마치 한 구비 돌아가는 듯한 도로가 있고 나는 다른 방향에서 갔기 때문에 마주칠 수가 없었던 것이다. 예상치 못한 만남에 반가움이 더 컸다.

그날은 토요일 오후였다. 문을 밀고 들어서자 커피 머신 앞에 있던 젊은 여성이 가볍게 인사했다. 과하지 않은 태도에서 손님을 배려하는 마음이 전해져왔다. 서점 안은 밝고 세련된 분위기였으며 20평 규모로 그리 넓지도 좁지도 않았다. 나는 점심을 막 먹은 때라 일단 커피를 시켰다. 그리고 탁자에 앉아 안을 둘러보았다. 책은 가지런히 정리되어 있었고, 젊은 여성들이 서서 책을 보고 있었다. 그리고 손님들이 꽤나 들고 났다.

커피를 마시고 일어서서 본격적으로 둘러보며 사진을 찍었다. 나 말고도 카메라를 가지고 온 사람들이 눈에 띄었는데 큰 카메라를 가지고 와서 찍는 사람도 있었다. 그러나 누구도 제지하지 않았다. 나는 으레 그렇듯, 살 책이 있는지 살펴보았으나 선뜻 구입하고 싶은 책을 만나지 못했다. 예정에 없던 방문이어서 그랬을 수도 있겠으나 책 대부분이 젊은이들을 타깃으로 큐레이션되어 있는 듯했다. 그래서 나는 처음으로 동네 책방에서 빈손으로 나올 수밖에 없었다. 커피값을 지불했으니 그것으로 대체가 될 수도 있다고 하면서 말이다.

그 후로 나는 몇 차례 땡스북스를 방문했고 회원 가입도 했다. 다른 서가에 내 취향의 책들도 많이 있어서 사올 수 있었다. 첫날은 나이 든 사람이 거의 없어서인지 오래 있기에는 마치 맞지 않는 옷을 입고 있는 듯한 느낌이 들었다. 동네 서점은 그 지역에 가장 맞는 콘셉트로 책방을 꾸미고 책을 진열한

책을 좋아하는 사람들이 차를 마시면서 편안하게
책 읽을 공간을 만들기로 했다.

다. 젊은이들의 거리인 홍대이기 때문에 땡스북스 또한 젊은이들에게 가장 잘 맞는 분위기의 책방이었던 것이다.

그로부터, 얼마 지나지 않아 서울 도서관에서 진행한 '책방 학교' 강좌에서 땡스북스 이기섭 대표의 강연을 들었다. 그의 서점에 대한 소개를 듣고서야 땡스북스가 얼마나 단단하고 멋진 서점인지 알았다. 땡스북스는 불리한 조건을 가진 작은 서점으로서 성공 모델이라고 할 수 있는데 그렇게 되기까지에는 다 이유가 있었다. 무엇보다도 지역민과 더불어 상생하려는 이기섭 대표의 확고한 경영 철학과 나눔 실천이 그러한 결과를 만든 것이다.

오프라인 서점이 가장 많이 줄어든 시점인 2011년에 오픈해 꾸준한 성장을 보여주고 있는 땡스북스는 지역서점의 특징을 명확하게 보여주는 서점이다. 서점의 아이덴티티가 강하고 지역과의 연계와 소통을 잘하고 있다. 이기섭 대표는 강연에서 세 가지 주제로 서점을 소개했다. 콘셉트, 시스템, 콘텐츠이다. '책과 커피로 소중한 시간을 즐기는 동네 서점'이 땡스북스의 콘셉트이며, 윈윈 시스템으로 서점을 경영하며, 다양한 콘텐츠를 가지고 있다.

그래픽 디자이너이자 북 디자이너인 이기섭 대표는 1996년 당시, 뉴욕에서 어학 연수를 하고 있었다. 그때 그는 반디앤노블이라는 서점을 자주 찾았다. 그런데 서점 내에는 큰 소파가 있었고 커피를 팔아서 깜짝 놀랐다고 한다. 지금에야 우리나라도 그러하지만 그 당시에는 생각도 못한 일이었기 때문이다. 그래서 그는 책을 좋아하는 사람들이 차를 마시면서 편안하게 책 읽을 공간을 만들기로 했다. 서점은 자신이 가장 하고 싶은 일이었으나 서점만 경영해서는 유지가 힘들기 때문에 디자이너 일을 계속 하고 있다.

작은 서점을 운영하는 데 있어서 힘든 일 중의 하나는 입고이다. 총판을 통해서 책을 공급받는 시스템이 현실인데 작은 서점이 그런 체계로 운영을 하기에는 열악하기 때문이다. 이 대표는 오픈 시 출판사와 직접 거래를 하기 위해 20군데가 넘는 출판사에 메일을 발송했지만 문학동네 한 곳만 거래를 못 한다는 답장을 보내왔다고 한다. 결국 아는 출판사 5곳과 거래를 시작했다는데 6개월 후에는 50군데로 늘고, 현재는 600여 곳이 되었다 한다. 대단한 성과다.

땡스북스는 초기의 어려움을 딛고 해마다 성장했다. 이 대표는 수익을 재투자한다. 먼저 임대료를 매해 일정 금액 올려주고 있다. 서점이 위치한 곳이 홍대 메인 상권이라 임대료가 아주 높다. 여기에서도 그의 윈윈 철학이 엿보인다.

초기 3년간 땡스북스는 다양한 행사를 했다. 저자 강연회, 인디 레이블 증정, 잡지 창간식, 동네 아티스트의 전시, 원화 판매 등이다. 에코 백 판매에서 얻은 수입금 일부는 동일본 대지진 피해자들에게 전달하기도 했다. 땡스북스에서는 음료뿐만 아니라 독립 출판물, 인디 음반, 문구, 꽃 등도 판매한다. 주변에서 생산되는 물건을 판매하는 기회를 제공하는 것이다.

서점 안쪽에는 커피를 마실 수 있는 둥근 테이블이 있는데 그 옆에 위로 올라가는 계단이 있다. '더 갤러리' 공간이다. 기획 전시 공간이기도 한 이곳에서는 작가와의 만남이나 세미나, 이벤트 등이 열린다. 작년에 나는 이곳에서 '라운드 테이블'이라는 귀한 프로그램을 체험할 수 있었다. 일본 서점 편에서 소개하고 있는 도쿄 B&B의 우치누마 신타로 대표와 교토의 세이코샤의 호리베 아츠시 대표의 특별 강연과 함께 서점 운영자와 작가, 출판사 대표들이 한자리에 모여 서점에 대한 이야기를 나눈 프로그램에 참석한 것이다.

그 공간에 청중이 꽉 찰 만큼 열의가 대단했다. 청중 가운데에는 서점을 하고 있는 사람들도 많이 있었고 서점을 운영하려는 사람들도 꽤 있는 것 같았다. 한창 서점이 생겨나고 있는 시점이었으니 그들에게도 많은 도움이 되었을 것이다. 나도 논문 쓰는 데 도움을 많이 받았다. 도쿄에 B&B가 있다면

서울엔 땡스북스가 있다. 이와 같이 의미 있는 행사의 중심에 이기섭 대표가 있었다는 것은 든든한 일이 아닐 수 없다.

서점이 잘되고 있으니 유혹도 적잖이 받는다고 한다. 판매 상품 의뢰도 마찬가지다. 책 이외의 다른 상품도 판매하고 있지만 그는 책과 연관된 상품만 판매한다. 그래서 아무리 수익을 많이 올릴 수 있는 상품일지라도 책과 관계없는 물건이나 책을 넘어서는 것은 과감하게 거절한다.

다른 서점주와는 달리 이기섭 대표는 매체에 얼굴을 잘 보이지 않는다. 이미 서점이 궤도에 올라와 있는데 매체에 나왔다가 쏠림 현상의 영향을 받을까 봐 염려하기 때문이다. 중심이 바로 서면 절대 흔들리지 않는다는 것을 보여 주는 예이다. 그래픽 디자이너기도 하지만 그림책 작가인 이 대표는 늘 웃는 모습이다. 그래서 한 지인이 '스마일로그'라는 이름도 지어주었다. 그림책 주인공을 보면 저자의 얼굴과 닮은 경우가 많은데, 이 대표가 그린 그림책의 주인공들도 그의 트레이드마크처럼 맑게 웃고 있다. 《스마일 서커스》, 《모두 웃어요》 등 제목에서 그런 분위기가 가득 풍기기도 한다. 그는 첫 그림책 수익금 모두를 국제 아동 후원 단체인 플랜코리아에 기증하기도 했다.

아름다운 세상을 만들어가고 있는 사람들 가운데에는 이렇듯 확고한 경영 철학으로 큰돈이 되지 않는 서점을 붙들고 있는 사람들이 있다. 참으로 감사하다.

#2

## 큐레이션 북스토어, 땡스북스

박물관이나 미술관에서 주로 사용하는 '큐레이션'이라는 단어가 요즘엔 서점가에서도 흔히 쓰이고 있다. '큐레이션'을 선택과 선별, 배치 등으로 의미를 확장할 때 최근에 생긴 동네 서점이라면 대부분 큐레이션이 잘된 서점들이다. 대형 서점과 달리 동네 서점은 규모가 작기 때문에 매우 한정된 책들을 입고해놓을 수밖에 없다. 따라서 최대한 서점 운영자의 취향이나 지역성에 기반을 두고 책을 선별하고 배치하게 된다.

중학교 때까지 나는 면 소재지에서 살았다. 그곳에 서점이 있기는 했는데 어쩌다 참고서 사러 간 정도였던 것 같다. 뜻도 모르고 읽었던 세계 고전 명작들은 주로 학교 도서관에서 빌렸다. 그러다가 고등학교 진학을 위해 인천으로 올라왔다. 그때 처음으로 교보문고에 갈 수 있었다. 전철 노선이라야 1, 2호선이 전부였던 시절, 나는 1호선 전철을 타고 시청역에서 내려 지하보도와 지상을 오르내리며 걸었다.

시간이 너무 많이 지나 당시의 교보문고 내부 풍경에 대한 기억은 나지 않지만 그곳을 향해 갈 때의 기대감과 설렘은 하늘을 찌를 듯했다. 그곳에 가

주인장이 잘 골라서 진열해놓은 작은 서점에 가면
책들을 차근차근 살펴볼 수 있다.

서 어떤 책을 읽었는지도 전혀 기억에 없지만 책으로 가득한 공간에 있던 그 자체로도 말할 수 없는 행복에 싸여 있었다. 나는 시간이 날 때마다 교보문고 말고도 대형 서점들을 찾아다니며 책을 읽고 샀다. 그것은 내가 일상을 즐기는 한 방법이었다. 우리 아이들이 어느 정도 자랐을 때엔 아이들에게도 그 공간을 경험해주고 싶어서 양쪽에 손을 잡고 또 전철에 올랐다. 엄마가 매번 가슴 설레며 먼 그곳까지 혼자 다니면서 책을 보았다는 이야기를 해주면서 말이다.

지금은 온라인 서점에 익숙해져서 오프라인 서점이라면 집 근처의 중형 서점만 가끔 찾는 내가 친구들과 광화문에 약속이 있어서 나갔던 어느 날 시간이 남아서 서점에 들어갔다. 그런데 너무 오랜만이어서인지 그 공간에 적응이 잘 되지 않았다. 넓고 복잡해서 나중에는 나가는 길을 잃을까 하는 걱정이 일 정도였다. 사려고 마음먹었던 책을 산 뒤 그림책 코너로 가서 어떤 책들이 있는지 구경하려고 했다. 그런데 그 코너에도 책들이 너무 많아서 그만 흥미를 잃고 나와버렸다.

책이 더 이상 귀한 시대가 아니다. 우리 집 거실의 벽이란 벽에는 모두 책장이 서 있고 거실에는 책이 가득 차 있다. 그것도 모자라 거실 바닥에도 안방에도 책은 넘쳐난다. 이미 몇 박스를 정리해서 여기저기 나누어주었어도 책은 금세 또 쌓인다. 시간이 없어도 좋은 책을 발견하면 사서 놓고 있다 보니 그러하다. 이러한 현실이니 책이 사방팔방 쌓여 있는 곳에 있으면 이제는 머리가 어지러워진다.

최근 우리 사회에 '큐레이션'이라는 단어가 많이 등장하는 것도 그만큼 과잉 상태가 되었다는 말이다. 양이 너무나 많으면 어느 것을 선택해야 할지 알 수 없다. 어느 것이 중요한지 구별이 가지 않기 때문이다. 내가 그토록 좋아해서 먼 거리도 마다하지 않고 찾아다니곤 했던 대형 서점들은 이제 더 이상 흥분과 설렘의 장소가 아니라 두통이 일 것 같은 공간이 되어버렸다. 그래서 주인장이 잘 골라서 진열해놓은 작은 서점에 가면 책들을 차근차근 살펴볼 수 있다.

땡스북스는 큐레이션이 돋보이는 서점이다. 홍대 앞의 특성상 예술 및 디자인, 그리고 문화 관련 일을 하는 이삼십 대 직장인이나 학생들에게 다양한 영감을 줄 수 있는 책들을 선별한다. 이때 가장 중요하게 삼는 기준은 디자인과 콘텐츠의 조화가 잘 되어 있느냐이다. 이기섭 대표가 디자이너이며 땡스북스가 디자인 중심의 서점이라는 것을 잘 표방하고 있는 부분이다.

서점 문을 열고 들어가면 바로 오른쪽에 푹신한 장의자가 있고 그 앞에 '땡스북스 금주의 책' 테이블이 있다. 지난 한 주간 땡스북스에서 가장 많은 사랑을 받은 책을 소개하는 코너이다. 서점의 홈페이지에는 직원들이 돌아가면서 이 책의 리뷰를 쓴다. 리뷰 쓰기가 만만치 않을 텐데 이 일은 그들에게

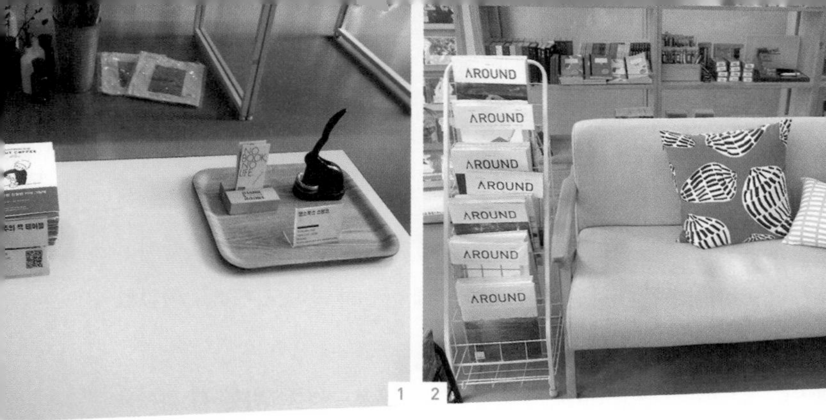


1 금주의 책 테이블
2 금주의 책 테이블 앞에 놓여 있는 장의자

만족감을 주기도 하고 경쟁력이 된다고도 한다. 그리고 이 리뷰는 큰 영향력을 끼쳐서 출판사 측에서 자사의 책을 올려주기를 원하기도 한다.

노란 테이블의 오른쪽에 놓여 있는 스탬프는 '소소한 것에서 삶의 즐거움을 느끼게 하는 행위', 그러니까 어디서 책을 샀는지의 경험치를 주기 위해 만든 것이라 한다. 나도 예전에 책을 사면 간지에 책을 산 날짜와 서점을 쓰던 때가 있었는데 온라인 구매를 하면서부터 쓰지 않았다. 세심함이 엿보이는 부분이다. 벽면을 활용해 전시를 하기도 한다. 서점 아랫층에 갤러리가 있는데 이 대표가 관리한다.

땡스북스에는 '땡스 초이스'라는 독특한 코너가 있다. 한 달에 한 번씩 직원들의 의견을 통해 특정 테마에 어울리는 도서를 소개하는 코너다. 테마 선정 후 소개하고 싶은 책을 출판사와 카테고리를 안배해 결정한 뒤 소개 글을 작성해 진열한다. 직원이 10명이므로 각자의 색깔이 드러나는 영역이다. 이는 곧 서점의 색깔로 이어진다.

땡스북스에 처음 갔을 때 '땡스 초이스' 코너에는 시집이 진열되어 있었다. 책 표지들은 밝고 깔끔한 파스텔 톤인데 깜찍해서 그냥 지나칠 수 없을 것 같았다. 저자들을 보니 대부분 내가 모르는 시인들이라 속으로 놀랐다. 내가 오랫동안 시집을 보지 않았다는 것을 알 수 있었다. 며칠 전에 들렀을 때 그 자리에는 예술 제본 책이 전시되고 있었다. 일일이 손으로 꿰매고 붙이고 한 책들이 얼마나 멋진지 한 권 사고 싶었는데 아무리 찾아도 가격표가 없었다. 물어봤더니 판매하는 것이 아니라고 했다.

땡스북스는 매달 메인 테이블에서 출판사의 홍보 기회를 위한 책 전시를 한다. 열린책들 출판사에서 세계 문학 전집 200권이 출판되었을 때에는 편집자의 책상을 옮겨와 전시했다고 한다. 그리고 1, 2차 교정본이나 살펴보았던 자료 등 책 한 권이 나오기까지의 과정을 보여주었다.

마이클 바스카의 《큐레이션》에서 온라인 큐레이터 마리아 포포바가 "큐레이션이란 개별 콘텐츠 하나하나의 문제라기보다는 이들을 어떻게 조합할 것인지에 관한 것이다"라고 했다. 땡스북스의 서가를 잘 살펴보면 여러 테마가 존재한다는 것을 알 수 있다. 한 서가는 전체가 디자인 관련 책들로 가득하다. 또한 앞에서 소개한 '금주의 책' 테이블이나 '땡스 초이스', 그리고 테마에 어울리게 진열된 책을 소개하는 구역이나 한 작가의 작품을 모아놓은 구역 등이 있어서 서점에서 어떤 기획을 하고 있는지 구경하는 것도 재미도 있다.

가장 최근에 간 날은 평일 오후 5시가 조금 넘은 시간이었는데 땡스북스에는 여전히 젊은이들이 찾아오고 있었다. 큰 렌즈를 장착한 카메라를 맨 젊은이들도 여전히 보였다. 젊은이들이 들어와 있는 것만으로도 서점 안은 활력이 넘치는데, 그들이 책까지 보고 있으니 보는 내 가슴이 벅찼다.

#3

# 문화 예술을 사랑하는 이들은 상상마당으로

땡스북스에서 걸어서 1분 거리면 갈 수 있는 상상마당. 내가 처음 이곳을 가게 된 것은 지하에 있는 극장에서 영화를 보기 위해서였다. 두 번째도 마찬가지였다. 거리는 멀었지만 가까운 영화관에서는 상영하지 않는 예술 영화들을 이곳에서 상영하고 있었다. 어떤 때는 상상마당의 홈페이지에 들어갔다가 상영 영화의 소개 글에 이끌려 인터넷에서 구입해서 본 적도 있다. 나중에는 이곳보다 훨씬 편하게 갈 수 있는 예술 영화관을 알게 되어 영화를 보기 위한 목적으로 가지는 않게 되었다. 하지만 일반 영화관에서 볼 수 없는 내 취향의 영화를 많이 상영한다는 점에서 상상마당은 좋은 이미지로 남아 있다.

작년 봄에는 그림책 관련 강좌를 찾다가 이곳에서 하는 프로그램이 검색되어 4개월 동안이나 다니기도 했다. 그때 '상상 아카데미' 강좌들을 쭉 살펴보던 나는 환호성을 지르지 않을 수 없었다. 나는 바로 지인에게 문자를 보냈다. "상상마당, 나이 들어서 아주 즐겁게 보낼 수 있는 놀이터네요!"라고 말이다. 그리고 상상마당 근처로 이사 가고 싶다는 말도 덧붙였다. 그림책 관련 강좌의 초급반이 끝나고 고급반을 신청할 때 또다시 프로그램들을 살펴보았

공간 소개

6층 **카페 세이트콕** : 일상, 예술에 대한 맛있는 담론과 나눔이 있는 곳

5층 **스튜디오** : 대한민국 생활 사진가 및 사진작가를 위한 공간

4층 **아카데미** : 인문학 / 글쓰기 / 창작 워크숍 / 미술 강좌를 중심으로 예술가와 일반인을 이어주는 문화 예술 공간(대관 가능)

3층 **아카데미** : 사운드 / 영상 / 비주얼 중심의 교육 프로그램이 운영되는 미디어 스페이스(대관 가능 / 미디어 룸 제외)

2층 **갤러리** : 현대 미술 및 비주류 예술을 대중에게 소개, 유통하고 신진 작가를 발굴하는 공간

1층 **디자인 스퀘어** : 신진 디자이너와 상품(작품)을 소개, 유통하며 양산을 지원하는 공간, 디자인 마켓 및 기획 전시

B2F **라이브홀** : 자신만의 음악을 표현하고 싶은 뮤지션들을 위한 음악 전문 공연장(대관 가능) – 밴드 인큐베이팅 / 기획 공연 / 공동 기획 공연

B3F Cine Lab : 디지털 영화에 대한 최고의 기술을 제공하고, 정보를 공유하는 공간 · 독립 · 단편 영화에서 상업 영화까지 다양한 제작 시스템 수용

B4F **시네마** : 단편 영화의 메카, 인디 영화의 인큐베이터, 예술 영화의 플랫폼! – 독립 저예산, 예술 영화 개봉관 / 기획전 / 대단한 단편영화제

다. 그 당시 꼭 배우고 싶은 강좌가 두 개 더 있었으나 아쉽게도 모두 같은 요일에 같은 시간이었다. 그래서 일단 후퇴를 했다. 이러하니 상상마당이 더 좋아질 수밖에 없었다.

피카소 거리에 있는 회색 건물 상상마당은 외관이 독특해 이름값을 제대로 하고 있다는 생각이 든다. 이름 때문인지 마치 상상의 줄기가 쭉쭉 뻗어 올라가 건물을 에워싸고 있는 것처럼 보인다. 그것은 또 상상마당이 추구하고 있는 바를 잘 나타내주는 것으로도 보인다. 상상마당은 KT&G가 운영하는 복합 문화 공간으로서 비주류 문화 예술의 촉진자 역할을 통해 문화·예술인들의 창작과 육성을 지원하고, 다양한 소통과 소비를 이루어내기 위해 2007년에 문을 열었다. 지하 4층, 지상 7층 규모로 갤러리를 비롯해 독립영화·예술영화 상영관, 공연장, 아트 스퀘어, 영상 스튜디오, 아카이브, 카페 등의 시설을 갖추고 있다.

내가 아는 사람들 가운데에도 실제로 이 상상마당을 통해 작가로 등단해 활동하는 사람들이 있다. 아카데미 마지막 과정인 전시회에서 출판사의 눈에 띄어 러브 콜을 받은 덕에 책을 출판한 경우들이다. 그리고 독립 출판물 제작 과정을 공부한 뒤 그 결과물을 상상마당의 입구에서 외부 전시회도 갖는데 이 작품들을 독립 서점에 유통시키거나 독립 출판 전시회에 내놓는 사람들도 보았다. 예술가들을 발굴하고 지원해서 그 작품을 유통시키기 위한 것이 상상마당의 취지다.

상상마당의 프로그램에는 웹진, 영화, 공연, 디자인, 시각 예술, 아티스트 DB, 프로덕트 DB, 자유 창작 DB 등이 있다. 그리고 뮤지션이나 디자이너들을 지원하는 프로그램들도 있으니 관심 있는 사람들은 잘 살펴보고 그 수혜자가 되는 기회를 얻기 바란다. 일반 아카데미 프로그램은 일반 과정과 인재 육성 과정, 특강으로 이루어졌는데, 이름만 대면 알 수 있는 권위 있는 강사

들이 많다. 일반 과정에는 글쓰기, 인문학, 미술 / 사진, 영상 / 비주얼, 사운드, 문화 예술, 디자인 등의 강좌가 있는데 한 강좌에도 다양한 과목이 있다. 그 가운데에는 그야말로 시간과 돈이 여유롭다면 배우고 싶은 과목이 많다. 어떤 과목은 포트폴리오를 제출하고 인터뷰에 합격해야 수강할 자격이 주어지기도 한다. 이런 경우는 단순히 취미 정도가 아니라 그 과정을 수료한 뒤에 그 일을 수행할 수 있도록 기초 실력을 테스트하는 것이 아닌가 생각된다.

내가 상상마당과 인연을 맺은 지 꽤 되었어도 KT&G에서 운영하는 것인지는 몰랐다. KT&G 홈페이지에는 자사가 "사회 공헌 활동으로 사회에 보탬이 되는 기업이 되기 위해 노력하고, 친환경 제품 개발, 자원 및 에너지 절약 등을 통해 기업의 환경적인 책임도 다하고 있다"라고 씌어 있다. 그러한 결과인지 KT&G 상상마당이 '2016 대한민국 소비자 만족도 평가 대상식'에서 공연 문화 부문 대상을 수상했다고 한다. 공연 관객으로부터 높은 인지도와 함께 문화의 중심 홍대에서 대한민국 공연 문화를 이끌고 있다는 평가와 영화와 문화 예술 교육 등 전반에 긍정적인 영향력을 보이고 있다는 점이 인정됐다고 한다. 이러한 공로로 문화체육관광부가 수여하는 '문화 예술 후원 우수기관' 인증을 받았고, 비주류 문화 육성과 지역 문화 활성의 공로를 인정받아 '2015 메세나 대상'에서 대통령상인 대상을 수상하기도 했다.

당신이 새내기 예술가이거나 예술가를 꿈꾸는 사람이라면 이곳에서 기회를 찾아보기 바란다. 그나마 이름이 알려진 사람들이 활동할 장은 조금 마련되어 있으나 이제 막 예술의 싹을 틔워보려는 사람들에게 오는 기회는 적다. 그리고 다양한 문화 체험을 원하는 사람도 상상마당과 친해지기를 바란다. 나도 시간이 여유롭다면 문턱이 닳도록 다니고 싶은 곳이다. 그런데 이렇게 되기가 그리 쉽지는 않을 것 같다. 수강료가 다소 높아서 주머니가 가벼워질 것이기 때문이다. 그래서 신중하게 선택해서 분기별로 한 과목씩 수강해보는 것도 좋을 것 같다.

---

**주소** 서울시 마포구 어울마당로 65 (서교동) KT&G 상상마당
**전화** 02-330-6200
**E-mail** planet@sangsangmadang.com
**지하철** 2호선 홍대입구역 9번 출구, 합정역 3번 출구 | 6호선 상수역 1번 출구
**버스** 마을버스 마포08, 마포16 | 초록(지선) 버스 7011

## #4

# 결정장애 세대의 책 읽기

올리버 예게스《결정장애 세대》, 미래의 창

1995년생인 큰딸은 대학생이 된 첫 겨울 방학 때 오사카로 배낭여행을 떠났다. 오사카나 도쿄는 딸에게 여행 경험도 있고, 일본은 치안이 잘되어 있어 여자 혼자 떠나도 괜찮은 곳이라서 걱정 없이 보냈다. 그런데 딸은 그다음 여름 방학이 되자 유럽 3개국으로 간다고 했다. 그때는 한창 유럽에 테러가 잦았고 유럽은 더구나 처음이어서 만류했다. 그러나 딸은 A4 용지 네 장에 여행 계획을 써서 우리에게 내밀었다. 정 가고 싶으면 친구와 가든지 패키지 여행으로 가라고 했으나 혼자서 17박 18일을 다녀왔다.

그럴 때보면 딸아이는 주관도 강하고 강단도 있어 보인다. 평소 자기 관리도 잘하기 때문에 믿음직스럽기도 하다. 그런데 아주 사소한 것들에 대해 의견을 물을 때면 딴 사람 같다. 대부분 "몰라!"이다. 처음엔 장난인 줄 알았는데 그 횟수가 늘면서 어떤 모습이 진짜 모습인지 헷갈린다.

그러던 차에 독일에서 기자와 작가로 활동하고 있는 오스트리아 출신 '올리버 예게스'의《결정장애 세대》라는 책을 읽었다. 서두에 씌어 있는 "나는 메이비족이다. 내 친구들도 메이비족이다. 얘기를 들어보니 친구의 친구들도

나는 메이비족이다.
내 친구들도 메이비족이다.

메이비족인 것 같다. 그 친구의 친구들도……"라는 문장을 보면서 염려했던 것이 딸의 문제만이 아니었음을 알 수 있었다.

저자는 1982년생이니 딸아이와 무려 13년이라는 차이가 나는데 책을 읽으니 마치 우리나라의 이십 대 청년이 쓴 것 같은 착각에 빠져들었다. 그래서 이 책을 쓴 사람이 외국 청년이라는 것을 알고 읽었는데도 두어 번이나 저자 이름을 확인하기도 했다. 그런 착각 탓인지 책 속에서 요즘은 국적에 따른 차이보다 나이로 인한 차이가 더 크다는 말에 눈이 갔다. 저자는 같은 도시의 젊은 세대와 나이 든 세대보다 국적이 다른 두 나라의 대도시 젊은이들이 더 가깝다고 말한다. 이를테면 한국의 25세 청년이 같은 마을에 사는 50세 아저씨보다는 베를린의 25세 청년과 공통점이 더 많다는 이야기다. 저자는 이것이 국적이나 거주지보다 시대정신이나 가치관이 우리가 살아가는 방식을 더 많이 좌우하기 때문이라고 설명한다.

결정장애 세대일수록 자신들이 좋아하는 책이 있는 서점을 알기만 하면 힘들여서라도 찾아갈 것이라 생각한다.

메이비 세대들을 좀 더 알 수 있는 저자의 설명들을 요약해본다.

청소년 시절부터 텔레비전보다 인터넷과 더 가까웠기에 원하는 프로그램을 온라인으로 시청하는 것이 무척 자연스럽다.

결정을 내리는 것을 싫어하고 그 방법도 잘 모른다. 심리학에서 말하는 '지연 행동', 즉 모든 결정을 병적으로 미루는 행동을 보인다.

한곳에 얽매이기를 싫어한다. 뭐든지 할 수 있다고 생각하지만 반드시 해야 한다고는 생각하지 않는다.

'각개 플레이'를 추구하기에 메이비 세대 모두를 합해도 한 덩어리가 되지 않는다.

세상의 발전 속도가 너무나 빨라 미래를 설계하기 어려워한다. 그래서 심기 불편해한다.

정리해보면 이렇다. '메이비족들에게는 모든 게 가능하고 선택이 많아져서 선택이 어려워졌다. 그들의 생활이나 사상은 일관적이지 않다. 그들을 한마디로 규정하기 어렵다. 각자의 개성이 뚜렷하다.'

이 책에서는 메이비 세대들의 특징을 여러 분야에서 다루고 있지만 나는 메이비 세대들의 책 선택에 대해 이야기해보고 싶다. 대형 서점에 한번 나가보면 시중에 나와 있는 책이 얼마나 많은지 실감할 것이다. 머리가 어지러울 정도다. 물론 인터넷이 생활의 중심이 된 메이비족들은 오프라인 서점까지

나가서 책을 사는 일이 그리 흔하지는 않을 것이라 예측하는 바이다. 사실 스마트폰을 들여다보느라 책 읽을 시간도 많지 않을 것이다.

하지만 이들은 자신들이 하고 싶은 것은 꼭 하고 마는 세대들이다. 몇 달 아르바이트해서 세계 여행을 떠나기도 하고, 자신이 좋아하는 음악, 춤, 놀이에 돈과 시간을 투자한다. 이뿐만 아니라 자신의 가치에 부합되는 일이라면 모든 일을 제쳐놓고 그 일에 참여하기도 한다. 우리나라의 청년 가운데에는 학교까지 휴학하고 종로의 구 일본 대사관 앞에서 '위안부 소녀상' 철거 반대 농성을 위해 일 년이 넘게 노숙하는 학생들도 있다. 사막 마라톤을 위해 기업의 후원을 받는 데 성공한 청년도 보았고, 트랙터를 몰고 여행을 다니면서 농촌의 일손을 돕는 청년도 보았다.

그러므로 책을 안 읽는 시대라 해도 책 속에 빠져 있는 젊은이들도 적지 않으리라 생각한다. 땡스북스에 갔을 때도 많은 젊은이들이 서서 책을 읽는 아름다운 광경을 연출하고 있었다. 땡스북스에서 책과 관련된 세미나를 할 때에도 많은 젊은이들이 그 자리에 와서 들었고 세미나가 시작되기 전이나 끝난 후에 서점에서 책을 보고 있었다. 이런 것을 보면 책을 읽는 사람들은 꾸준히 읽고 있다는 확신을 가지지 않을 수 없다.

따라서 결정장애 세대일수록 자신들이 좋아하는 책이 있는 서점을 알기만 하면 힘들여서라도 찾아갈 것이라 생각한다. 요즘의 동네 서점 대부분은 큐레이션이 잘되어 있다. 책의 종류도 많지 않아서 진열된 책들을 다 둘러볼 수 있다. 이러한 것들이 동네 서점의 장점이다. 그러므로 취급 도서의 분야만 알아도 선택의 폭은 아주 좁아진다. 만약 거기에서도 결정이 어렵다면 주인장의 추천을 받아도 좋다.

결정장애를 앓고 있는 당신, 그대의 스타일에 맞는 서점을 찾았는가? 그렇다면 이제 무슨 걱정이신가. 독서의 즐거움에 푹 빠지시라!

## **타샤의책방** 우리 동네 학습 공간

타샤의책방은 아이와 엄마가 함께 있어도 좋은,
아니 아이와 엄마, 아빠도 함께 있으면 좋은 공간이다.
아이들이 읽을 만한 좋은 책으로 가득한 공간을 꾸몄다. _ **'타샤의책방'**

**주소** 경기 과천시 별양상가1로 37, 신라상가 202호
**전화** 02-502-5343
**홈페이지** http://blog.naver.com/lacon71
lacon71@naver.com

자세한 내용은 홈페이지를 참조하세요!

#1

# 엄마와 아이가 함께 가는 책방

"왜 서점에서 커피를 팔고, 문구를 파나요? 서점의 정체성이 헷갈려요."

내가 동네 서점을 찾아다니며 블로그에 탐방기를 올리기도 하고, 심지어 논문까지 쓰게 되자 이런 말들을 듣기도 했다. 그럴 만도 하다. 우리가 예전에 다녔던 서점엔 책만 가득했으니 말이다. 하지만 순수하게 책만 판매한다면 문 닫는 것은 시간문제다.

그림책 전문 서점인 과천의 타샤의책방도 카페 형태로 운영하고 있고 다양한 문화 행사와 워크숍을 진행하고 있다. 운영자인 김현정 대표는 타샤의 책방을 '과천의 복합 문화 서점'이라 스스로 명명하고도 있다. 사실 이제는 대부분의 사람들이 지금의 서점이 과거의 서점과는 완전히 다른 복합 문화 공간이라는 것쯤은 알고 있다. 김현정 대표는 문화 행사를 통해 책 판매와 음료 판매의 상승 효과를 기대할 수 있고, 출판사의 책을 가지고 자신들만의 제2의 콘텐츠를 개발하는 스릴도 있다고 말한다. 이것이 프로그램화되면 시민들의 반응도 즉각 알 수 있고 현장에서 배우는 점도 많다고 한다.

미국에서 많은 인기를 받았던 동화 작가이자 삽화가인 '타샤 할머니'는 어

릴 적부터 자연 속에서 자급자족하며 느리고 단순한 삶을 살고 싶어 했다. 타샤 할머니는 결국 쉰여섯 살에 그림책을 그려서 받은 인세로 버몬트 주의 30만 평 대지에 아름다운 정원을 만들어 자신이 꿈꾸었던 삶을 살았다. 많은 여성들에게 선망의 대상인 타샤 할머니의 이름을 책방의 이름으로 정한 것을 보면 잘 어울리기도 하거니와 김현정 대표의 지향점도 추측할 수 있을 것 같았다. 4호선 과천정부청사역 가까이 있는 이곳은 내가 사는 안산에서 4호선을 타고 가면 비교적 가까운 동네 서점이다. 그림책 전문 서점이어서 더욱 반가웠다.

타샤의책방은 2015년 11월 말에 개점했는데 기획력만큼은 타 서점의 추종을 불허할 정도였다. 김현정 대표의 이력을 알고 보니 그럴 만했다. 그는 유명한 출판사에서 어린이책 기획 및 편집자로 일했다. 현재 서점에서 독서코칭과 독서 치료 강사로도 활동하고 있다. 함께 일하고 있는 허선영 씨 또한 김현정 대표와 선후배 관계로 같은 출판사에서 기획 일을 한 이였다. 이러하니 그들의 역량이 서점에 발휘되는 것은 당연지사다.

타샤의책방에서는 오전엔 성인 강좌가, 오후에는 어린이 강좌가 진행된다. 성인 강좌에는 자수, 뜨개질, 퀼트, 영어 동화책 리딩 클럽, 독서 코칭 강좌, 책 만들기, 자유 집필 클럽, 슬로 리딩 클럽, 심리학 기본서 읽기 클럽, 인문학 강좌 등이 있고, 어린이 강좌에는 그림책 만들기 워크숍, 어린이 손바느질 워크숍, 글쓰기 강좌 등이 있다. 사람이 모이고, 모인 그들이 새로운 문화를 만들어내, 그곳은 훌륭한 문화 공간으로 발전해가고 있는 중이다.

내가 타샤의책방을 알게 된 시기는 그림책에 관한 공부를 하고 있을 때였다. 대학원에 들어오기 전 나는 초·중생들에게 다양한 시각과 사고력을 키워주는 그룹 토론 수업을 했다. 이때 텍스트로 사용된 책 가운데 그림책이 가장 깊이가 있고 우리 삶을 되돌아보게 하는 매체라는 것을 알았다. 그래서 그림책에 대한 연구를 하고 싶다는 생각을 하고 있었다. 후반 인생에서는 그림책과 연관된 일을 하거나 글을 쓴다면 좋겠다는 생각도 하고 있었는데 타샤의책방의 소식을 들었으니 엉덩이가 들썩들썩했다.

2000년대 초반에 일본에서 성인들 대상으로 그림책 운동을 펼친 야나기다 구니오 씨는 '지금 어른이야말로 그림책을', '그림책은 인생에 세 번'이라는 캐치프레이즈를 내걸었다. '인생에 세 번'이란 먼저 자신이 아이였을 때, 아이를 기를 때, 그리고 세 번째는 인생 후반이 되고 나서이다. 그는 '그림책이란 영혼의 언어이며 영혼의 커뮤니케이션'이기 때문에 나이를 먹을수록 읽는 맛이 깊어진다고 했다. 그는 57세 때, 25세의 아들이 마음의 병으로 스스로 목숨을 끊은 일을 겪어 깊은 우울증에 빠져 있었다. 그런데 우연히 그림책을 읽고 큰 위로를 얻었다. 이 경험이 그로 하여금 어른들에게 그림책을 읽게 하는 캠페인을 벌이도록 했는데, 일본 사회에서 큰 반향을 얻은 것이다. 우리나라에도 그림책을 읽는 성인이 많아졌고, 그림책은 어린이들만 읽는 책이 아니라 '0세에서 100세까지 읽어야 한다'는 것에 수긍해가고 있는 상황이다.

나는 타샤의책방에 대해 알고 났을 때부터 하루라도 빨리 방문하고 싶었다. 그런데 나처럼 그림책에 관심도 많고, 그림책 심리학을 함께 공부하고 있던 친구와 같이 가기로 했는데 서로 시간을 맞추다 보니 한 달도 더 뒤에 가게 되었다. 일본 그림책 서점도 두 군데 정도 가보았고 한국의 다른 그림책 서점에도 가보았지만 더 기대가 되었다. 책방 이름 때문에 그렇기도 했고, 집에서 멀지 않다는 점에서도 그랬다.

타샤의책방은 중앙공원 바로 앞의 일반 건물 3층에 있다. 입구부터 분위기가 밝고 편안해 보였다. 연파란색 때문이었다. 서점 내부 책장이나 벽도 파란 계열이다. 김현정 대표는 외국의 서점 사이트를 많이 보면서 참고했다고 한다.  다른 색도 하고 싶었지만 파란 계열이 좀 더 편안해 보이기 때문에, 또한 책방의 책들이 빛나 보일 수 있도록 로고와 서점 인테리어를 파랑으로 택했다는 것이다. 책장은 100퍼센트 원목이고 페인트도 일반 가정용 페인트보다 두세 배 비싼 친환경으로 써서 아토피 아기들도 괜찮을 정도로 했다. 마룻바닥은 황토 풀을 사용했다. 최고로 좋은 것들을 아이들에게 주고 싶다는 마음을 공간에 실현했다. 김 대표 역시 세 아이의 엄마다.

김 대표는 아이들이 읽을 만한 좋은 책으로 가득한 공간을 꾸미고 싶어서 다니던 회사도 그만두었다. 그래서 타샤의책방은 아이와 엄마가 함께 있어도 좋은, 아니 아이와 엄마, 아빠도 함께 있으면 좋은 공간이다.

얼마 전 서점에서 하는 북 토크에 참여한 적이 있다. 오전 10시가 넘은 시간이었는데 엄마와 아이들이 함께 서점을 찾은 뒤 각자 하고 싶은 일을 하는 모습을 보았다. 아이들은 바느질을 하는 엄마 옆에서 얌전히 앉아 책을 읽고 있었다. 오른쪽 페이지 위 사진의의 여자 어린이는 엄마가 북 토크에 참여하는 동안 꼼짝 않고 책을 읽었다. 북 토크의 시간이 예상보다 길어져 두 시간

이 훨씬 넘게 걸렸는데 한 번도 엄마를 찾지 않고 같은 자세로 책을 보고 있어서 놀라지 않을 수 없었다. 엄마와 함께 앉아 있던 더 어린 꼬마 어린이 역시 오래도록 책을 놓지 않았다.

'공간'이 주는 힘은 놀라웠다. 아이들의 집중 시간이 어른들 못지않다는 것을 타샤의책방에서 볼 수 있었다. 이미 이곳을 찾는 어린이들에겐 꽤 익숙한 일인지도 모른지만 나는 신기하기만 했다. 엄마는 아이 옆에서 자신이 좋아하는 바느질을 했다. 이 얼마나 평화롭고 아름다운 풍경인가. 나는 아이들이 어느 정도 커서 유치원에 갈 때가 되어서야 취미 생활을 하기 시작했다.

그동안 타샤의책방을 여러 번 찾아가서 지금은 대표 김현정 씨나 기획 담당 허선영 씨와 편안한 관계가 되었지만 처음 갔을 때는 서점에 머무르는 동안 자연스럽게 그들의 행동을 눈여겨보게 되었다. 그들은 손님이 들어올 때마다 한 사람 한 사람에게 꼭 눈 맞춤을 하고 정성이 가득 밴 태도로 말을 걸었다. 사실 그들의 이력을 보면서 좀 뻣뻣하지 않을까 하는 편견을 가졌었는데 아주 정반대였다. 자신들의 과거는 싹 지워버리고 마치 오랜 시간 카페에서 서비스를 해온 듯한 착각을 불러일으키게 했다. 그것이 잔잔한 감동을 주었다. 벼가 익을수록 고개를 숙인다는 속담을 그들에게서 확인할 수 있었다. 물론 접객의 방법이나 태도는 각 서점마다 다르고 표현 형식이 제각각이겠지만 손님들이 바라는 마음은 다 같을 것이다. 존중받는다는 느낌, 이것이 최고가 아닐까 싶은데, 타샤의책방에 방문하는 사람들은 이러한 느낌을 받을 것이다.

타샤의책방에서는 한 달에 한 번씩 그림책 한 권을 선정해서 이곳에 전시한다. 그리고 책과 관련한 워크숍을 진행하기도 하는데 부모님과 아이들에게 반응이 좋다.

서가를 보니 '요리사가 될래요', '심리학자가 될래요'처럼 직업에 따른 분류로 진열해놓기도 했고 '채인선 작가전', '존 버닝햄 작가전'처럼 작가에 따른 분류로 진열해놓기도 했다. 역시 내가 관심이 가는 책들은 '문학가가 될래요'였다.

타샤의책방은 32평 규모로, 동네 책방으로서는 넓은 편이다. 책장으로 분리되어진 이 공간에서는 북 토크, 인문학 강좌, 워크숍 등이 진행된다. 수많은 이야기와 배움이 교차하는 활기찬 공간이다.

기본서 읽기 클럽, 슬로 리딩 클럽, 자유 집필 클럽이 진행되는 공간이다. 아이들이 학교에 간 오전 시간에 이곳에 와서 글을 쓰거나 책을 읽는 시간, 얼마나 달콤할까? 글쓰기에 대해, 카페의 가치에 대해 아는 주인장의 섬세함과 기획력이 돋보이는 공간이 아닐 수 없다

서점에서 판매하는 커피도 100퍼센트 아라비카만 사용하고, 브런치로 먹

을 수 있는 샌드위치나 간단한 먹을거리도 좋은 재료만 사용한다고 한다. 나도 샌드위치를 무료로 제공해주어서 먹은 적이 있는데, 내가 좋아하는 호밀빵에 신선한 채소를 넣어 만들어서 맛있게 먹었고 속도 편안했다. 김현정 대표나 허선영 씨 모두 자녀를 키우는 엄마이어서인지 책, 음식, 인테리어, 그리고 문화 행사 등 책방에 있는 요소요소마다 많은 고민의 흔적을 엿볼 수 있었다. 그래서 엄마나 아빠가 아이 손을 잡고 함께 가서 즐길 수 있는 품격 높은 공간이라 생각한다.

김현정 대표는 "동네 책방이란 키워드가 '나들이, 연애, 취미, 지역' 등의

연관어를 파생시키는 것으로 볼 때, 동네 책방은 쇼핑 및 체험의 공간이 되어야 한다"라고 말한다. 그리고 타샤의책방이 '동네에 뿌리를 내리는 서점', '지역민과 이웃이 되고 상생하는 문화 공간', '한 권의 책마다 응집된 문화 콘텐츠들을 지역 사회에 적용해 스며들게 하고, 때로는 사랑방 역할을 하는 공간'이 되기를 바란다고 한다.

지금 그들은 자신이 꿈꾸는 공간을 한창 만들어가고 있는 중이다.

#2

# '어린이 작가'의 탄생

나는 1970년대에 초등학교를 다녔다. 그것도 면 소재지에서 4킬로미터나 떨어진 곳이었다. 책은 당연히 귀했다. 창작 동화라는 말 자체가 낯선 시절이었으니 더 이상 설명이 필요 없다. 책이라면 교과서가 전부라 해도 과언이 아닌 환경이었다. 그런 시절에 내가 책을 만나고 있었다는 사실이 지금 생각하면 놀랍고도 감사할 뿐이다.

정확하지는 않지만 학교에서 고학년 대상으로 학년당 한 명인지 두 명인지를 뽑아 도서관에 모이게 한 일이 있었다. 4학년이었던 나도 불려갔는데 선생님은 우리들에게 책 한 권씩을 주며 지정해준 부분까지 읽고 요약하도록 했다. 아마 무슨 독서 경진 대회 같은 데에 내보내기 위한 공부였던 것 같다. 그때 내가 읽은 책은 《퀴리 부인》이었는데, 이것이 중요한 것이 아니고 이 일로 내가 학교에 도서실이 있다는 사실을 알았다는 점이 중요하다. 왜냐하면 대부분의 학생들이 학교에 도서실이 있다는 사실을 모른 채 졸업했기 때문이다. 도서관에는 책이 있었고, 책은 어느 것보다 재미있었다. 나는 이때를 계기로 교무실 옆의 작은 도서실에 드나들기 시작했다.

책이라야 《소공자》, 《소공녀》, 《비밀의 화원》, 《키다리 아저씨》, 《작은 아씨들》 등으로, 아마 일본어판을 재번역했을 세계 어린이 명작이 대부분이었다. 책도 많지 않았다. 그래도 좋았다. 집에서 학교까지 한 40여 분 정도 걸렸는데도 나는 겨울 방학에도 눈보라 맞으며 학교 도서실에 갔다. 어린 마음에도 서가에 있는 책을 다 읽겠다는 포부도 세웠다. 이 인연 덕분으로 나는 지금도 책을 내 인생의 가장 오랜 친구로 삼고 있다.

책을 좋아하다 보니 자연스레 글 쓰는 것도 좋아했다. 감동스러운 책을 읽으면 나도 그런 글을 쓰고 싶다는 생각이 자꾸 들기도 했다. 학교를 다니는 동안 글쓰기 상도 제법 받았고, 초등학생 주제에 라디오 프로그램에 글을 써서 보내 방송을 타기도 했다.

그 시절 내게 가장 의미 있는 일이 있다면 6학년 때 혼자서 책을 만들었다는 사실이다. 그 당시엔 책만 귀한 게 아니라 종이도 귀했다. 하지만 나는 적

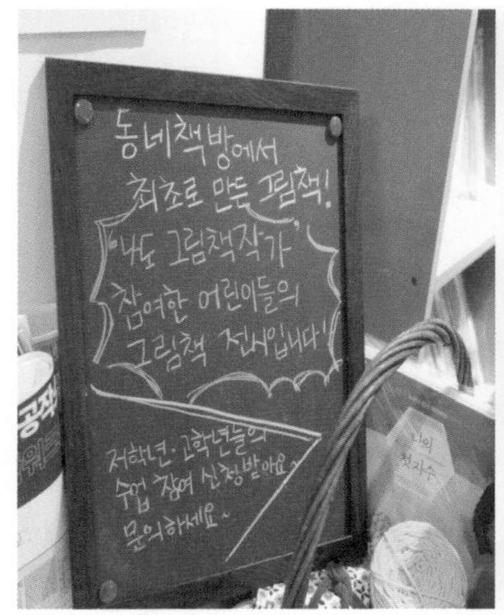

▲ 타사의 책방에서 '나도 그림책 작가'
수업을 들은 어린이들이 만든 책들

지 않은 분량의 노란 16절지를 구해 반으로 접은 뒤 바늘로 꿰매어 묶었다. 겉은 색도화지로 한껏 멋을 내어 책 흉내를 냈다. 제목도 생생하다. '어린 고아 두 남매', 지금 생각하면 마냥 부끄럽고 식상하기 그지없는 제목이지만 그 당시엔 그런 정서가 유행했을 것이다. 권정생 선생의 유명한 《몽실 언니》와 비슷한 정서가 아닐까 생각한다. 추운 겨울 아침 마루로 나가면 온통 새하얀 눈으로 뒤덮인 광경을 종종 목격하곤 했는데 나는 그 감동을 주체 못하고 깍두기 공책에 부지런히 시를 쓰기도 했다. 그때도 이 방면에 욕심이 많았는지 하루에 한 편씩 시를 쓰겠다고 결심을 하고서 열심히 실행하기도 했다. 꽃이 피는 봄이면 꽃 그림을 그리고 시를 써서 시화집도 만들었다.

도시에 있는 고등학교로 진학하게 되면서 고향을 떠나게 되었고 시골집과도 조금씩 멀어져갔다. 엄마까지 우리들이 있는 곳으로 오고부터는 시골집은 덩그러니 빈집으로 남았다. 세월이 많이 흐른 뒤 친척집 결혼식이 있어 고향에 내려가게 되었을 때 나는 그 동화책과 시화집을 가지러 시골집에 들렀다. 안방 벽장에 꼭 있을 것이라 확신했는데 흔적이 전혀 없었다. 그 뒤로 집도 팔려서 그 동화책과 시화집은 내 마음속에서만 존재하게 되었다.

이런 경험이 있어서인지 타샤의책방에서 '어린이 작가들'이 탄생했다는 소식을 들었을 때는 마치 내 일인 양 반가웠다. 동네 책방으로서는 처음으로 타샤의책방이 그림책 작가들을 배출한 것이다. 이것은 '나도 어린이 작가'라는 프로그램을 통한 것이었는데, 초등학교 전 학년을 대상으로 한 수업이다. 글 작업이 2개월, 그림 작업이 2개월로 총 4개월 진행되었다고 한다. 그 짧은 시간에 책을 만들어냈다는 것은 어른들의 뛰어난 지도력과 아이들의 노력과 역량이 어우러진 결과라고 짐작한다.

혼자서 글을 쓰고 제본(?)을 하던 내 초등학교 시절을 떠올리니 이 책 만들기 수업에 많은 관심이 갔고 그 수업 과정이 궁금했다. 그래서 책을 만든 어린이들과 지도 교사, 학부모, 그리고 이 수업을 기획한 타샤의책방 운영자들을 인터뷰했다.

## 김서현 어린이 작가 인터뷰 내용

**Q** '나도 그림책 작가' 수업을 어떻게 참여하게 되었고, 그때 기분이 어땠는지 말해주세요.

부모님이 추천해주셨고, 그림책 만드는 일이 재미있을 것 같아서 참여하게 되었습니다. 정말 신이 났습니다.

책을 출간한 김서현 어린이 작가
_ 문원초 4, 2016년

**Q** 수업을 하면서 가장 힘들었던 점은 무엇인가요?

그림 그리기가 가장 힘들었습니다. 많이 사용해보지 않은 재료들을 사용해서 색칠이 힘들었고요, 지금까지 그림을 어느 일정한 시간까지 제출해본 적이 없어서 그 시간까지 그림을 제출해야 하기 때문에 정말 힘들게 그림을 그렸습니다.

**Q** 수업을 하면서 가장 즐거웠던 점은 무엇인가요?

캐릭터를 정하는 일이 제일 재미있었습니다. 평소에도 집에서 심심하면 스케치북에 캐릭터들을 그리고 성격을 정했었기 때문에 재미있게 캐릭터들을 만들 수 있었습니다.

**Q** 그림책이 탄생해서 내 앞에 짠~ 하고 나타났을 때 어떤 기분이었나요?

정말 신기했습니다. 진짜 그림책처럼 표지도 일반 종이가 아닌 것으로 나와서 신기했고, 제가 그림책 작가가 됐다는 것이 실감났습니다.

**Q** 타샤의책방은 나에게 어떤 곳인가요?

특별한 카페이자 서점!

### '나도 그림책 작가'의 담당 교사(김우선 작가) 인터뷰 내용

**Q** '나도 그림책 작가' 수업에서 만난 어린이들의 변화 과정을 쭉 보아오셨을 텐데요. 처음과 중간 과정, 그리고 책을 출간하고 났을 때의 모습들을 간단히 설명해주세요.

화가 난 채로 첫 수업에 왔던 한 아이는 엄마와의 전쟁 중이었죠. 엄마도 화가 난 상태였기 때문에 아이는 채색을 중단한 지 오래된 것 같았지요. 채색을 안 하는 것은 감정을 표현하지 않는 것입니다. 감정이 불편하고 표현할 수 없는 환경에 있다는 증거예요.

그러나 그림책이 끝나고 나선 엄마와의 관계가 회복되었습니다. 그 과정에서 아이는 캐릭터와 전체 그림을 무려 세 번이나 고치고 채색도 새롭게 했어요. 가족의 행복이란 관계가 행복한 것인데요. 만족스러운 관계는 자신을 잘 드러내고 서로 용납하는 데 있어요.

**Q** 직접 글을 쓰고, 그림을 그리면서 한 권의 책을 만들어내는 이 수업이 어린이들에게 어떤 영향을 미친다고 생각하시나요?

자신의 정직하고 아름다운 모습을 재조명하고 잘 드러내면서, 성격, 좋아하는 것, 잘하는 것을 발견하는 데 도움이 될 것입니다.

힘든 일을 견디고 자기를 돌보는 데도 도움을 줍니다.

**Q** 수업을 진행하면서 가장 힘들었던 점과 즐거웠던 점을 꼽아주신다면?

어린이의 자발성이 부족할 때가 힘들었습니다. 또 하나는 어머니가 지나치게 개입하거나 무관심할 때입니다. 그림책 만들기가 좋아서 자발적으로 참여한 아이와 이를 기뻐한 어머니는 가장 즐거운 관계를 만들었습니다.

**Q** 타샤의책방이 어떤 공간이라고 생각하시나요?

타샤의책방은 축복의 통로입니다. 하나님이 많이 사랑하시는 아이들과 부모님들의 새로운 이야기와 삶이 꾸려지는 아름다운 새 세상입니다.

### 어린이 그림책 작가 학부모님 인터뷰 내용

**Q** 자녀분을 '나도 그림책 작가' 수업에 참여시킨 목적은 무엇인가?

항상 부모에게 많은 것을 의지하며 도움을 받던 아이가 스스로 무언가를 생각하며, 꾸며보며 하나씩 이루어나가는 경험을 해보는 것이 멋질 것 같아 아이에게 권했습니다.

**Q** 직접 글을 쓰고, 그림을 그리면서 한 권의 책을 만들어내는 이 수업이 어린이들에게 만만치 않았을 것입니다. 자녀분은 수업에 대해 어떤 평가를 했나요?

처음엔 쉽게 생각하며 시작했는데 글 두 달, 그림 두 달이라는 한정된 시간에 학교생활과 병행하며 완성을 해야 해서 무척이나 힘들어 했습니다. 착착 그림을 완성해가는 친구들과 비교가 되기도 하고, 마감에 쫓기며 완성을 해야 하는 작업이 처음이었기에 그러지 않았나 싶습니다.
하지만, 힘겨운 시간이 지나고 그림책이라는 완성된 결과물이 나왔을 때, 많이 뿌듯해 했고, 다음에 만든다면 더 잘 만들 수 있다는 자신감을 얻은 것 같았습니다. 이후 그림책 수업을 또 하고 싶다고 했고, 실제로 강좌가 다시 열렸을 때 재참여했습니다.

**Q** 책을 한 권 완성했다는 것에는 많은 의미가 있을 것입니다. 자녀분에게는 어떤 의미일까요?

아이의 마음을 다 알지는 못하겠지만, 아이가 처음으로 만든, 온전히 자신의 것이기에 애착이 생기지 않았을까 싶습니다. 아울러 더 많은 것을 할 수 있는 용기와 자신감도 얻지 않았을까요?

**Q** 타샤의책방이 어떤 공간이라고 생각하시나요?

처음에는 단순히 어린이들이 읽기에 좋은 책들을 파는 카페 서점이라 생각했으나, 다양한 프로그램을 접한 후 아이들에게 값진 경험을 제공해주는 문화 공간이라 생각하게 되었습니다.

### 〈타샤의책방〉의 기획 담당 허선영 씨 인터뷰 내용

20년간 편집자 생활을 했기 때문에, 솔직히 결과물(제작된 책)에 대한 자신감은 있었습니다. 하지만 아이들이 얼마나 열의를 가지고 끝까지 해낼지는 의문이었지요. 그런 면에서 4개월간 수업을 지도한 선생님들이 친구처럼 아이들 마음을 어루만지면서 해온 게 큰 힘이었다고 봅니다. 또한 정도의 차이는 있지만, 부모님들 특히 어머님들의 관심과 애정이 컸기에 아이들이 해낼 수 있었다고 생각해요. 저희가 내세운 그림책 작가 수업의 목표는 아이들의 자존감과 성취감이었습니다. 오롯이 자신이 땀을 흘려 끝까지 해냈을 때 얻어지는 것들이지요. 그런 수업 목표에 부모님들이 호응해주셨고, 금방 결과물이 눈앞에 드러나지 않는 수업 과정임에도 묵묵히 기다려주셨습니다. 그렇기에 아이들은 압박감 없이 자신의 세계를 글과 그림으로 표현할 수 있었다고 봅니다.

저학년 5명, 고학년 5명의 책을 출간한 후 북 콘서트를 할 때 온 가족이 열광하고 기뻐할 수 있었던 것은 어쩌면 가족 모두 마음을 모아 해냈다는 감동 덕분인 것 같습니다. 북 콘서트는 진행자 입장에서 정말 보람됐습니다.

아이들의 작품을 보면 주로 생활 속에서 이야기의 소재를 잡아가는 게 많았습니다. 친구와의 불편한 관계, 외로움, 놀고 싶은 욕구, 미래의 꿈 등등 겹치는 소재들이 많았지만 그것을 해소하고 해결하는 방식은 다양했습니다. 가상 공간, 판타지 세계를 통해 해소하기도 하고, 여러 인물들이 힘을 모아 해결하기도 했으며, 사물을 의인화시켜서 해결하기도 했습니다. 거기에는 유머가 있었고 모험과 감동이 있었습니다. 그래서인지, 또래 아이들이 어린이 그림책 작가의 책들을 보면서 공감을 많이 하더군요. 또래의 마음을 제일 잘 아는 게 또래인가 보다, 하면서 저는 내심 놀랐습니다. 어른이 만든 그림책에 비해 완성도가 떨어질 수는 있지만, 아이들의 마음을 움직이는 건 동년배 아이들이 만든 책인 듯합니다.

'나도 그림책작가 시즌2'를 시작하면서 재참여하는 어린이들이 여럿 있습니다. 그만큼 이 수업이 좋았다는 방증이겠지요. 출판 기획 편집자로서 만든 타샤의책방이므로, '나도 그림책 작가' 수업은 타샤의 모태가 될 듯합니다.

예상했던 바와 같이 짧은 시간 내에 결과물을 만들어낸다는 것이 아이들에게나 지도 교사에게 큰 부담으로 왔다는 것을 알 수 있다. 어린이들에게는 학교생활과 병행하면서 하는 이 활동이 결코 만만치 않았을 것이고, 각각의 사정이 있었을 것이므로 지도 교사 입장에서도 결코 쉬운 일이 아니었을 것이다. 하지만 그들은 결국 해냈다. 모두가 힘을 모았기 때문에 가능한 일이었다고 생각한다. 힘든 과정을 이겨내고 결과물을 만들어 낸 어린이들에겐 그 성취감과 자존감이 무척 컸을 것이다. 또한 이 수업을 진행한 교사나 이 과정을 지켜 본  어머니들도 아이들 못지않은 보람을 많이 느꼈을 것이다. 책방에 어린이들의 책이 놓였을 때 서점 운영자들도 얼마나 기뻤을까. 그 환희와 열정이 한자리에 터져나왔을 콘서트에 참석 못 한 것이 못내 아쉬웠다. 시즌2에서는 꼭 참여해서 그 열기를 함께 느껴보려고 한다.

아이들이나 학부모, 그리고 지도 교사들 모두 타샤의책방을 매우 소중하고 특별한 서점으로 여긴다는 것을 알 수 있었다. 타샤의책방이 '축복의 통로'라는 지도 교사의 말에도 많은 공감이 간다. 그리고 개점한 지 얼마 안 된 시점에서 이렇게 멋지고 굵직한 결과물을 낸 서점 운영자들의 열정에 아낌없는 박수를 보낸다.

"책과 글을 좋아하는 과천의 어린이들, 앞으로도 타샤의책방의 문을 많이 두드려서 꿈도 이루고 재능도 발견하기 바랍니다!"

작가가 되고 싶은 어린이들은
타샤의책방으로!

#3

# 몸이 건강해야 마음도 건강, 유기농 식당 바오밥나무

타샤의책방에 처음 갔을 때는 점심 먹을 시간이었다. 서점에서 브런치 메뉴도 있다고 해서 그곳에서 먹으려고 했는데, 그날은 사정이 있어서 바로 준비하는 것이 어렵다고 했다. 그 말을 들은 친구와 나는 망설일 것 없이 한층 아래에 있는 바오밥나무 식당으로 갔다. 친구는 이곳에서 식사를 한 적이 있다고 했고, 나는 서점에 갈 때 걸어올라가면서 보았는데 괜찮은 식당일 것이라는 예감이 바로 왔다. 그리고 식당을 보는 순간 타샤의책방과 바로 연결이 되면서 그 건물의 기운이 심상치 않다는 느낌이 왔다. 좋은 가게들이 있는 건물이니 그 안에 흐르고 있는 기운들이 좋게 느껴진 것이다.

또 한 가지, 《어린 왕자》에서 바오밥나무라는 이름을 보게 된 초등학교 때부터 바오밥나무는 내게 환상의 나무가 되어 있었다. 그 장면이 어떤 내용이었는지는 기억을 못하면서도 바오밥나무만이 내 몸속 어딘가에 신성한 나무로 뿌리내리고 있었던 것이다. 그리고 바오밥나무는 현실에는 없는 상상의 나무라 생각했다.

신영복 선생은 우리가 세계를 이해하고 세계를 변화시켜 나가기 위해서는

바오밥나무의 입구. 연둣빛이 건강한 음식을 제공하고 있다고 대신 말하는 듯하다.
나처럼 바오밥나무를 상상의 나무라 착각하고 살아온 사람은 없을까?

실천적 주체가 사람이 되어야 한다고 했다. 그런데 영상 서사 양식의 가장 결정적인 문제는 그 압도적 전달력에도 불구하고 인식 주체를 무력화시킨다고 비판했다. 만약 내가 지금 시대의 어린이라면 인터넷이나 텔레비전에서 바오밥나무를 볼 확률이 높다. 그렇기 때문에 비록 《어린 왕자》에서 바오밥나무를 만났다 해도 나처럼 오랜 시간 환상으로 품지는 않았을 것이다. 책을 읽기 전에 보았건, 읽고 나서 보았건, 아니면 읽고 나서 인터넷으로 찾아서 보았건 바오밥나무의 이미지를 보게 될 것이다. 바로 이때 보게 되는 바오밥나무는 자신의 시선이 아닌 영상을 찍은 사람의 시선으로 보게 된다는 이야기다.

결혼 후 난 아이들을 데리고 용인의 한 식물원에 갔다가 바오밥나무와 맞닥뜨렸다. 예정에도 없던 장소에서 항아리처럼 불룩한 바오밥나무를 보게 되다니 나는 그 충격으로 정신이 멍했다. 세상을 살아가면서 깨지는 몇 안 되는 환상이었다. 어린 왕자가 이 세상 사람이 아니었듯 바오밥나무도 이 세상 나무가 아닌 줄 알았던 나, 비록 식물원에서 그 환상이 깨졌지만 바오밥나무는 다시 어린 왕자만큼이나 특별한 존재로 남게 되었다. 오랫동안 품었던 까닭에 바오밥나무를 향한 마음만은 쉽게 변할 수가 없었던 것 같다. 그러므로 식당 이름이 '바오밥나무'에 친환경 식당이니 내 마음이 움직이지 않았다면 그것이 이상할 일이다.

바오밥나무 식당은 모든 음식을 친환경 · 유기농 재료로 만든다. 가족의 건강을 챙기는 엄마의 마음과 우리 땅을 살리는 농부의 마음을 담아 운영하는 친환경 · 유기농 간식 카페이다. 혹시 이 주인장도 나처럼 바오밥나무에 많은 환상을 품어 온 이는 아니었을까 하는 궁금증이 인다. 이토록 안전하고 건강한 음식을 제공한다면 일 때문에 식사를 제때에 챙겨주지 못하는 엄마들에게 이 식당은 얼마나 든든할까? 특히 음식을 가려먹어야 하는 아토피 피부를 가진 아이들에게 이런 식당이 가까이 있다는 것은 큰 행복일 것이다.

아무래도 김현정 대표에게 물어보아야 할 것 같았다. 혹시 타샤의책방이 이 건물에 들어온 것이 바오밥나무와 어떤 연관성이 있는지. 내 예감이 맞았다. 김현정 대표는 유기농 음식을 먹어야 몸이 건강한 것처럼 아이들에게 정신을 건강하게 해주는 유기농 책을 읽게 해주고 싶다고 한 사람이다. 그래서 협동조합에서 운영하는 괜찮은 카페가 있는 곳과 현재의 건물을 두고 고민하다가 유기농 식당이 있는 현재의 건물로 결정했다고 한다. 우리는 자칫 한쪽으로 기울어지기 쉽다. 책이나 음식 중 한쪽으로 말이다. 그런데 읽는 것과 먹는 것 어느 한쪽도 소홀히 하지 않고 균형을 잘 잡은 김현정 대표의 생활 철학이 참으로 마음에 든다.

서점에서 책을 읽다가 배가 고파지면 바오밥나무에 가든, 바오밥나무에서 먼저 식사를 하고 타샤의책방으로 가든 둘 다 좋다. 어른이든 아이든. 주말 같은 경우엔 아이와 함께 와서 식사도 하고 책을 보며 하루 종일 이 건물에서 보내도 좋을 것 같다.

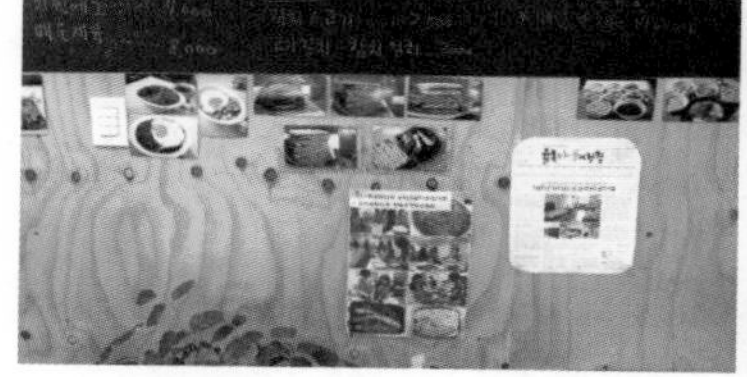

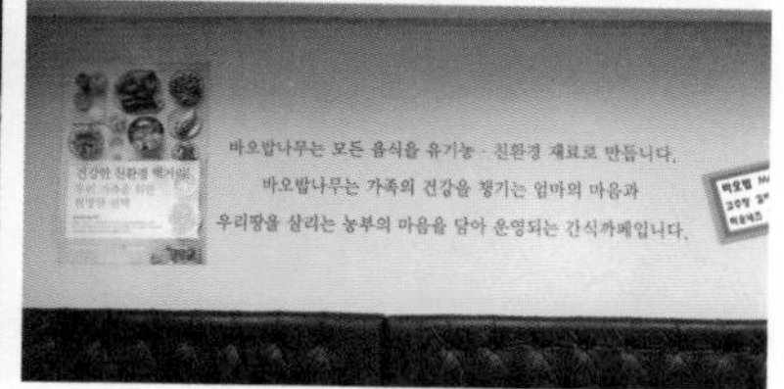


바오밥나무에서는 조미료, GMO를 걱정할 필요가 없다. 무농약 쌀, 친환경 무항생제 고기, 국내산 밀가루 등을 사용한다. 친환경 양념으로 고추장, 김치, 피클, 소스 등 부재료도 직접 만든다.
친환경 음식점 바오밥나무는 마을 공동체에 기여하는 마을 기업이다. 유기농 도시락, 샌드위치 세트, 떡갈비 등의 유기농 도시락, 김밥, 컵밥, 버거, 샌드위치, 주먹밥 등의 테이크 아웃 식품들이 있다.

바오밥나무는 성장기 어린이와 청소년이 집에서 먹는 것 같은 따뜻함을 느낄 수 있도록 배려한다. 부모가 회비를 적립해두면 아이들이 식사 후 직접 회원 카드에 사용액을 정산하고 서명하는 '회원 적립제'를 두고 있다. 주민 생산 제품을 이용하는 로컬 푸드 시스템을 만들어나가고, 수익의 1/3 이상을 공익사업에 사용하고 지역 사회 일자리를 창출한다. 바오밥나무는 친환경 농산물 우수 식당 제32호로 녹색 등급의 식당이다. 타샤의책방 덕분에 참 좋은 식당과 인연을 맺었다.

어린 왕자가 살고 있는 소행성 B612호는 하루에 해가 마흔세 번이나 지는 걸 볼 수 있을 만큼 작다. 그래서 바오밥나무가 자라면 그 별은 산산조각이 나고 만다. 그래서 커지기 전에 얼른 뽑아야 한다. 바오밥나무는 그만큼 힘이

1, 2, 3 반시계 방향으로 바오밥 제철밥상, 떡갈비 정식, 들깨 순두부탕이다. 나는 여기에 두 번 가서 샌드위치와 바오밥 제철밥상을 먹어보았는데 맛은 담백하고 속이 편안했다.

4, 5 각종 모임 장소로도 대여해준다.

이토록 안전하고 건강한 음식을 제공한다면
일 때문에 식사를 제때에 챙겨주지 못하는
엄마들에게 이 식당은 얼마나 든든할까?

센 나무인 것이다.

그런데 바오밥나무는 내가 상상의 나무로 여겼던 것처럼 희귀한 나무라고 한다. 수령도 5,000년이나 되어서 아프리카 어느 곳에서는 실제로 신성한 나무로 여긴다니 내가 품어왔던 생각이 영 틀린 것만은 아니었다.

바오밥나무도 과천을 지키는 튼실한 느티나무가 되어 오천 년 동안 그 전통을 이어가는 식당이 되기를 빈다.

#4

## 비워야 채운다, 서울대공원 산림욕장

내게 산멀미가 있다는 것을 안 것은 강원도의 '환선굴'에 갔을 때다. 지금은 입구까지 가는 모노레일이 생겼나 본데 내가 갔을 당시에는 차에서 내려 경사진 길을 한참 걸었던 기억이 난다. 보통 사람들은 아무렇지도 않게 걸어가는데 나는 숨이 차고 속이 울렁거렸다. 급기야 입구 근처에서 의자인지 바닥인지에 눕다시피 했다. 그 아름다운 주위 풍경은 볼 겨를이 없었다.

정식 이름이 있는지도 모르고 나는 주위 사람들에게 내게 '산멀미'가 있노라고 말하곤 했다. 그런데 국어사전에 '산멀미'는 "높은 산에 올라갔을 때 생기는 멀미, 코피, 메스꺼움, 구토, 귀울림 따위의 증세가 나타난다"라고 씌어 있었다. 사람들과 어쩌다 '바다가 좋은가, 산이 좋은가?'라는 이야기가 나올 때면 나는 두 번 망설이지 않고 산이 좋다고 말한다. 그런데 그 자리에 만약 환선굴에 같이 간 일행이 있기라도 하면 그날의 일을 상기시켜주면서 오르지도 못하는 산이 뭐가 좋으냐며 핀잔하기도 한다.

언제부턴가 남편은 주말이면 가까운 산에 올랐다. 함께 가자고 했지만 나는 집에 남아 책을 읽었다. 산을 좋아하지만 산에 오를 일이 별로 없었던 내

좋은 공기와 산새 소리,
나무, 햇빛, 흙냄새, 꽃들.
이들을 만나는 것이 책을
읽는 것보다 훨씬 더
즐겁다는 것을 온몸으로
느끼게 된 것이다.

가 환선굴에 다녀온 뒤로는 산에 가자는 말을 들으면 먼저 손사래를 치는 것이었다. 그런데 하루는 판소리를 배우던 내가 폐활량을 키워야겠다는 생각으로 남편을 따라나섰다. 역시 무리였다. 거친 숨소리와 메스꺼움, 두통 같은 산멀미 증세가 나타났다. 그래도 천천히, 조금씩 올라가면서 내 페이스를 조절했다. 한 석 달 정도가 지나니 숨소리 나오는 것도 사라지고 메스꺼움도 없어지기 시작했다. 그다음부터는 내가 먼저 가자고 나섰다. 그렇게 2년 가까이 다녔는데 남편이 일본으로 떠난 뒤로는 그만 멈추게 되었다.

산행의 맛을 모르기 전에는 황금 같은 주말에 하루가 거의 다 소비되는 산행이 아깝다 여겼다. 책을 읽는 것이 더 즐거웠으며 의미도 있다고 생각한 것이다. 그런데 막상 산에 가보니 그것이 아니었다. 좋은 공기와 산새 소리, 나무, 햇빛, 흙냄새, 꽃들. 이들을 만나는 것이 책을 읽는 것보다 훨씬 더 즐겁다는 것을 온몸으로 느끼게 된 것이다. 이것을 알기까지 반평생이나 걸린 것이다. 봄에 막 얼굴을 내민 새순의 모양과 빛깔을 그 누가 흉내 낼 수 있을까? 소나무를 타고 오르는 넝쿨, 걸음을 멈추고 자세히 보아야 하는 아주 작은 들꽃, 경사진 길을 힘들여 올라간 뒤 잠시 쉬면서 맞는 바람, 아직 녹지 않은 응달의 눈, 스쳐가는 사람의 땀 냄새 등 어느 것 하나 소중하지 않은 것이 없었다. 지나간 일들, 앞으로 해야 할 일들도 걷다 보면 어느새 정리가 되었다. 지금 내가 살아 있음을, 살아 있는 내 삶이 이토록 소중하고 아름다운 것임을 느낄 수 있었던 것은 자연 속에 있었기 때문이 아니었을까? 65세에 국토 종단을 한 황안나 님이 《내 나이가 어때서》에서 가식이 없고, 억지가 없고, 포장이 없는 자연 앞에 서니 발가벗은 자신과 마주하고 싶다고 말했다. 그 마음을 어렴풋이 이해할 것 같았다.

자연 속에 있으면 자연을 닮고자 하는 마음이 저절로 생겨나서 스스로 낮아지고, 비워지는가 보다. 인간도 자연에게서 왔으니 근본으로 되돌아가려는 것이 인지상정인지도 모른다. 자연 속에 있으면 날카로운 마음도 순해져서 잠시나마 둥그레진다. 이렇게 순해진 마음은 일상을 건강하게 복귀해준다. 이러한 이유 때문에 내가 계속 산을 올랐는지도 모른다.

타샤의책방은 그림책으로 마음을 맑게 해주고, 바오밥나무는 좋은 음식으로 몸을 맑게 해준다. 이 두 곳을 거쳐 '서울대공원 산림욕장'으로 가면 맑아진 몸과 마음을 한층 더 높일 수 있을 것이다. 산길을 걷다 보면 속으로부터 올라오는 힘찬 기운도 느낄 것이다.

풍문처럼 들었지만 언젠가 걸어보겠다고 벼르고 있던 '서울대공원 산림욕장'. 11월이 지나가기 전 가보겠다고 딸아이를 데리고 나섰다. 단풍 끝물이

사람들과 어쩌다 '바다가 좋은가, 산이 좋은가?'라는 이야기가 나올 때면 나는 두 번 망설이지 않고 산이 좋다고 말한다.

라도 보면서 걸으면 좋지 않겠냐는 생각에서였다. 절정은 지났지만 다행히도 단풍이 조금 남아 있어 눈을 즐겁게 했다.

타샤의책방이 있는 정부과천청사역에서 지하철을 타고 두 정거장을 더 가면 대공원역이 나온다. 2번 출구로 나와 코끼리 열차를 타도 되겠지만 어차피 걷기로 작정했다면 10여 분 정도 걸으면서 주변 풍경을 천천히 감상하는 것도 좋다. 어느 계절이어도 아름다울 곳이다. 탁 트인 호수 풍경 앞에 서면 접혀 있던 마음속 주름도 쫙 펴진다.

'서울대공원 산림욕장'은 청계산의 천연림이다. 그런데 서울동물원에 입장하는 표를 끊어야 한다. 시간이 여유롭다면 더 많은 동물들을 구경하면서 올라갈 수 있다. 산림욕장에는 470여 종의 식물과 다람쥐, 산토끼, 족제비, 너구리와 꿩, 소쩍새, 청딱다구리 등 35종의 새들도 함께 살고 있다. 오르막과 내리막이 이어지는 산림욕장은 8킬로미터이며 4개 구간으로 되어 있는데 11개의 테마 코스로 구성되어 있으며 맨발로 걸을 수 있는 구간도 있다. 크게 힘들지 않아 서울 근교에서 산림욕을 즐기려는 사람들이 많이 찾는다.

산림욕을 효과적으로 즐기려면 테르핀 발산량이 많은 오전 10~12시가 좋다고 하는데, 딸과 나는 너무 늦은 오후에 입성했다. 대공원역에 갔을 때

이미 4시가 넘어 있었고 등산복을 입은 사람들은 대부분 우리 반대편에서 걸어오고 있었다. 그러므로 산림욕장에 오를 때는 동행을 한 명도 만나지 못했다. 오솔길이 아기자기하고 예뻤지만 늦가을이고 산이어서 해도 일찍 질 것이므로 서둘러 걸었다. 다른 구간은 모르겠지만 내가 선택한 '가' 구간은 대부해솔길을 걷는 길처럼 경사가 많지 않아 그리 힘들지 않았다. 숨이 약간 찼지만 산멀미는 없었다.

친구와, 연인과, 가족 등 어느 누구와 걸어도 좋을 길이다. 전체 코스를 돌려면 3시간 정도 걸린다 하니 하루에 다 돌지 않고 시간 될 때 코스별로 돌아도 좋을 것 같다. 이날 가 구간을 돌다 보니 사위가 어슴푸레해지고 있었다. 그래서 후퇴해서 내려왔다. 먼 곳이 아니므로 나머지 구간은 남편이 한국에 나왔을 때 같이 걸으면 되니 그리 아쉬울 것이 없었다.

겨울로 가는 시기이고 저녁이 가까워져서 산림욕장의 아름다움을 제대로 담아오지 못했지만 봄에는 어떤 모습이고 여름은 또 어떨지 기대가 많이 되

산림욕장 현황

**개장 기간** 연중 개장 시간 : 09:00~18:00

**이용 요금** 동물원 입장료(성인 5,000원, 청소년 3,000원, 어린이 2,000원)
서울동물원 입장료를 내시면 누구나 이용 가능
※경로 우대증 소지자는 입장료 면제

**교통** 4호선 대공원역 2번 출구

구간별 코스 안내

**가 구간** 호수관 뒤쪽에서 시작하여 남미관 샛길까지로 2.2km로 60분 소요되며, 선녀못이 있는 숲, 아까시나무 숲, 자연과 함께하는 숲, 얼음골 숲, 못골산막, 송촌산막이 있다.

**나 구간** 남미관 샛길에서 저수지 샛길까지로 1.7km로 50분 소요되며, 생각하는 숲, 쉬어가는 숲, 원앙이 숲, 얼음골 산막, 청계산막이 있다.

**다 구간** 저수지 샛길에서 맹수사 샛길까지 1.4km로 30분 소요되며, 독서하는 숲, 밤나무 숲, 망경산막, 밤골산막이 있다.

**라 구간** . 맹수사 샛길에서 산림전시관까지 1.6km로 35분 소요되며, 사귐의 숲, 소나무 숲이 있다.

었다. 대학원을 졸업하면 제대로 운동을 하겠다고 다짐하고 있으니 어쩌다 가는 곳이 아니라 한 계절에도 여러 번 발길을 하고 싶다. 아니 매주 가도 좋겠고, 이틀이나 사흘에 한 번 가도 좋겠다. 스트레스가 쌓이거나 욕심이 많아질 때 이곳에 가서 뾰족하게 선 날은 둥글리고, 가득 찬 욕심은 버리고 돌아오면 새 일상을 활기차게 시작할 수 있을 것이다. 비워야 다시 채울 수 있다.

영화 〈와일드〉의 주인공 셰릴은 걷고 또 걸었다. 삶의 버팀목이었던 어머니의 죽음이 스물여섯 살 셰릴의 삶을 흔들어놓았기 때문이다. 방탕한 생활로 그 고통에서 도망치고자 했지만 나아지지 않았다. 결국 이혼까지 한 셰릴은 멕시코 국경에서 캐나다 국경을 잇는 수천 킬로미터의 길을 걷기로 했다. 길 위에서 삶과 죽음을 넘나들며 시간을 보내는 동안 그녀는 깊은 슬픔과 상처를 치유하고 재혼해서 딸도 낳고 잘 살아간다. 이건 실화이다.

걷는다는 것, 자연과 함께한다는 것은 치유와 극복과 풍요로움이 함께한다는 의미이다.

#5

# 조앤 K. 롤링과 타샤의책방의 집필 클럽

마크 샤피로 《조앤 K. 롤링》, 문학수첩

나는 나 스스로 현실 감각이 좀 부족한 사람이라 생각한다. 그런데 다른 각도로 보면 상당히 현실적인 사람이라는 것을 인정하지 않을 수 없게 된다. 예를 들면 미야자키 하야오의 애니메이션을 상당히 좋아하는데도 현실에서 많이 벗어난 판타지는 별로 좋아하지 않는다. 따라서 온 세계의 남녀노소를 열광의 도가니로 몰아넣은 '해리 포터'마저도 내게는 큰 관심을 주지 못했다. 한창 해리 포터가 뜨거워질 때 도대체 어떤 이야기이기에 그토록 인기가 많은지 궁금해서 우리 아이들이 영화를 볼 때 같이 보았지만 중간에 졸았다. 후속 영화를 볼 만큼 매력도 느끼지 못했다. 또한 《해리 포터와 마법사의 돌》과 《해리 포터와 비밀의 방》을 사놓았지만 읽어볼 생각도 하지 않았다. 그런데 《조앤 K. 롤링》을 읽으면서 이 해리 포터의 반응이 내가 생각하고 있었던 것보다도 너무나 어마어마해서 다시 읽어보고 싶은 생각이 들기는 했다.

《조앤 K. 롤링》은 전에 서점에 갔다가 우연히 눈에 띄었는데, 갑자기 조앤 K. 롤링이라는 사람이 알고 싶어져서 사가지고 왔다. 조앤 K. 롤링에 대한 이야기는 다른 책들 사이사이에서 단편적으로 엿볼 수 있었다. 그런데 대부분

이혼하고 생활비가 없어 날마다 카페에 앉아 글을 썼는데 그 글이 히트를 쳐서 세계적인 갑부가 되었다는 이야기였다. 그러니까 가난한 이혼녀가 소설을 하나 썼는데 그것이 우연히 세계적인 베스트셀러가 되어 유명인이 되었다는 식으로밖에 비쳐지지 않았던 것이다. 가장 궁금했던 것은 과연 어느 날 갑자기 마음먹고 글을 쓰기라도 하면 베스트셀러 작가가 될 수도 있는 것인가에 대한 의문이었다.

해리 포터를 보지 않았으니 그 작품성을 논할 자격은 없지만 나는 아직까지도 다른 문학 작품에 견주어 판타지에 대한 가치를 높게 치지 않고 있다. 그런데 1997년에 처음 출간해서 7권으로 마무리한 해리 포터는 67개 언어로 번역되었고 4억 5,000만 부 이상 판매 되었다고 한다. 영화는 2001년 처음 제작해서 2011년 7월 초에 마지막 8편 《해리 포터와 죽음의 성물 2》를 개봉하면서 10년 대장정의 마침표를 찍었다고 한다. 조앤이 가장 싫어하는 얘기지만 10년간 해리 포터로 64억 달러를 벌어들인 것이다. 이 숫자를 한화로 대충 계산해보니 도대체 가늠이 되지 않는 숫자이다. 단 한 권도 아니고 7권까지 독자들은 매번 책이 출간되기를 목 빠지게 기다렸다. 책은 마법처럼 출간되자마자 모두 팔렸는데 작품성이 없었다면 결코 그런 일이 일어나지는 않았을 것이다.

6권 《해리 포터와 혼혈 왕자》가 출간될 때는 미리 책이 유출될까 봐 보안을 철저하게 했는데 책을 끈으로 단단히 동여맨 상자에 담아 엄격한 보호하에 트럭에 실어 배달했다. 그리고 밤 12시 정각 이전에는 절대 판매해서는 안 된다는 특별 지시를 내렸지만 캐나다의 한 서점에서 실수로 정해진 날짜보다 열네 권을 일찍 판매하는 실수를 저지르고 말았다. 그래서 그 책을 구입한 독자들을 찾아내어 공식적으로 판매되기 전까지는 내용을 절대로 말하지 않겠다는 내용의 문서에 서명까지 하게 했다니 이런 일은 전무후무한 일이 아닐까? 그 책은 출간된 지 24시간 만에 초판 1,080만 부가 모두 팔렸고, 세계 언론들은 30초마다 한 권꼴로 판매되고 있다고 보도했다. 역사상 가장 빨리 판매된 책으로 세계 기네스북에 기록된 책 해리 포터, 무엇이 이러한 현상을 만들었을까? 수많은 에피소드를 일일이 나열할 수도 없는 해리 포터는 과연 무엇 때문에 세계인의 사랑을 넘치도록 받을 수 있었을까?

해리 포터는 악을 이기는 선의 승리, 인간관계에 있어 신뢰와 안정, 사랑의 영원성, 다양성의 수용, 편견과의 투쟁, 성인의 동심 유발 같은 기본적인 욕구를 채워주는 대단한 상품이라고 평이 되어 있다. 그렇다면 이러한 어마어마한 일을 성취해낸 저자 조앤 K. 롤링은 어떤 사람일까? 절박함에 못 이겨 글을 써내겠다는 한순간의 결심이 빚어낸 결과인가? 그녀는 행운의 여신이 돌본 사람인가? 이 세상일은 절대 그러하지 않다. 혹여 한두 번 그럴 수는 있겠지만 행운의 여신은 절대 한 사람을 오랜 시간 따라다니지 않는다. 저자는 조앤 K. 롤링에게 우리와 다른 중요한 한 가지가 있다고 말한다. 바로 밤낮을 가리지 않고 꿈꾸길 좋아한다는 사실이다. 조앤은 이 꿈을 이루기 위해 연필을 들고 해리 포터의 모험담을 종이 위에 써내려간 것이다.

조앤의 부모는 아이가 상상력을 키우길 바라며, 조앤이 어릴 때부터 책을 읽어주기 시작했다. 부모 모두 늘 책을 가까이 하는 사람이었기에, 조앤의 아주 어릴 적 기억들 가운데 하나는 당연히 "집 안은 책으로 가득 차 있고 부모님은 항상 책을 읽어주셨다"라는 것이다. 조앤은 동화책과 환상 소설을 꾸준히 읽었을 뿐 아니라 고전 문학도 조금씩 접했다고 한다. 어린 조앤은 무척 외향적이었고 동네에 친구도 많았지만, 언제나 혼자 슬그머니 빠져나와 책 읽는 걸 좋아했다고 한다. 그것은 조앤이 가장 좋아하는 놀이였던 것이다.

어린 조앤은 글쓰기도 좋아했다고 한다. 그녀는 작가가 되는 것 외에는 어떤 것에도 관심이 없었다. 조앤의 재능은 초등학교 저학년 시절부터 학교에서 화제가 되었다. 선생님은 조앤의 발표나 숙제를 통해 드러나는 원숙함과 독창성에 깜짝 놀라곤 했다.

조앤은 어린 시절에 대한 기억이 책을 쓰는 데 많은 도움이 되었다고 여러 차례 시인했다고 한다. 조앤에게 헤르미온느는 바로 어린 시절 자신의 모습이며, 해리 같은 실존 인물은 없었지만, 해리의 성격 가운데 많은 부분들은 아는 사람들에게서 비롯된 것이라고 한다. 그녀는 대학을 졸업하고 2년간 국제 사면 위원회에서 인권 침해 현황을 조사하는 일을 하기도 했지만 자신의 글쓰기 욕구를 누르지는 못했다.

준비되지 않은 사람에게 행운 같은 것이란 존재하지 않는다. 여론에 부각된 조앤의 소문들이 나에게도 편견을 가지게 했다. 나는 소문이 사실인지 확인하고 싶었는데, 그녀가 해리 포터를 쓰기까지 독서나 글쓰기에 얼마나 많이 노력하고 심취해 있었는지 알 수 있었다. 초등학교 때부터 조앤은 글을 써서 동생이나 친구들에게 보여주고 들려주었는데 인기가 많았다.

조앤이 직장에서 일을 마치고 돌아오던 어느 날 열차가 멈춰 섰다. 4시간 가량 지연될 거라고 했는데 피곤해서 글을 쓰지도 못한 채 멍하니 앉아 있던 조앤은 곧 자신의 삶에 어떤 변화가 올지 전혀 짐작조차 못했다. 단지 차창 밖의 소들을 물끄러미 응시하고 있다가 불현듯 해리 포터를 떠올렸을 뿐이다. 그야말로 역사적인 순간이었다.

어느 날, 당신 앞에 짜증이 날 만큼 난감한 상황이 벌어질 수 있다. 그러나 그 일이 어떤 일을 물고 올지는 아무도 모른다. 열차의 고장이 조앤의 인생을 반전시키는 시작점이 될 줄 어떻게 알았을까?

이 책을 읽으면서 인상 깊었던 것은 조앤이 많은 소득을 올린 이면에 자선 활동도 많이 했는데 난치성 어린이들에게 인간적으로 대했다는 점이다. 시한부 어린이들에게 함구하고 있던 집필 내용에 대해 들려주기도 하고 낭독도 해주었으며, 그들의 부모와는 아이들이 세상을 떠난 뒤에도 연락을 꾸준히 하고 있다. 아이들은 병고에도 조앤과 통화할 때는 몹시 행복해했으며 그 속에서 숨을 거둘 수 있었다. 유명인이 되었지만 겸손함과 성실함의 자세를 잃지 않은 점에 대해 높은 점수를 주고 싶다.

조앤은 해리 포터의 명성으로 인해 부를 얻었지만 그만큼 잃은 것도 크다. 과도한 관심으로 사생활 보장이 안 되었던 점이다. 그러나 이혼 후 다시 만난 지금의 남편과 새로 태어난 두 아이와 큰딸 제시카를 소중히 여기며 행복하게 살게 되어 참 다행이다.

조앤이 해리 포터의 모험을 집필하면서 가장 좋았던 점은, 날마다 기꺼이 그 작업을 해준 힘은 바로 상상의 세계를 현실에서 가능하게 만들겠다는 꿈이었다고 한다. 해리 포터야말로 그녀의 꿈을 현실로 만들어준 장본인이다.

마지막으로 조앤의 집필 장소에 대해 조금 이야기하려고 한다. 조앤은 포르투갈에서 교사로 지내면서 첫 결혼한 포르투갈인과 헤어지고 난 뒤 딸 제시카를 데리고 동생이 살고 있는 스코틀랜드의 에든버러로 간다. 《해리 포터와 마법사의 돌》 가운데 세 개의 장에 해당하는 원고를 쓸 때였다. 생활은 몹시 궁핍했다. 글은 잘 써지지 않고 제시카는 지독하게 말을 듣지 않는 비참한 하루하루가 이어졌다. 아이도 그녀도 식사도 제대로 못한 채 굶주린 채 잠들기 일쑤였고 구형 컴퓨터도 구할 수 없는 실정이어서 종이 쪼가리와 연필을 닥치는 대로 주워모아 해리 포터의 모험담을 손으로 적어내려갔다.

> 조앤은 매일 아기 캐리어로 제시카를 들쳐 업고 제시카가 잠들 때까지 마을을 산책했다. 그런 다음 마을의 여러 카페 가운데 한 곳으로 향했다. 그렇게 몇 년이 지난 후, 조앤은 그 짧은 시간 동안 얼마나 많은 일을 해냈는지 확인하고 깜짝 놀랐다. – 7쪽

조앤은 니콜슨 카페라는 곳을 자주 들러 구석 탁자에서 한 손으로 유모차를 밀며 글을 썼다. 에스프레소 한 잔과 물 한 컵 가격이면 제시카가 잠들어 있는 두어 시간 꼬박 앉아 글을 쓸 수 있었다. 그렇게 몇 년이 지난 뒤《해리 포터와 마법사의 돌》이 완성되었다. 이것이 어린이책이 될 줄은 그녀도 몰랐다. 그냥 자신을 위해서 썼던 것이다. 스스로 재미있고 즐거웠다. 글을 쓰면서 그녀는 힘든 상황을 견디고 용기를 내고 있었던 것이다.

《해리 포터와 마법사의 돌》이 삽시간에 성공해서 조앤은 컴퓨터를 구입할 여유가 생겼다. 딸 제시카도 유치원에서 지내게 되었는데, 조앤은 또 그 카페를 찾았다. 집에서 혼자 컴퓨터를 마주 앉아 있을 생각을 하니 외로울 것 같았기 때문이었다.

유명인 신분이 되어 사무실 겸 서재로 쓰는 집의 한 공간에서도 차분히 글을 쓸 수 없었던 조앤은 니콜슨 카페의 야외 탁자에서 글을 쓰며 지냈다. 그런데 소문을 듣고 찾아온 관광객들이 사진을 찍거나 사인을 해달라고 수시로 요구하는 통에 다른 음식점에서 글을 쓰기 시작했다. 조용한 곳보다 적당히

시끄러운 카페에서 공부하면 집중이 더 잘 된다는 말도 있는데 조앤에게는 그와 더불어 카페에서 쓰던 습관이 몸에 배었던 모양이다.

나는 타샤의책방의 한 룸에 붙어 있는 '집필 클럽'이라는 단어를 보고 조앤을 떠올렸다. 조앤이 힘든 삶을 글과 함께 극복하면서 작가로서의 입지를 세우는 데 도움을 준 공간은 바로 마을의 카페였다. 타샤의책방의 집필 클럽이 바로 그런 공간이 될 수 있을 것이다. 누구든지 글을 쓰고자 하는 자가 있으면 날마다 와서 집필 클럽에서 글을 쓸 수 있다고 한다. '타샤의책방'에서도 어떤 작가가 탄생하고 어떤 에피소드가 일어날지 사뭇 기대된다.

책방이 이제 막 1년 정도가 된 상태라서 큰 결과는 없지만 집필실에 와서 글을 쓴 여성이 있었다고 한다. 그리고 책방에서 출판사 관계자를 만나 계약까지 했다고 한다. 글을 쓰려는 사람이 모이면 책방에서는 정규 강좌를 만들어 코칭을 해주고 출판까지 도와준다고 한다. 타샤의책방은 많은 엄마들이 아이와 함께 오는 서점이기 때문에 글을 쓰고자 하는 마음이 있다면 제 2의 조앤 K. 롤링이 탄생할 날이 꼭 올 것이다.

## 봄날의책방 아날로그 분위기

소박하지만 밝은 파스텔톤으로 꾸며져 있어 동화 나라에 온 것 같은 착각이 들 정도로 아름답다. 책 모양을 한 작은 패널을 세워 놓고 그 위에 책방 이름을 써놓은 간판도 귀엽고 앙증맞다. _ '봄날의책방'

**주소** 경상남도 통영시 산양읍 산양중앙로 173
**전화** (055) 650-2541~3
**홈페이지** http://blog.naver.com/namhaebomnal
자세한 내용은 홈페이지를 참조하세요!

#1

# 언제나 봄날, 봄날의책방

통영은 내게 멀고도 낯선 땅이었다. 적어도 봄날의책방을 알기 전까지는 말이다. 통영이라 하면, 남해 바다와 이순신 장군 정도가 떠오르는 정도였고, 그 외엔 거의 백지 상태라고 해도 무방했다. 한 번도 다녀온 적도 없고, 가야 할 동기나 가고 싶은 이유도 없는 곳이었다.

그러나 지금은 180도 달라졌다. 통영은 따스하고, 편안하고, 아름다운 곳이 되었다. 이제 통영은 봄날의책방을 다녀오기 전과 다녀온 후로 구분해도 될 정도가 되었다. 그만큼 내가 경험한 통영은 봄날의책방의 프레임 안에서 작동되고 있다. 1박 2일의 통영 여행의 동선이 봄날의책방의 기운 아래에 있었기 때문일 것이다. 또한 봄날의책방이 그곳에 없었다면 과연 내가 통영에 갈 생각을 했을까 싶다.

제주의 '소심한책방' 못지않게 소박한 모습을 지닌 봄날의책방도 일반 주택을 개조해 아날로그 분위기가 물씬 난다. 소박하지만 밝은 파스텔톤으로 꾸며져 있어 동화 나라에 온 것 같은 착각이 들 정도다. 책 모양을 한 작은 패널을 세워놓고 그 위에 책방 이름을 써놓은 간판도 귀엽고 앙증맞다. 책방 건물은 아주 오래된 집을 동네 건축가 강용상 씨가 리모델링했다. 책방 주인이자 출판사 대표인 정은영 대표의 남편이다. 강용상 씨는 책방 건물을 주변과 잘 어울리는 모습으로 작업했다. 그러나 이것은 서곡에 불과하다. 함께 운영하고 있는 게스트 하우스 내부를 보면 깜짝 놀랄 정도로 훌륭하고 아름답기 때문이다. 이뿐만이 아니라 오래된 집을 멋진 책방으로 변신시키자 골목의 집들이 하나둘 그의 손을 거쳐 예쁘게 단장되었다.

아무튼 외형만으로도 무장해제시키고 마는 봄날의책방에는 보물 같은 존재인 '물결'[2]님이 자리를 지키고 있다. 이 책방지기는 방문하는 손님의 관심사에 딱 맞는 책을 추천하는 재능이 뛰어나다. 말투가 좀 무뚝뚝한 경상도 사나이지만 낮고 친절한 음성으로 조곤조곤 말해준다. 동네 책방의 장점이라면 운영자가 직접 선택해서 들여온 책들을 잘 소개받을 수 있다는 점이다. 바로 이곳이 그런 혜택과 즐거움을 누릴 수 있는 곳이다. 30대 1의 높은 경쟁률을 뚫고 들어온 청년이어서인지 얼마나 해박한지 모른다. 그가 소개하는 책은 안 사고는 못 배기게 만든다. 따라서 책 구매에 가장 큰 충동성이 있는 나와, 나와 비슷한 취향을 가진 친구는 택배로 받아야 할 만큼 많은 책을 샀다. 둘 다 따로 골랐지만 기가 막히게 거의 비슷한 금액으로 각자 20권에 가까운 책을 골랐다.

내가 읽었던 책들도 눈에 많이 띄었고, 나머지 책들도 내 취향에 잘 맞는 책들이어서 자제해야 할 정도였다. 그래서 굳이 추천해달라고 하지 않은 것이 지금 생각하면 아쉽다. 하지만 물결님은 내가 책을 집을 때마다 옆에서 책에 대해 줄줄 설명해주었다. 그리고 논문 쓰는 데 참고가 될 것이라며 직접 추천해준 《유저》와 《지적자본론》은 유용하게 썼다. 참으로 물결님은 유능한 직원이고 봄날의책방의 숨은 보석이 아닐까 생각한다. 물론 그곳에서 일하는

---

2) 물결님은 올 5월 달까지 봄날의책방에서 근무하다가 독립하기 위해 그만두었다.

왼쪽 벽면에 걸려 있는 액자에는 통영에서 탄생하거나 통영을
사랑한 예술인들의 사진이 걸려 있다(박경리, 김춘수, 정지용, 이중섭, 백석, 유치환 등).

모두가 훌륭하고 멋진 사람들이지만 말이다.

서울 홍대 앞에서 작은 회사를 운영하다 과로로 건강을 잃은 정은영 대표를 위해 남편 강용상 씨는 통영으로 아내를 이끌었다. 에디터이기도 했던 정은영 대표는 통영에서 잃은 기운을 되찾자 작은 출판사인 '남해의봄날'을 차렸다. 출판사는 그녀의 오랜 꿈이기도 했다. 남해의봄날은 지역의 콘텐츠를 기획, 마케팅하는 로컬 스토리텔링을 한다. 자신들처럼 남과는 다른 선택을 하고 도전하는 삶을 살아가는 이야기도 책으로 묶어내고 있다. 2014년에 개점한 봄날의책방은 여기에서 출간되는 책들을 독자와 연결해주는 플랫폼 같은 공간이다.

이후 봄날의집까지 운영하면서 이곳은 출판사와 책방과 게스트 하우스가 어우러진 하나의 조직이 되었다. 이 셋 모두 규모는 작지만 하나같이 아름다운 가치가 있고 내용도 알차다. 봄날의집은 책방과 같은 건물에 있고, 출판사는 책방에서 걸어서 5분 정도 걸리는 곳에 있으며 집과 사무실을 겸하고

중앙에 있는 그림 지도로 표지를 만든 노트는 남해의봄날이 통영길문화연대와 함께 제작한 '장인 지도'와 '문학 지도'를 활용한 것이다. 두 권을 선물로 받았지만 너무 예뻐서 보관만 하고 있다.

있다.

정은영 대표는 지역의 비즈니스는 지역의 정서와 역사, 문화, 그리고 오랫동안 뿌리내려온 사람들의 일상에 깊이 다가가지 않고는 제대로 콘텐츠를 이해할 수도, 이야기를 만들 수도 없다는 것을 통영에서 일하면서 깨달았다고 한다. 그래서인지 그들은 통영의 작가와 예술인을 알리는 일도 하고 있다. '문학 지도', '장인 지도'를 만든 예도 그 하나이다. 우리 집에도 한 권 한 권 쌓여가는 남해의봄날의 책들을 보면 우리에게는 잘 알려지지는 않았지만 반성과 감동과 공감을 불러일으키는 이들의 삶을 그려낸 책들이 대부분이다. 남해의봄날에서 세 권의 책을 출간했을 당시에 '제53회 한국출판문화상 편집 부문'에서 대상을 수상했다고 한다. 생긴 지 얼마 되지도 않고, 규모도 작은 출판사의 큰 활약이다.

몇 해 전 남해의봄날에서 《누가 그들의 편에 설 것인가》라는 책을 선물해 주어서 이 출판사의 존재를 처음 알았다. 내가 좋아하는 '봄날'과 '남해'가 합

통영 12공방과 장인을 소개하는 장인 지도를 비롯해 박경리, 유치환, 이중섭 등 통영과 인연이 있는 예술가들이 작품을 구상하거나 술잔을 기울이던 곳 등을 모아 문학 지도도 만들었다.

쳐진 이 단어에서 별 경험도 없는 남해에 대한 아스라한 향수와 따스함이 뒤따라왔다. 그 책을 다 읽고 난 뒤에는 가슴에 단단한 뭔가가 꽉 들어찬 느낌이었다. 그래서 단 한 권으로 나는 남해의봄날을 백 퍼센트 신뢰하게 되었다. 그러고 나니 봄날의책방과 봄날의집도 저절로 그리 되었다.

그들 부부는 마치 통영인처럼 잘 스며들어 살고 있는 듯하다. "재능을 살려 작은 도시에 새로운 활력과 문화를 만들 수 있다면, 그래서 우리의 새로운 삶을 허락한 이곳에서 사람들과 어울려 도움을 주고받으며 소소한 일상의 행복을 나눌 수 있다면 그것만으로도 충분한 가치가 있다"라는 정은영 대표의 생각을 그대로 실천하며 살아가고 있기 때문이다.

이들이 지역에 어떤 바람을 일으키고 있는지를 눈으로 직접 보고 나니 신영복 선생이 언급한 '변방'이라는 단어가 떠올랐다. 이들 부부에게 꼭 맞는 단어라 생각한다. 선생은 변화의 공간, 창조의 공간, 생명의 공간이기 때문에 새로운 중심이 되는 곳이 변방이라 했다. 여기에서 '변방'이란 공간적 개념이

서점에서는 통영 장인들이 만든
공예품도 판매하고 있다.

아니라 변방성 또는 변방 의식을 말하며, '새로운 가능성의 전위'로 이해해야 한다. 봄날의책방과 남해의봄날이 바로 변화와 창조의 공간이자 생명을 재탄생시키는 곳으로서 아름다운 '변방'이 아닌가 생각한다.

현지인이 해야 할 발굴과 알리는 운동을 외지인인 그들이 앞장서고 있으니 지역민들도 이들에게 많은 응원과 격려를 할 것 같다. 통영에서 새로 시작한 그들의 도전은 이러한 모습으로 아주 천천히 그러나 아주 단단하게 뿌리 내리고 있는 것 같다. 아름다운 사람들이 만들어가는 아름다운 공간, 그래서 그 주변도, 그곳을 다녀가는 사람도 그들의 기운을 닮아 조금은 아름다워질 수 있을 것 같다.

#2

## 통영의 예술인들과 하룻밤을, 봄날의집

그동안 귀를 닫고 있었을까? 문학, 음악, 미술, 전통 공예 등 다양한 문화 예술 분야에서 걸출한 인물을 배출한 통영을 반평생이 지나서야 밟았다니 ……. 한 해에도 수백만 명의 관광객이 다녀갈 정도로 통영은 인기 관광지라고 하는데 어찌 한 번도 가볼 생각을 안 했을까? 작년 통영에 갈 때만 해도 다른 것은 생각 안 하고 오로지 봄날의책방에 간다는 것에만 초점을 맞추고 있었다.

거리가 너무 멀어서 아무래도 자동차는 무리일 것 같았다. 친구는 두 시간씩 교대로 운전하면서 가자고 했지만 장거리 운전을 별로 좋아하지 않는 나는 시외버스를 타고 가자고 했다. 차를 가지고 갔다면 정말 고생했을 뻔했다. 나중에 남편이 운전해서 갔는데 갈 때나 올 때나 장장 7시간 정도가 걸렸다. 그러나 시외버스는 4시간 10분 정도 걸렸다.

한창 바쁜 나날을 보내고 있었기 때문에 미리 공부도 못하고 통영에 갔다. 별 기대감도 없는데 통영은 놀라웠다. 먼저 통영 사람들은 친절했다. 우리 쪽에서 먼저 물었을 때는 당연하고, 우리에게 도움이 필요하다고 느껴지면 그들은 먼저 다가와서 무슨 도움이 필요한지 물었다. 택시 기사, 식당 사람들 대부분 상냥하고 친절했다. 간혹 다른 여행지에서 무뚝뚝한 현지인들을 경험한 경우들이 있어서 그 친절함이 더욱 값졌다.

통영에서의 가장 큰 감동은 뭐니 뭐니 해도 문화 예술적 분위기가 강하다는 점이었다. 예술의 고장이라는 것이 일상 곳곳에 배어 있었다. 스쳐 지나가며 보게 되는 일반 주택의 외양에서부터 식당, 가게, 거리에는 통영만의 빛이 있었다. 지붕에는 화사하고 밝은 색들이 칠해져 있었고, 멋들어지게 꾸며진 정원을 가지고 있는 식당 방에는 시간을 오래 품었을 자개 가구들이 흔하게 놓여 있었다. 중앙시장의 뒷골목에 갔더니 멋진 카페와 식당, 그리고 공예품 가게들이 우리를 유혹했다. 명함들도 예쁘고 특색이 있어 일부러 모으기까지 했다.

통영은 일상 자체가 예술이고 통영 사람들은 모두 예술가인 것 같았다. 그러므로 통영에 걸출한 문인이나 화가, 음악인, 장인이 탄생하지 않을 수 없겠다는 생각이 들었다. 1박 2일 동안 통영에 머물면서 나는 그만 통영의 매력에 푹 빠지고 말았다. 통영의 작가 박경리 선생이 말한 "통영 사람에게는 예술의 DNA가 흐른다"라는 말이 충분히 이해가 갔다.

봄날의집은 작은 출판사 남해의봄날이 만든 게스트 하우스로, 통영 예술인의 삶과 작품들을 하룻밤 동안 체험해볼 수 있도록 꾸며놓았다. 책방과 한 건물에 있으니 먼 거리에서 책방 방문을 위해 가는 사람이라면 이 아트 하우스에서 하룻밤 머물러 보기를 권한다. 정은영 대표의 남편인 동네 건축가 강용상 씨가 35년도 더 지난 폐가를 리모델링했다. 그가 공간을 디자인하고 가구를 제작했다. 침대와 테이블, 책장 등에 천연 올리브 코팅을 하고 친환경 원목 가구로 디자인하고, 직접 제작했다. 다음 장에서 소개할 전혁림 화백의 아들 전영근 화백은 전체 공간의 컬러 자문을 비롯해 봄날의집 지붕과 부엌,

화가의 방 곳곳에 예술적 감각을 입혔다. 이 외에 침구와 소품 등은 장인들의 손을 거쳤다. 내부에 들어가 보면 탄성이 절로 나올 것이다. 각 방마다의 콘셉트와 얼마나 조화를 잘 이루고 있는지, 통영의 분위기를 얼마나 잘 살렸는지 모른다. 많은 예술인이 심혈을 기울여 만든 결과라는 것을 알고 나니 고개가 절로 끄덕여졌다.

그들은 봄날의집을 "통영의 풍부한 문화 예술 자산을 많은 이들과 함께 나누고, 무관심 속에서 사라져가는 전통 예술의 가치를 다시 우리의 일상으로 끌어내 대중들과 만날 수 있는 접점을 마련하기 위해 오랜 시간 정성을 기울인 작은 공간"이라고 소개하고 있다.

봄날의집은 1층에 '화가의 방'과 '작가의 방'이 있고 2층에는 '장인의 방'이 2개 있다. 나는 '화가의 방'을 예약했다. '화가의 방'은 '색채의 마술사', '한국

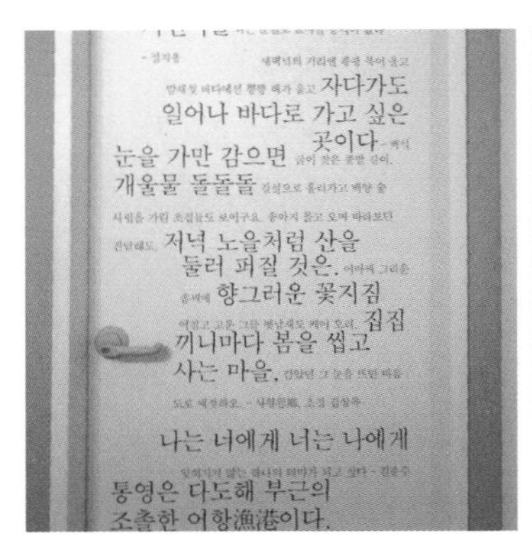

의 피카소'로 불리우는 전혁림 화백과 역시 화가로 활동하고 있는 그의 아들 전영근의 작품 세계가 꾸며져 있다. 특히 이 방은 창문 너머로 전영근 화백의 신혼 방이었던 전혁림미술관이 가까이 보인다는 점이 매력이다. 이 방 안에는 전영근 화백의 작품을 모티프로 제작한 통영 전통 누비 패브릭 소품과 고 전혁림 화백의 타일 아트 작품이 함께 전시되어 있다. 그래서 그 이튿날 가기로 한 전혁림미술관에 대한 기대감을 더욱 품게 했다. 통영 바다를 모티프로 한 원목 침대는 통영 바다의 색감인 블루를 메인 컬러로 해서 그 방에 있으면 몸과 마음이 편안해지고 깨끗해지는 느낌이었다.

봄날의집에 머물게 되면 본인들이 머무는 방뿐만 아니라 게스트 하우스 전체를 돌아볼 수 있다. 예약을 했을 때 강용상 대표는 자신을 '흙'이라고 소개했다. 편의상 나도 이제부터 '흙'이라는 명칭을 사용한다. 우리가 갔을 때 흙님은 5시 30분에 오리엔테이션이 있다고 했다. 그래서 구석구석 돌아보고 다른 방도 구경할 수 있었다. 이날 봄날의집에 예약한 사람은 총 6명이었다. 나와 친구는 화가의 방에, 젊은 여성 둘은 장인의 방1에, 그리고 젊은 커플이 장인의 방2에 예약한 상태였다. 그런데 젊은 커플은 오리엔테이션에 참여하지 않아 넷이서 흙님의 스토리텔링을 들었다.

게스트들이 함께 모여 담소를 나눌 수 있는 마루와 식탁이 있는 곳에서부터 소개가 시작되었다. 벽에 걸려 있는 액자 속 옻칠화에 대한 이야기는 본격적인 게스트 하우스 이야기라기보다는 통영의 예술 감상 입문서라고 할 수 있다. 테이블 옆에는 유리로 된 커다란 창이 있는데 진열된 책방의 책들이 보여 분위기를 고조시킨다. 그리고 바로 옆은 고 전혁림 화백의 도자기 아트 작품으로 꾸며진 화가의 부엌이 있다. 화가의 그림으로 만들어진 컵은 가격이 상당한데 흙님의 스토리텔링 덕분인지 그간 다녀간 투숙객이 천 명이 넘는데도 한 개도 깨진 것이 없다고 한다.

현관 입구에는 바로 '작가의 방'인데 통영에서 나고 자란 작가들뿐 아니라 통영을 사랑한 문인들의 작품 세계를 소개하는 방이다. 그때는 박경리 작가의 방으로 꾸며져 있었다. 작가의 책과 사진, 작가의 문구와 낡은 타자기도 있어서 박경리 작가를 추억하고자 하는 사람들에겐 더없이 좋은 방일 것이다. 이 방은 1인실이다. 통영은 박경리 작가를 비롯해서 김춘수, 유치환 등 많은 문인을 배출했는데, 돌아가면서 소개할 것이라고 한다.

2층에 있는 두 개의 장인의 방은 조선 시대 명품 공예 브랜드 통영 12공방의 역사를 이어온 장인들의 작품들로 꾸며져 있다. 나전 장인이 직접 만든 문패와 거울, 바둑판, 섭패 장인의 작품 등을 감상할 수 있다.

봄날의집은 예술인들의 작품들로 꾸며져 있어 눈이 내내 즐거울 수도 있지만 가구나 침구 등에 고품질 재료를 사용했다는 것에도 큰 의미가 있다고 본다. 이 공간을 만든 흙님의 이력을 보니 그의 가치관이 느껴지며 신뢰감이 생겼다.

흙님은 한국 해비타트에서 건축 관련 일을 오래 했고, 정기용 건축 사무소에서 생태 건축 연구로 사회생활을 시작했다. 유명 대학 건축과를 졸업한 사람들이 가는 전형적인 코스를 마다하고 처음부터 사람과 자연에 이로운 집을 짓겠다고 정기용 선생 밑에서 흙 건축을 시작했다고 한다. 그래서 그의 닉네임을 '흙'이라고 했나 보다. 그는 농촌 마을 컨설팅과 가구 디자인, 그리고 해비타트 집짓기와 집 고치기 등 친환경 건축과 소외 이웃을 위한 일들을 해왔다고 한다. 이런 그의 이력이 통영에서 얼마나 잘 쓰였을지 추측이 간다. 새롭게 단장된 봄날의책방과 남해의봄날 그리고 봄날의집은 물론이고 그 주위 골목을 가다 보면 발길을 자꾸만 멈추게 되는 것도 그의 아름다운 손길이 스며들어 있기 때문이다.

정은영 대표가 건강 문제로 서울을 떠나기로 했을 때 그들 부부는 세 가지 조건을 만족시키는 곳으로 가기로 했다. 첫째가 '서울에서 가능한 한 멀리 떨어질 것. 그래서 일과 사람에게서 완전히 자유로울 것' 둘째, '겨울이 따뜻하고, 여름은 시원한 곳. 기후가 가장 좋은 지역으로 갈 것' 셋째, '먹을거리가 신선하고, 문화 예술 콘텐츠가 풍부해서 적적하지 않은 지역을 찾을 것'이었다. 그렇게 해서 두 곳이 낙점되었는데 흙님은 통영을, 정 대표는 제주를 꼽았다. 그들은 2박 3일 동안 통영을 돌아보고 난 뒤에 그곳으로 결정을 했다.

후회하지 않을 선택이라고 생각한다. 문화 예술의 고장으로 통영만 한 곳을 찾는 것이 그리 쉽지 않을 것 같다. 물론 천혜의 자연 환경도 그에 못지않은 조건이지만 말이다.

화가의 방에서 하룻밤 취한 듯이 잔 우리는 그 이튿날 전혁림미술관으로 옻칠박물관으로 돌아다니느라 바빴다. 공간이 이끄는 힘은 위대했다.

봄날의집은 게스트 하우스 영업을 종료하고 지난 2017년 11월 봄날의책방으로 리뉴얼했다.

#3

# 한국의 피카소 전혁림을 만나다, 전혁림미술관

쾌적하고 아름다운 화가의 방에서 하룻밤 보낸 우리는 아침 식사를 마치고 바로 전혁림미술관으로 갔다. 책방에서 몇 걸음만 걸으면 닿을 곳이지만 도착한 전날은 책방에서 시간을 다 보냈기 때문에 갈 수가 없었다. 사실 미술관은 봄날의책방이 아니면 가볼 생각을 못했을 것이다. 우리는 책방을 가기 위해 봄날의집에서 머물게 되었고, 전혁림 부자의 작품에 둘러싸여 하룻밤을 보냈다. 회화 작품도 그랬지만 오리엔테이션 때 보았던 컵이나 타일 그림들도 우리의 관심을 충분히 끌었으므로 자연스레 그곳으로 향하게 된 것이다.

"예술은 선생이 필요 없어. 자기 혼자 배우는 거라고."

이렇게 말한 전혁림 화가는 일제 강점기인 1916년에 태어났다. 미술 교육을 정식으로 받지 않았지만 독특한 색감으로 한국 추상화를 개척했고 자신만의 예술 세계를 쌓아나갔다. 그의 다른 이름들은 '색채의 마술사, 코발트 블루의 화가, 한국 현대 미술의 거장, 한국의 피카소' 등이다. 이것만 보아도 그가 어떤 레벨의 화가였는지 짐작이 가고도 남을 것이다. 그런데 아무리 내가 미술에 대해 통달한 사람은 아닐지라도, 미술 분야의 책을 전혀 안 읽는 사람

"예술은 선생이 필요 없어. 자기 혼자 배우는 거라고."

도 아니고 미술 전시에 무관심한 사람도 아닌데 이토록 어마어마한 화가의 이름을 어찌 통영에 와서야 듣게 되었단 말인가.

전혁림미술관은 대부해솔길을 걸을 때 만난 정문규미술관을 떠올리게 했다. 북적거리는 도시 한복판이 아닌 조용한 주택가에 소담스럽게 있는 것도 그렇고, 둘 다 화가의 이름을 내 건 사설 미술관이라는 것도 그러했다. 이웃해 사는 봉수로 주민들은 친구네 집 마실 가듯 갈 수 있어서 좋겠다는 생각이 들었다. 그리고 전혁림 화가가 30여 년간 살던 터에 지은 것이라 화가에게나 이웃 주민들에게나 더욱 의미 있는 공간이 아닐까 하는 마음도 들었다. 나는 서점도 작은 서점이 좋은 것처럼 미술관도 이처럼 작은 곳이 좋다.

2003년도에 개관한 전혁림미술관은 통영의 현재와 미래의 문화 예술을 기록하고 체험할 수 있는 공간을 만들고 싶다는 전영근 화가의 꿈에서 시작되었다. 미술관의 모델은 그가 프랑스 니스 마을에서 본 마르크 샤갈의 미술관이다. 가장 단순한 형태의 골격을 바탕으로 전시실은 최대한 넓게 하고 외

부는 미로처럼 구성했다. 이 미술관의 특징은 외관을 타일 그림으로 장식했다는 점이다. 그 타일은 전혁림 화가의 그림 5점과 전영근 화가의 그림 5점을 넣어 구운 것으로서 7,500장이 들어가 있다. 따라서 봉수로 사람들은 그 주변을 오갈 때마다 거장의 그림을 맘껏 감상할 수 있는 행운을 얻었다.

미술관에는 전혁림 화가의 작품 80점과 관련 자료 50여 점을 상시 전시하고 3개월 단위로 교체 전시한다. 전혁림 화가는 미술 형식에 얽매이지 않고 언제나 새로운 실험을 시도하는 이였다. 1949년 제1회에 국전에서는 입선을, 1953년 제2회 국전에서는 문교부장관상을 수상했다. 1962년까지 입선과 특선을 거듭했지만 국전 운영의 비리에 실망해 국전을 외면하고 '통영의 화가'로 활동했다.

그러다가 2000년대 이후에 조명을 받기 시작했다. 2002년에는 국립 현대 미술관 '올해의 작가'로 뽑혔고, 2005년에는 〈구십, 아직은 젊다전〉을 벌일 만큼 열정이 대단했다. 그 당시 그의 전시를 관람한 노무현 대통령이 〈통영항〉을 구입해 청와대에 전시해서 화제가 되었다고 한다. 그 〈통영항〉은 바로 봄날의집 지붕 위에 그려진 그림이기도 하고, 화가의 방에도 전시되어 있다. 봄과 가을에는 기획전을 통해 역량 있는 청년 작가의 작품전을 개회함으로써 지역 화단 활성에도 기여하고 있다. 내가 갔을 때도 기획 전시를 하고 있었는데 젊은 작가들의 작품도 사오고 싶을 만큼 탐이 났다.

전혁림은 통영의 바다를 연상시키는 청색이나 전통적 오방색을 주로 썼다. 특히 푸른색을 주조로 빨강, 노랑과 대비시킨 선명한 색채를 비롯해서 단청이나 전통 음악 등을 도입해 우리 고유의 색채를 현대적 감각으로 재조명한 색채 화가로 평가받았다.

전부가 그런 것은 아니지만 그의 그림을 감상하기 위해서는 높은 식견이 필요하지 않을까 하는 생각이 든다. 하지만 중요한 것은 그의 그림을 마주하는 순간 푸른빛이 순식간에 달려와 보는 이의 마음을 시원하게 해준다는 사실이다. '코발트 블루의 화가'라는 별명에서 알 수 있듯이 전혁림 화가는 푸른빛을 사랑했다. 그의 그림 속에는 넘실대는 통영 바다의 푸른빛이 가득 담겨 있다. 그리고 전영근 화가가 기억하는 아버지의 손톱엔 늘 푸른 물감이 배어 있었다.

> 아버지의 손등이나 손톱은 항상 푸른 물감으로 물들어 있었다. 물감을 씻어내고 그 위에 새로운 푸른 물감을 덧칠하고, 또 씻어내고 그 위에 새로운 푸른 물감을 덧칠하고, 또 씻어내고, 새 물감이 물드는 과정을 반복하며 아버지의 손에 새겨진 푸른 흔적은 마치 아름다운 문양과도 같았다. - 전영근 《그림으로 나눈 대화》, 남해의봄날

척박한 환경에서 작품 활동을 한 전혁림 화가는 한국의 1세대 서양화가로서 진정한 우리의 미술을 찾아야 한다는 의무감이 컸다. 새벽 4시면 어김없이 일어나 《예술 신조》와 《아트 인 아메리카》 등의 미술 잡지와 민화집을 탐독하고 작품 제작을 시작했다. 우리 민족의 미의식을 어떻게 알릴 것인지에 대한 의무감을 가지고 그에 대한 연구를 위해 새로운 것을 탐구하고 그림을 그렸다. 전영근 화가에 의하면 "눈빛은 언제나 새로운 예술 세계를 발견하기 위한 열정으로 충만했다"라고 한다.

아버지의 길을 이어서 걸어가고 있는 전영근 화가는 중학생 시절 아버지의 도자기 연구실에서 동양화 붓 한 자루와 작은 접시 두 개를 받아들었다. 떨리는 손은 마음먹은 대로 그리지 못했다. 도자기의 익숙하지 않은 질감에 결국 그는 형체도 구분할 수 없는 그림을 그렸다. 의기소침해 있는 아들에게 전혁림은 "인제는 예술이 우연을 의도해서 활용하는 시대다. 꼭 형체를 구분할 수 없어도 좋은 그림이 될 수 있는 기라"라고 하면서 잭슨 폴록에 대해 이야기해 주었다. 이후 도자회화는 전영근에게도 빠질 수 없는 필수 요소가 되었다. 어쩌면 그때 전영근 화가가 아버지로부터 핀잔을 들었다면 화가의 길로 가지 않았을 수도 있다. 그 격려가 자신의 아버지처럼 통영의 아름다운 풍광과 우리의 전통미를 재현해내는 큰 화가로 활동하게 만들었는지도 모른다.

부자의 그림과 기획전까지 감상하고 아트숍에 가니 눈길을 잡는 것이 한둘이 아니었다. 그들의 그림이 그려진 도자기 컵과 도자기화, 밝고 화사한 그림들이 여심을 사로잡기에 충분했다. 친구와 나는 고르고 골라서 또 만만찮은 양을 사게 되었다. 원화를 살 수 없으니 소품으로라도 대리 만족을 하고 싶었다. 그리고 집 안에 놓으면 분위기도 밝아져서 좋은 기운이 퍼질 것 같았다. 때마침 아트숍에 전영근 화가가 들어왔다. 직원은 그에게 우리가 물건을 많이 산 손님이라고 소개해주었다. 그래서 사인까지 받을 수 있었다.

물건들을 책방에 가져가서 책과 함께 부쳐달라고 부탁했다. 기분 좋은 소비였다. 그리고 전날 들었다 놓은 책 《그림으로 나눈 대화》를 얼른 사서 그것까지 택배 박스에 넣어달라고 했다. 전영근 화가가 아버지에 대해 쓴 글이다.

지방에서 세계적인 화가의 작품과 발자취를 만날 수 있는 것은 통영이기 때문에 가능한 일이 아닐까? 예상치 못한 거장을 만나게 된 통영행은 내 삶의 방점이 아닐 수 없다.

#4

## 작가는 떠났어도, 박경리기념관과 박경리 생가

몇 권의 책을 내고 기자와 방송 작가, 그리고 영화 평론가를 거쳐 서평과 글쓰기를 가르치는 사람이 자신의 블로그에 《토지》를 읽지 않은 것이 부끄러워서 그 책을 샀노라고 했다. 그 글을 읽은 나도 덩달아 부끄러웠다. 나 역시 오래전부터 그 일로 인해 마음 한쪽이 불편했기 때문이다. 그래서일까? 그 글들은 뾰족한 송곳이 되어 나를 마구 찔러댔다. 그 참에 《토지》 전권을 구입했다.

배달되어 가지런히 서 있는 책들은 눈이 부셨다. 벌써 2년도 더 지났는데 아직도 손을 대지 못했다. 나는 신영복, 김훈, 법정 스님, 박완서, 신경숙, 공지영, 장영희, 김점선 등 내가 좋아하는 저자들의 책이라면 거의 다 사서 읽는 편이다. 그런데 이상하게도 박경리 선생의 책은 한 권도 읽지 않았다. 당연한 일일 게다. 한 권을 읽었으면 아마 줄줄이 사서 읽었을 텐데 그 한 권을 읽지 못했기 때문일 것이다. 드라마로도 보지 못했으니 박경리 선생과의 인연은 아마도 더디 오게 되어 있었는지도 모르겠다.

그러면서도 아주 오래전에는 원주에 있는 토지문학관에도 다녀오고, 작년

"내가 원주를 사랑한다는 것은 산천을 사랑한다는 애기다."

엔 통영의 박경리기념관과 그의 생가에도 다녀왔다. 작가의 책을 읽지 않고도 갈 곳은 다 다녀온 것이다. 작년에 봄날의책방에 갔을 때 박경리기념관이 그리 멀지 않은 곳에 있다는 것을 알았는데도 들르지 못했다. 아마 선생의 책을 읽었더라면 그곳을 먼저 갔을지도 모른다. 하지만 통영에 도착한 날은 늦은 오후였고, 책방에서 시간을 다 보냈다. 그 이튿날엔 전혁림미술관과 옻칠박물관을 방문했더니 버스 탈 시간이 다 되어 있었다. 차를 가져가지 않아 택시를 타고 돌아다니느라 행동반경이 좁았던 까닭도 있다.

책을 읽고 그 사람의 글에 감동받아 그 사람과 연관된 장소를 찾아간다든가, 아니면 그 반대로 기념관이나 글의 배경지를 먼저 다녀온 뒤에 책을 읽게 되는 것이 내 독서 방식이다.

그런데 이런 일의 경우는 그간 해온 내 행동과는 전혀 일치하지 않는다. 《토지》를 사다 놓은 것만으로도 작가에게 빚졌다고 여긴 마음이 많이 사라졌던 것은 아닌지 모르겠다. 그런데 덧붙일 일이 하나 더 있으니 책은 한 권

도 안 읽은 내게 선생에 대한 강렬한 이미지가 하나 새겨져 있다는 사실이다. "1975년 2월 15일은 낮 최고 기온이 영하 7도였다. 며칠째 퍼붓던 눈이 멈추고, 날은 흐렸다. 흐린 날이 저물자 기온은 영하 12도 아래로 떨어졌다."[3)]로 시작하는 김훈의 에세이에는 박경리 선생이 등장한다. 이날은 국가보안법 등의 이유로 사형 선고를 받았던 김지하가 무기 징역에서 형 집행 정지를 받고 출감하는 날이었다. 당시 신문기자였던 김훈은 오전 10시경부터 교도소 앞에서 그의 출감을 기다리고 있었다. 김훈은 오후 5시경 포대기로 손주를 업고 추위 속에서 출감을 기다리던 허름한 차림의 박경리 선생을 보게 된다. 그 옆에는 택시 한 대가 정차해 있었다. 밤 9시경이 되어서야 옥문이 열리고 김지하가 나왔지만 그는 장모인 박경리 선생을 만나지도 못하고 그의 지지자들이 준비해간 승용차에 올라타고 사라져버린다.

그날 나오기로 한 백기완 선생은 국민투표법 위반으로 벌금형 선고받은 전과가 있는데 그 돈을 납부하지 못해서 못 나오고 있었다. 기자들은 모금에

3) 김훈의 에세이《바다의 기별》에 실린 "1975년 2월 15일의 박경리"라는 제목의 서두이다.

참여할 수 없고 군중들과 학생들 대부분은 김지하를 좇아 빠져나가고 없었다. 그런데 그 사정을 어떻게 알았는지 선생이 교도소 정문 앞 광장으로 내려와 아이를 감싼 포대기 앞섶을 뒤적거려 지폐 몇 장을 꺼내 한 대학생에게 보태라 하고는 대절해 온 택시에 몸을 실었다. 그때가 밤 12시에 임박해 있었다. 새벽 2시경에 집으로 돌아간 김훈은 아내에게 선생에 대한 이야기를 말해주었다. 그의 아내는 아기가 추웠겠다면서 울었다. 다른 사람들은 알아채지 못한 일이었다. 김훈은 《토지》가 완간되었을 때 선생을 추억하는 글에 이 글을 실었다.

얼마나 춥고, 배고프고, 힘들었을까? 긴 시간 기다려놓고도 데려가야 할 사람을 허망하게 놓쳐버린 선생의 마음이 어땠을까 생각하니 가슴이 먹먹했다. 백기완 선생을 위해 선뜻 내놓은 돈 이야기는 한없이 뭉클해진다. 선생의 그릇이 얼마나 큰지 알 수 있는 대목이다.

박경리기념관을 가기 위해 지난가을 통영을 다시 찾았다. 가는 날은 저녁에 도착했으므로 저녁 먹고 숙소에 들어가서 자는 도리밖에 없었다. 이튿날 한려수도를 조망할 수 있는 케이블카를 먼저 타러 갔다. 그것은 박경리기념관 가는 길에 있었고 서로 먼 거리가 아니었다. 케이블카를 타고 미륵산 정상으로 가는 탐방 코스에는 선생의 묘소가 보이는 전망 쉼터가 있었다. 그곳에서 찍었을 묘소 사진과 선생의 약력이 씌어 있었다. 지나가는 사람들은 그곳에 서서 위대한 작가의 묘소를 찾아보려고 연신 사진과 비교하며 찾아보려고 애를 썼다. 나도 잠시 후면 갈 묘소를 찾아보려 했지만 정확하게 알아보지 못했다.

"내가 원주를 사랑한다는 것은 산천을 사랑한다는 얘기다"라고 했던 선생의 성품에 맞게 기념관 가는 길이나 기념관 주변은 조용하고 아름다운 자연이 함께했다. 기념관 뒤로 난 길을 따라가다 보니 분홍과 흰빛의 동백꽃길이

이어졌다. 걸음이 절로 느려지는 길이었다. 언덕배기에 나무 의자가 있어 잠시 앉아 보았다. 저 멀리 낮은 산들 사이로 바다가 보인다. 한산만이다. 해질녘이면 시 한 수 거뜬히 길어올릴 풍광이었다. 온화하고 촉촉한 시간만이 흐르고 있었다.

마냥 앉아 경치를 감상하고 싶은 마음을 달래어 뒤를 돌아보니 빨간 물이 가득 든 단풍나무들과 정자가 운치를 더해 주고 있었다. 수돗가나 바윗돌에는 선생의 시들이 새겨져 있었다.

선생의 묘지 주변은 소박하다. 선생의 외모에서 풍기는 모습처럼 꾸밈이 없다. 입구에서부터 묘지에 이르는 길도 편안함으로 감싸는 길이었는데 유택 또한 자연의 한 무늬처럼 정갈한 모습 자체였다.

들어갔던 길을 되돌아 나와 기념관에 들어갔다. 기념관 건립은 선생이 떠나기 전에 추진했던 사업이었다. 《김약국의 딸들》의 무대였던 충렬사 광장 부근에 지으려고 했으나 갑작스레 선생이 세상을 떴고 장지가 현재의 장소인 양지농원으로 결정되면서 문학관이 기념관으로 바뀌었다. 기념관도 선생의 성품에 맞게 소박하고 단순 간결한 모습으로 만들었다. 전시실에는 《토지》의 친필 원고와 일대기, 시, 손수 지은 누비 옷, 재현해놓은 서재, 여권 등이 있었다.

선생은 1926년 통영 명정리에서 가정을 잘 보살피지 않는 아버지 밑에서 태어났다. 결국 아버지는 가족을 떠나고 선생은 어머니와 살게 된다. 한국 전쟁 중에 남편을 잃은 선생은 삼십 대 초반에 총각 선생과 재혼했지만 세상의 편견으로 헤어지게 된다. 거기에 아들까지 잃게 되자 통영을 떠났고 50여 년이 세월이 흐른 뒤에야 고향에 돌아온다. 긴 세월 순탄치 않았던 선생의 삶은 문장들 속에서 꽃으로 피어났다. 선생은 슬픔을 사랑하고, 있는 대로 견뎌야 한다고 힘주어 말했다.

고통과 그리움과 슬픔을 한 땀 한 땀 바느질하듯 글을 써내려간 선생의 모습을 뵙고 나오는 길에서 나는 《토지》를 빨리 읽어야 하지 않느냐고 스스로를 꾸짖었다.

---

**주소** 경상남도 통영시 산양읍 산양중앙로 173

#5

# 도시를 떠난 두 청년, 섬으로 들어가다

아베 히로시 · 노부오카 료스케 《우리는 섬에서 미래를 보았다》, 남해의봄날

우리 사회의 미래 모습은 어떤 빛깔일까? 그리고 어떤 형체를 하고 있고 어떤 에너지의 파장을 가지고 있을까? 지금 우리 사회를 전체적으로 보면 침체되어 있고, 부분으로 보면 흐름이 많이 막혀 있고, 에너지는 역동성을 잃어버린 지 오래되었다. 지치고 늙은 생물처럼 맥이 빠져 있는 이 사회의 에너지를 파릇파릇한 공기로 바꿀 수는 없을까? 그 대체 에너지를 어디에서 찾을까?

현재는 미래를 예견해주는 거울이기도 하다. 이 책《우리는 섬에서 미래를 보았다》가 탄생한 섬 '아마초'에는 인구 감소, 출산율 저하를 동반한 고령화, 재정난 등의 문제를 안고 있었다. "아마는 일본의 도시가 겪을 50년 후의 미래를 지금 고민하고 있다. 아마는 일본이 해결해야 할 과제의 '선진 기지'이며 미래 일본의 축도라 할 수 있는 곳이다(아베)"라는 문장이 나오는데 이것은 비단 일본만 문제가 아니라 우리도 피부로 느끼고 있는 문제여서 많은 관심이 갔다.

이 책은, 공동 저자이자 젊은 두 청년 아베 히로시와 노부오카 료스케가

'나는 무엇을 위해 살고 싶은가?'

오키 군도의 작은 섬인 아마에서 발견한 미래에 대한 작은 보고서이다. 아마초에 이주한 시기는 각자 다르지만 세계적인 기업 도요타의 생산 기술 엔지니어였던 아베 히로시와 도쿄의 웹 사이트 제작 벤처 회사 직원이었던 노부오카 료스케는 뜻을 모아 '메구리노와'라는 주식회사를 설립했다. 그들이 꿈꾼 '지속 가능한 사회 모델'을 만든 이야기는 어둡고 습한 공기를 파릇파릇하고 산뜻하게 바꾸어줄 수 있는 그 대체 에너지라는 것을 알려주었다.

인생이란 참으로 알 수 없는 것이라면서 책 속의 사소한 상상이 자신의 인생을 완전히 뒤바꾸어놓았다는 노부오카는 웹 디자이너로서 회사와 자신의 성장만이 즐거움의 전부였다. 치열한 회사 생활 중에 지쳐만 가고, 자신의 성장의 한계에 대한 의문을 가지고 있을 때 우연히 읽게 된 데니스 메도스의 《성장의 한계》는 그의 인생을 완전히 바꾸어놓았다. '도대체 내 앞에는 무엇이 기다리고 있을까?'라는 질문을 품게 되었고, 그 질문은 '나는 무엇을 위해 살고 싶은가?'라는 마음의 소리로 다가왔다.

그들이 꿈꾸었던 세상,
그것은 '행복'이라는 단어가 존재하는 세계였다.

등산과 도보 여행 경험이 사회에 대해 생각하는 계기가 되었다는 아베에게도 머릿속에 남아 있는 의문이 있었다. 등산과 도보 여행에서는 인간의 마음이 본래 따뜻하다는 것을 배웠는데, 도시의 생활에서는 왜 이 배움이 틀어지는 것일까? 아베는 사람들이 있는 그대로의 모습으로 서로 마주하기를 바란다. 그런데 사회 조직이 이를 방해한다고 생각한다.

도요타에서 근무하던 아베가 휴가를 이용해 오가사와라 군도로 여행을 떠났을 때 묵었던 여관의 주인은 지속 가능한 생활 방식을 추구하고 있었다. 따라서 숙박객인 그도 숯과 소금으로 빨래를 하고, 희석한 식초로 머리를 감아야 했다. 주인은 자연에 부담을 주지 않는 생활 방식이 옳다고 믿는 사람이었다.

이 경험과 함께 그 섬에서 느꼈던 삶에 매료된 아베는 지인을 통해 우연히 아마로 이주하게 되고 다른 두 청년과 함께 셋이서 회사를 설립한다. 그러나 아무리 젊음이 넘친다 한들 그들이 섬에서 무엇으로 살아갈 것인가? 그들은 섬 전체 차원에서 지속 가능한 사회 모델을 만들고 싶었는데 최종 목표는 '섬 학교'를 만드는 것이었다. 외지 사람을 섬으로 불러들여 섬 그 자체를 이용해 다양한 것을 체험하고 생각하게 만든 다음, 인생의 다음 행보를 발견하도록 도와준다는 게 섬 학교의 기본 구상이다.

창업 3개월 차였을 때, 그들은 아마초 특산물을 인터넷으로 판매하는 '아마 인터넷 백화점' 사이트를 운영하게 되었다. 아마의 식문화, 역사, 체험 교육을 제공하는 일종의 투어 프로그램도 만들고 음악 축제를 열기도 했다. 그리고 섬 학교의 한 형태로 섬에 사는 어부나 농부가 강사로 나서는 기업 연수 프로그램인 '오감 학원'도 만들었다. 이 프로그램은 무언가를 알아차리고 느끼는 힘을 고양시키고, 배워서 흡수하는 힘을 키우고자 하는 것이다. 가장 큰 특징은 인간의 감성에 접근한다는 점이고 오감을 통해 체험하면서 인간의 잠재력을 스스로 높이도록 하는 것이다.

젊은 청년이 보장된 삶을 버리고 섬으로 이주한다는 것이 보통 사람으로서는 생각하기 어렵다. 그러나 기적이라는 것이 거창한 것에서 시작되지 않는다는 것을 그 청년들은 몸소 실천해 보여주었다. 물론 청년들의 도전만으로는 어려웠을 것이다. 그들은 섬사람을 존중했고 섬의 말에 귀 기울였다. 섬의 시간을 이해했고 섬의 공기를 온전히 받아들였다. 자신들의 미래를 걸고 큰 그림을 그리면서도 겸손했으며 섬의 어른들에게 배우기를 주저하지 않았다. 순수한 선의로 온전히 섬만을 바라보았다. 수많은 실수, 실패, 성공의 경험을 통해 마을과 함께 성장해갔다. 나중에 그들은 아마라는 작은 섬에 꼭 필요한 사람이 됐다. 더불어 섬사람들과 관의 협조가 적극적으로 이루어진 점도 주시할 점이다.

우리나라에도 알게 모르게 지역으로 이주해 지역 재생 운동에 참여하고 있는 젊은이들이 생겨나고 있다. 대학원 동기 가운데에도 이십 대에 지방으로 이주해 공동체 문화를 일구어나가고 있는 이가 있다. 쉽고 편안한 길을 마다하고 그 길에 뛰어든 사람들에게 힘든 점만이 존재한다면 오래 지속하기 힘들 것이다. 그들이 꿈꾸었던 세상, 그것은 '행복'이라는 단어가 존재하는 세계였다. 자연의 질서 속에서 얻는 건강한 행복, 그것이 힘들고 어려운 길을 오래 건하게 만드는 원동력일 것이다. 그것을 이 책 속에서도 찾아볼 수 있었다.

이 책을 펴낸 남해의봄날의 주인 부부도 서울의 생활을 청산하고 통영에 내려가, 출판사와 서점과 게스트 하우스를 운영하며 지역민들과 어우러져 살아가고 있다. 그들은 자신들과 비슷한 처지의 청년들 이야기를 세상에 알리고 싶었을 것이다. 그러한 이유로 이 책이 더 의미 있게 읽혔다.

PART
3

# 도쿄 여행자라면 역시 이색 서점

물질이 부족해도 우리는 견디어나갈 수 있으나 정신력이 부족하다면 작은 흔들림에도 비틀거린다. 정신을 견고하고 풍부하게 만들어주는 데에는 책만 한 것이 없다. 또한 동네 서점은 문화 공간으로서 그 역할을 톡톡히 해나가고 있다. 그래서 점점 소외되고 삭막해져가는 우리 사회의 틈을 따스하게 메워나갈 것이다.

## 책거리 일본 속의 한국 서점

한국 문화를 알릴 수 있는 문구나 소품 등을 진열해놓고 판매도 한다. 그곳에서는 한국과 일본의 신간과 중고책을 판매하고 한국 음식인 수정과, 떡, 막걸리, 맥주와 커피 등의 음료 등을 판매한다. _ '책거리'

**주소** 東京都 千代田区 神田神保町 1-7-3 三光堂ビル 3階
**전화** 03-5244-5425 / **FAX** 03-5244-5428
**E-mail** info@chekccori.tokyo
**페이스북** https://www.facebook.com/chekccori
자세한 내용은 홈페이지를 참조하세요!

#1

# 한국 문학으로 한류의 끈을 이어가다

세계 3대 헌책방 거리인 일본의 진보초에는 독보적인 존재 '책거리'가 있다. 복합 문화 공간인 책거리에는 한국 서적과 일본 서적이 나란히 진열되어 있기도 하고, 한국 문화를 알릴 수 있는 문구나 소품 등을 진열해놓고 판매도 한다. 그곳에서는 한국과 일본의 신간과 중고책을 판매하고 한국 음식인 수정과, 떡, 막걸리, 맥주와 커피 등의 음료 등을 판매한다.

책거리를 알게 된 계기는 우연 같으면서도 필연이었다는 느낌을 지울 수가 없다. 2015년 여름 도쿄에 머물고 있을 때였다. 여느 날과 다름없이 이웃 블로그의 새 소식을 살피다가 출판마케팅연구소장님의 블로그에 들어갔다. 출판계와 책에 대한 정보는 물론이고 사회에 대한 날카로운 시선을 담고 있는 그의 글에 처음에는 '공감'이라도 누르고 나왔는데 언젠가부터 글을 읽기만 하고 나온다. 이것은 다른 방문자들도 마찬가지이다. 따라서 댓글을 쓰는 일은 물론이고 남이 달아놓은 몇 안 되는 댓글을 볼 일도 적다.

그런데 그날은 무슨 일인지 나도 모르게 댓글을 클릭했다. 그랬더니 거기에 한국 책을 파는 북 카페를 도쿄에 개점한다는 글이 하나 있었다. 주소와 전화번호, 이름까지 함께 적혀 있어서 캡처해놓았다가, 며칠이 지난 주말에 방문하려고 나섰다. 그런데 2015년인 그해 여름은 40년 만의 더위가 일본 열도를 덮치고 있어서 낮에는 실로 살이 녹아내릴 기세였다. 그래서 역 근처까지 갔다가 결국 폭염을 이기지 못하고 돌아오고 말았다. 그래서 가을에 도쿄에 다시 갔을 때 첫 방문을 하게 됐다.

우리보다는 조금 나은 환경이지만 독서 인구가 급격히 줄어든 것은 일본 또한 마찬가지다. 그래서 도쿄에 한국 서점이 생긴다는 말에 그 운영자가 무척 존경스러웠으나 한편으론 많은 우려가 되었다. 한국 거리인 신오쿠보도 아니고 진보초에 오픈했으니 말이다. 그렇다 하더라도 도쿄에 한국 서점이 생겼다는 것이 반갑고도 신기했다.

도쿄에 단 한 곳인 한국 서점을 만나러 갈 때에는 더없이 기대가 되었다. 간판을 보았을 때 들었던 반가움은 이루 말할 수 없었다. 그것은 서점 마니아이자 책 사랑꾼인 내게 당연한 일이었다. 안으로 들어서서 우리글로 된 책들이 서가에 진열되어 있는 것을 보니 몸과 마음이 편안했다. 이국에서 만난 낯익은 책들과 소품들을 보자 친정에 간 느낌이 들었고 무장 해제되는 것 같았다. 책들이 잘 정돈되어 있고, 인테리어가 세련된 북 카페였다. 전체 분위기도 깔끔하고 아기자기해서 첫눈에 그만 반하고 말았다. 구석구석에 놓인 작은 소품 하나에도 갖은 정성이 엿보였고 미적 감각이 돋보였다.

서점에 들어간 시간은 4시 40분경이었는데 5시부터 이벤트 행사가 있다고 했다. 일단 커피를 시켜놓고 직원들과 이야기를 잠시 나누었다. 사장님은 출판 단지로 출장을 가서 아쉽게도 만나지 못했다. 기회가 되면 사장님에게 어떻게 해서 도쿄에 한국 북 카페를 낼 생각을 했는지 물어보고 싶었다.

5시가 가까워지자 여성들이 속속 들어오기 시작했다. 나는 그 행사를 옆에서 지켜보고 싶었지만 장소도 협소한 데다가 카메라 배터리도 다 되었고, 남

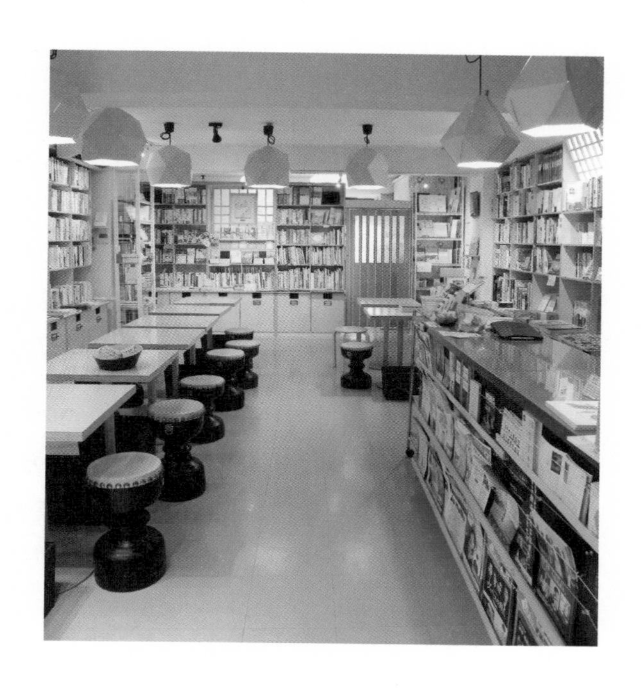

이국에서 만난 낯익은 책들과 소품들을 보자
친정에 간 느낌이 들었고 무장 해제되는 것 같았다.

편이 나가야 된다고 해서 다음에 다시 가기로 하고 나왔다. 무엇보다 궁금한 것은 7월에 오픈했는데 손님들이 얼마나 오는지였다. 다행스럽게도 대부분 일본 손님들이 많이 온다고 했다. SNS를 통해 홍보나 행사 등의 정보를 알리고 있었다. 다행한 일이다. 처음 말을 하게 된 여성은 한국말을 잘했다. 교포라고 했다. 또 다른 여성도 한국말을 곧잘 했다. 대학에서 한국어를 전공했다고 한다. 그 여성은 "그런데 이 정도밖에 안 돼요"라면서 수줍게 말했다.

책거리를 방문하고 후기를 블로그에 올렸을 때 책거리의 직원이 수정해주지 않았다면 사장님을 만날 때까지 남성으로 알고 있을 뻔했다. '김승복'이라는 이름에서 당연히 남성이라 생각했고, 도쿄에 한국 서점을 낼 만큼 대담한 사람이라면 남성일 것이라는 나의 잘못된 편견 때문이었다. 그런데 두 번째 갔을 때 만난 김승복 대표는 외모가 무척 부드럽고 여성적인 분위기를 자아내고 있었다. 김 대표는 아무래도 외유내강 스타일인 것 같았다.

김승복 대표는 1990년대 초반에 일본에 유학을 갔고 공부를 마친 뒤 일본 광고 회사에서 일을 하다가 출판사를 인수했다. 책거리 바로 위층에 있는 '쿠온 출판사'이다. 2011년엔 평론가, 대학 교수, 번역가, 출판사 편집자, 영화인, 신문기자, 방송인, 한국 문학 전공 학생, 한국어를 배우는 사람 등 다양한 분야의 사람들로 구성된 'K-문학 진흥 위원회'를 설립했다. 그리하여 쿠온은 우리 문학의 불모지나 다름없는 일본 출판 시장에 우리 문학을 번역해서 일본에 알리는 데 앞장서왔다. 2012년 당시 한국에 소개되는 일본 문학이 연간 900여 종에 이르고 있었는데, 일본에 소개된 한국 문학은 20여 종에 지나지 않았다. 김승복 대표는 한국 문학을 알리기 위한 계획을 야심차게 세워놓고

번역 출판을 했다.

2012년도에는 어느 해보다 다양한 작품이 출간되었는데, 작년에 맨부커상을 수상한 한강의 《채식주의자》가 그 시작이었다. 이 일의 결과를 보면 김 대표의 안목이 얼마나 탁월했는지 알 수 있다. 당시 《채식주의자》는 일본에서 출간되자마자 아사히, 요미우리, 마이니치 신문은 물론, 일본 전국 지역 신문에 동시에 서평이 올랐다고 한다. 일본 도서관 협회의 선정 도서로 지정되었고, 일본 전 국민을 대상으로 독서 감상문 대회도 열렸다고 한다. 그때 100여 편 이상의 감상문이 모였고, 그중 80퍼센트가 사회인들의 투고였으며, 그중의 반 이상이 남성들의 투고였다고 한다. 그 수준은 상당해서 우수작을 모아 소책자를 만들기도 했다 한다. 이 책은 유명 아트 디렉터 요리후지 분페이가 장정 디자인을 맡았는데 '디자이너가 뽑은 올해의 책'에도 선정되었다고 한다. 내용도 훌륭했지만 장정에서 주는 단정함, 세련됨, 파격적인 간결함이 한국 문학을 다시 한 번 돌아보게 한다는 서평이 있을 정도였다고 한다. 훌륭한 책의 조건으로 북 디자인의 요소도 빼놓을 수 없는 것이다. 따라

서 《채식주의자》를 일본에 널리 알리게 한 일등 공신인 김승복 대표의 공을 높이 치하하지 않을 수 없다.

이 외에도 적지 않은 문학 작품이 번역 출간되었다. 김중혁 작가는 일본의 십 대에서 칠십 대까지 아주 다양한 독자층이 형성되어 있는데 책거리에서 행사를 갖기도 했다. 책거리는 쿠온에서 출판한 한국 문학을 일본에 소개하는 공간 역할을 하고 있는 것이다. 책거리에서는 한국과 일본의 중고와 신간을 취급하는데 한국 신간이 가장 많이 팔리며 한국 그림책도 많이 판매된다. 그리고 책거리는 일본의 도서관이나 대학에 한국 서적을 입고도 시킨다.

근무 직원은 7명인데 요일별 점장 시스템이어서 그때 갔을 때는 전에 보았던 분들이 아니었다. 그들은 전문가인데 팬덤까지 형성되어 있다고 한다. 또한 가입한 회원이 2016년 여름 당시 3,000명이 넘었다 해서 깜짝 놀랐다. 그리고 현재까지 100회가 넘는 이벤트(문화 행사)를 했는데 저자 강연자로 나선 김용택, 백희나, 신경숙, 한강, 김중혁, 김연수, 도종환, 박민규, 권대웅 등이 서점을 다녀갔다고 한다. 현재 이벤트는 주 3회를 하고 있었다. 윤동주에 대한 이벤트를 할 때는 나이 지긋한 분들도 많았지만 주로 삼사십 대 여성들이 많이 왔다고 한다.

두 번째 방문 시기는 첫 방문 이후 1년이 가까워지는 5월이었다. 시일이 많이 지나서 그동안 어떤 변화를 거쳤을지 궁금했다. 마침 김승복 대표를 만날 수 있어서 즉석에서 부탁해 인터뷰 시간을 가질 수 있었다. 짧지 않은 시간이었는데도 친절하게 응해주어서 감사했다.

한류 열풍이 예전과 비교해 많이 식은 상태여서 염려가 되었는데 우리 문화와 문학에 관심 있는 사람이 꾸준하다고 한다. 좋은 책을 선별해 소개하고, 활발한 이벤트를 벌이며, 전문가들에 의해 운영되고 있어서인지 적지 않은 성장을 한 것이라 생각한다. 그리고 무엇보다도 김승복 대표의 문학에 대한 사랑과 열정이 일구어낸 결과가 아닐까 하고 진단해본다.

한국 문화를 일본에 알리는 유일한 서점 책거리가 세계적으로 유명한 고서점 거리 진보초에 문을 연 것은 일본 사회의 특성을 잘 알고 있는 김 대표의 탁월한 선택이었음을 나중에 이해했다. 한국인 거리인 신오쿠보에는 한류 문화를 알리는 곳으로서 아이돌과 관련된 상품을 판매하는 가게를 비롯해 한국 식당과 숙박업소가 많다. 반면 진보초는 서점과 출판사들이 밀집해 있어서 책을 좋아하는 사람들이 많이 몰려든다. 따라서 한국 문학과 더불어 그와 관련된 문화를 자연스럽게 전파하기에 좋은 곳이다.

김 대표는 작은 서점이 지속적으로 유지되기 위해서는 '책의 선별과 소개'가 중요하다면서 고객들은 소비자에서 생활자로서의 창조자가 되어야 한다고 했다. 그 말이 긴 여운을 주었다.

#2

# 한국인보다 윤동주를 더 많이 아는 일본인들

동네 서점을 찾아다니다 보니 일본 서점의 문화 행사가 궁금했다. 우리나라와는 어떻게 다르고, 일본인들은 어떤 태도로 참여하는지 그 분위기가 알고 싶었다.

그래서 일본에 갔을 때 한국 서점 책거리의 홈페이지에 들어가 이벤트 공지를 살펴보았다. 이곳은 일주일에 세 번 정도로 자주 하는 편이다. 그런데 B&B 서점에서는 몇 년째 날마다 하고 있으니 거기에 비하면 오히려 보통이라고 말해야 할지도 모르겠다. 마침 윤동주에 대한 행사가 공지되어 있어서 신청서를 제출했다. 참가비는 1,500엔(한화 약 15,000원)인데 입금 계좌가 안내되어 있지 않아 전화해보니 행사 때 내면 된다고 했다.

여유 있게 서점에 갔다. 서점에는 윤동주 시인의 자필 원고, 1948년도의 초판 시집 《하늘과 바람과 별과 시》와 같은 제목의 55년 판 시집이 진열되어 있었다. 반가운 마음에 얼른 샀다. 영화 〈동주〉를 통해 시인의 원고가 얼마나 힘들게 보관되어서 우리에게 전해졌는지 알게 되었기에 더욱 귀하게 느껴졌다.

시인의 원고가 얼마나 힘들게 보관되어서
우리에게 전해졌는지 알게 되었기에 더욱 귀하게 느껴졌다.

행사 시간은 오후 7시부터 8시까지였다. 주최는 '윤동주 공부 모임회'였다. 참가한 일본인들은 나이 지긋한 분들이 많았다. 팔순이 넘어뵈는 분들도 있어서 그들의 열정에 탄복했다. 한국 서점의 문화 행사에서 그토록 연배가 있는 분들을 본 적이 단 한 번도 없기 때문이다. 30여 명 가운데 남성은 단 둘, 젊은이들도 그 정도였고 대부분 나이가 어느 정도 있는 사람들이었다.

강연자는 먼저 프로젝터를 이용해 사진을 보여주며 윤동주의 생애를 소개했고, 이어서 미리 받은 인쇄지에 씌어 있는 시인의 시를 소개했다. 마지막은 낭송 시간이었는데 한 남성이 먼저 일본어로 낭송하면 여성이 한국어로 낭송했다. 그러고 나서 참가자 중에서 일부가 앞으로 나가 시를 낭송하는 시간도 주어졌다. 몇 명이 낭송했는데, 대부분 일본어로 했고 한 분은 더듬거리며 한국어로 했다. 나는 기회를 엿보고 있다가 얼른 손을 들어 한국어로 낭송했다. 그랬더니 한 일본인이 그 시를 찾아 이어서 낭송했다. 한국어라 대부분의 사

람들이 잘 모르기 때문이라면서 말이다.

강연 중에는 당시 윤동주 시인이 형무소에서 숨을 거둔 이야기를 보도한 동아일보 기사의 복사본을 돌려보기도 하고, 지난봄에 상영된 영화 〈동주〉 포스터를 소중히 돌려보기도 했다. 그럴 줄 알았으면 포스터를 보관했다가 서점에 줄 걸 그랬다는 생각이 들었다. 가장 연세가 지긋한 어르신은 일본에도 이 영화가 상영되는지 물으며 어떤 내용인지 보고 싶다고 했다. 자막 작업을 해야 하기 때문에 이듬해 시월쯤에 상영할 거라는 답이 있었다.

내가 낭송한 시는 〈바람이 불어〉인데 중간에 뭉클한 마음이 들어 목소리가 떨렸다. 앞에서 낭송한 한 일본인 남성 참가자도 울컥하는 것 같았는데 시인의 삶을 알면 그럴 수밖에 없을 것이다. 나는 시인을 죽인 일본 땅에서, 그리고 일본 사람들 앞에서 읽으려니 더 목이 메어왔다.

바람이 불어 – 윤동주

바람이 어디로부터 불어와
어디로 몰려가는 것일까,
바람이 부는데
내 괴로움에는 이유가 없다.
내 괴로움에는 이유가 없을까,
한 여자를 사랑한 일도 없다.
시대를 슬퍼한 일도 없다.
바람이 자꼬 부는데
내 발이 반석 우에 섰다.
강물이 자꼬 흐르는데
내 발이 반석 우에 섰다.
(1941. 6. 2.)

일본인에게 죽임을 당한 윤동주 시인을 사랑하고, 연구도 하는 일본인들을 보면 마음 한구석이 묘하다. 인권 활동가이자 진보 지식인인 재일교포 서경식 교수는 자신의 책에서 일본인들이 윤동주의 시를 좋아하는 것은 시의 서정성 때문이라고 말했는데, 시인의 고뇌에 대해서는 어느 정도나 알고들 있을까 궁금했다.

행사가 거의 끝날 무렵 옆에 앉은 여성이 내게 한국인이냐고 한국어로 물었다. 그래서 몇 마디 이야기를 나누었는데 그 사람은 교포 3세로서 제법 먼 치바에서 왔다고 했다. 이야기를 나누다 보니 거기에 참여한 사람들이나 윤동주 시인을 연구하는 사람들 가운데엔 교포들도 적지 않겠다는 생각이 퍼뜩 들었다.

우리나라 사람들이 가장 사랑하는 시인은 윤동주이다. 그런데 시인에 대해 공부하고 있는 모임이 있다는 소리는 들어보지 못했다. 일본인들의 모임은 TV에서도 가끔 보았고, 책거리에서도 생생하게 지켜보았다. 사랑한다면서 그의 시를 잘 모르고, 그에 대해 잘 모르는 이 모순을 어떻게 받아들여야 할까? 우리가 사랑하는 시인, 우리의 문학을 우리보다 일본인이 더 많이 알고 있다는 사실도 말이다.

## #3

# 세계의 명물 진보초 거리

진보초 고서점 거리에 대한 명성을 듣고 있었기에 기회가 되면 다녀오고 싶었다. 그래서 책거리가 진보초에 있다는 사실이 더욱 반가웠다.

진보초역에서 내려 출구로 나가자마자 탄성이 절로 나왔다. 1990년대 초반에 아키하바라에 갔을 때 느꼈던 놀라움과 비슷했다. 아키하바라역 부근 일대가 전자 상가로 밀집되어 있는 것처럼 진보초역 주변에는 수많은 책방들이 즐비해 있었다. 책방뿐만 아니라 많은 사람들이 책방에서 책을 보고 있는 풍경이 경탄스러웠다. 물질문명이 극에 달한 요즘에도 이토록 아름다운 정신문화가 버티고 있다는 사실이 부러울 따름이었다.

약 600미터의 거리에 200여 개의 서점 가운데 고서점이 100여 개에 이르는 진보초는 세계 최대의 서점가로 알려져 있다. 인문, 자연, 과학, 기술, 예술 등 다양한 종류의 서적이 있고, 고서의 경우에는 수천만 엔을 호가하는 것도 있다니 우리의 상상을 초월하는 곳이다. 한국에서는 찾아보기 힘든 고서와 해방 전후의 도서도 쉽게 발견할 수 있다고 한다. 책을 좋아하는 사람은 물론이고 그렇지 않은 사람이라도 한번 가면 반할 정도이다. 진보초의 고서

물질문명이 극에 달한 요즘에도 이토록 아름다운
정신문화가 버티고 있다는 사실이 부러울 따름이었다.

점들은 서점마다 전문화되어 있고 그 많은 서점들 가운데 비슷한 책을 구성해놓고 판매하는 곳을 거의 찾아볼 수 없다고 하니 알면 알수록 놀라움이 계속되는 거리이다.

진보초 고서점 거리는 강을 사이에 두고 있다. 에도 시대에는 이 일대에 봉건 영주들의 저택이 많았다고 한다. 그런데 메이지 시대에 정부에 귀속되었고 그곳에 학교나 병원이 많이 세워지면서 책방이 모여들었다고 한다. 진보초 인근에는 일본 제일의 대학 군단인 메이지 대학, 니혼 대학, 오차노미즈 여자대학, 센슈 대학 등이 있다. 1960년대까지 간다 강을 중심으로 일본 학생 운동의 중심 대학들이 많았다. 덕분에 헌책방은 이념 서적과 대학 교재를 중심으로 발전했다.

그런데 어떻게 이런 거대한 고서점들이 유지가 되는 것일까? 일본에서는 대학 도서관이나 국회 도서관, 국공립 도서관 등 대규모 도서관을 제외한 시군구의 소규모 공공 도서관들은 책을 구매한 지 5년 정도 지나면 책을 정리해 폐기한다고 한다. 이러한 경로를 통해 헌책방에 책이 흘러들어오는 것이다.

진보초 고서점가에서 진행하는 '진보초 북 페스티벌'은 애서가들이 놓쳐서는 안 될 행사이다. 100만여 권의 책을 평소보다 30~50퍼센트 저렴하게 판매하기 때문이다. 이 행사는 10월 말이나 11월 초에 열리는데 새 책도 대량으로 싼값에 내놓는다. 축제 기간에는 방문객만 40만 명으로 인기가 아주 높다. 이 축제는 세계인의 축제가 되었다. 내가 알고 있는 동네 서점 주인장들도 이때를 기다려 진보초로 행차하기도 한다. 진보초는 일본 정부가 '일본의 향기로운 거리 100곳' 가운데 하나로 선정하는 등 관심과 지원 속에 '일본의 자긍심'으로 키우고 있다고 한다. 우리나라 사정은 어떠할까?

청계천도 1959년부터 헌책방이 하나둘 생기면서 헌책방 거리로 형성되었다. 그리고 그 규모가 상당해서 백여 곳이 넘었는데 지금은 이십여 곳으로 줄어들었다. 반세기 가까이 그곳에서 헌책방을 운영해온 이들 가운데는 헌책이 그저 낡은 책이라는 인식과 함께 퇴물 취급을 받는 현재의 세태에 아쉬워하기도 한다.

헌책방 운영을 단순히 개인의 생활 차원으로 볼 것이 아니라 우리나라의 문화로 키우고 지켜나갔으면 하는 바람이다. 하지만 개인이 하기에는 현실적으로 역부족이다. 실제로 사업자등록을 낼 때 헌책방은 '문화 사업'으로 등록이 된다고 한다. 국가의 많은 관심과 지원이 필요한 부분임에 틀림없다.

진보초의 고서점들을 구경하고 다니다 보면 얼마나 책을 정갈하게 진열해 놓았는지 감탄사가 절로 나올 것이다. 흐트러짐이 전혀 없다. 정리가 몸에 배어 있는 일본 사회의 축소판 같다. 이러한 점은 고객들이 책을 고를 때 큰 도움이 된다. 우리나라의 헌책방에서도 노력을 해야 한다고 본다.

고서점들을 구경하고 다니다 보면 얼마나
책을 정갈하게 진열해놓았는지 감탄사가 절로 나올 것이다.
흐트러짐이 전혀 없다. 정리가 몸에 배어 있는
일본 사회의 축소판 같다.

주머니가 가벼웠던 학생 시절에는 헌책방 다니는 것을 좋아했다. 예전에는 어떤 동네라도 신간 서점이든 헌책방이든 골목마다 서점이 들어서 있었다. 헌책방의 매력이라면 예기치 않게 절판된 책들을 만날 수 있다는 점이다. 고등학교 시절 학교 도서관에서 무척이나 감동 깊게 읽은 러시아의 소설가 두딘체프의《빵만으로는 살 수 없다》를 헌책방에서 우연히 보고 손에 넣었을 때의 그 기쁨은 이루 말할 수 없다. 그 당시에 신간이 없었기 때문에 더욱 기뻐했던 것 같다. 그 소설이 논문으로도 쓰일 정도로 문학사적으로 큰 의미를 갖고 있는 작품인지도 그때는 잘 몰랐다.

은평구에서 헌책방을 운영하고 있는 윤성근 대표는 책방 이름과 똑같은 제목으로 쓴《이상한 나라의 헌책방》에서 헌책방에 있는 책들은 복잡하고 위험한 모험을 거친 '강인한 책'들이라고 표현했다. 버려질 위기에서도 누군가가 가치를 알아보고 선택당한 책들이 바로 그 주인공들이기 때문일 것이다. 새 책은 독자들의 검증을 거치기 전의 상태에 있다. 새 책이 사람들의 손을 거쳐 헌책방 주인에게 선택을 당하고 다시 독자의 손에 들어갈 때 그 책은 강한 책으로 거듭나는 것이다. 그 과정이 바로 헌책방에서 일어난다. 이러한 이유에서도 헌책방이 갖는 가치는 또 다른 차원을 갖고 있다. 애호가들이 헌책방을 아끼는 이유다.

대로변에서 안으로 들어가면 스즈란도리에 '키친 난카이'라는 식당이 있다. 맛집으로 소문이 나서 언제나 긴 줄이 서 있다는 곳이다. 손님들 태반이 주문한다는 '카츠카레'는 한번 빠지면 헤어날 수 없게 하는 맛과 향을 지니고 있다고 한다. 젊은 시절 도쿄에 머물 때는 카레밥을 많이도 먹었는데 최근에 가서는 한 번도 먹지 않았기에 그날 꼭 맛을 보기로 했다.

오후 3시가 넘어서 갔으니 배도 고팠다. 그런데도 홀에는 사람들로 거의 차 있었다. 물론 일본 식당 대부분이 그러하듯 그곳도 넓지는 않았다. 점심시간에는 줄이 엄청 길다는 말이 이해가 갔다. 소문처럼 주문하는 사람들의 말을 가만히 들어보니 대부분 카츠카레를 시켰다. 돈가스와 카레의 만남이다. 카레 색이 짜장처럼 까맣다. 우리도 카츠카레를 시켰다. 돈가스를 그다지 즐기지 않는 남편과 내게는 별로여서 아무래도 일본인들 입맛 기준인 것 같은 느낌이 들었다. 한편 우리나라 사람의 리뷰를 보니 그냥 카레밥을 먹었는데 정말 맛이 깊어서 싹싹 비웠다고 하니 호기심을 가진 사람이라면 카레밥을 먹어도 좋겠다.

#4

# 일본어판 《토지 1, 2》

식민지 시대 우리 민족의 삶을 섬세한 필치로 담아낸 박경리의 《토지》는 현대 문학 100년의 역사상 가장 훌륭한 소설로 손꼽힌다. 영국 퀸테트Quintet는 2006년에 《토지》를 '죽기 전에 꼭 읽어야 할 책 1001권'에 선정했고, 2002년 EBS는 '한국인이 가장 좋아하는 소설'로 《토지》를, 한국문학번역원은 '세계에 가장 알리고 싶은 문인'으로 박경리를 지정했다.

유시민은 《글쓰기 특강》에서, 《토지》는 재미도 있고 마음도 울리는 소설이라고 평했다. 그는 국내외의 훌륭한 소설들을 되풀이해서 읽었지만 《토지》만큼 좋지는 않았다고 한다. 유시민은 1부와 2부를 다섯 번 읽은 직후 〈항소 이유서〉[1]를 썼는데 스스로 글이 달라진 느낌을 받았다고 한다. 수준 높은 문학작품을 읽으면 논리글 쓰기를 하는 데에 도움이 된다면서 유시민은 그런 책으로서 《토지》를 최고로 꼽았다. 《토지》가 우리말 어휘와 문장의 보물 창고이

1) 유시민 전 장관은 대학생 시절에 '서울대 프락치 사건'에 연루되어 1년 6월의 징역형을 선고받았다. 이때 항소 이유서를 직접 썼는데 판사들도 돌려볼 정도로 논리 전개가 탁월했고 호소성 짙은 문체였다는 평이 있다.

므로 다섯 번 반복해서 읽으면 박경리 선생이 쓴 단어와 단어의 어울림, 문장과 문장의 연결이 저절로 뇌에 입력되어 글을 쓸 때 자연스럽게 출력이 된다고 한다. 따라서 필사까지 한다면 더욱 효과가 높을 것이다.

통영의 박경리기념관에는 선생이 쓴 일어판 원고가 전시되어 있었다. 일어 번역본이 나오길 바란 마음이 있어서 스스로 1부를 번역해 쓴 것이다. 《토지》 1부가 불어판(1994년)과 영문판(1996년), 독일어판(2001년)과 중국어판(2008년)까지 출간되었는데, 가까운 일본에서 출간되지 않았다는 사실은 일본이 우리 문학의 불모지나 다름없었음이 증명되는 일이다.

작년 10월 말에 책거리에 갔을 때 《토지》 1권과 2권이 출간된다는 홍보지를 보았다. 그리고 통영으로 문학 기행 갈 회원들을 모집하고 있는 것도 어디선가 언뜻 보았다. 그러나 그것의 정확한 내용도 알지 못했고, 《토지》가 11월 말에 출간되는지도 몰랐다. 그런데 작년 11월 말에 박경리기념관을 가기 위해 통영에 간 날 저녁이었다. 가기 전까지 바빠서 여행 일정을 제대로 짜지 못했기 때문에 숙소에서 인터넷으로 검색하고 있었다. 그때 책거리의 김승복 사장이 일어판 《토지》를 들고 일본 독자들과 함께 통영을 방문한다는 기사가 보였다. 그들은 한 호텔에서 출판 기념회도 갖고 박경리기념관을 방문한다고 했다. 그 날짜가 이틀 후인 월요일이어서 놀랐다. 그 문학 기행도 《토지》 출판 기념으로 진행된다는 것을 그제서야 알았다.

다음 날 박경리기념관에 가서 뒷동산에 있는 선생의 묘소로 가는 길에 김승복 대표에게 문자를 보냈다. 전날 밤에 한국을 방문한다는 기사를 보았는데 혹시 통영에 있느냐면서, 나는 선생의 묘소로 올라가는 중이라 했다. 그랬더니 부산으로 출발하기 위해 일행들과 함께 나리타에 있노라 하였다. 그날은 11월 20일, 일요일이었고 우리는 올라와야 했다. 우리가 통영을 떠날 때 그들은 통영으로 들어오는 일정이라 함께하지는 못했지만 그런 기막힌 우연이 겹칠 줄이야 생각도 못했다.

박경리 선생이 1969년에 쓰기 시작해 1994년에 탈고한 《토지》의 1, 2권이 김승복 대표가 운영하는 쿠온 출판사에서 일본어판으로 번역 출간되었다. 김승복 대표는 앞으로 7년에 걸쳐 완역할 계획이다. 먼저 출간한 2권을 들고 일본의 독자들이 통영의 선생 묘소를 찾았고 일본어로 낭독도 했다. 그 독자들은 매달 책거리에 한 번 모여 한국의 소설을 읽는 모임의 멤버들, 쿠온 출판사의 독자들, 한국어를 배우는 사람들, 한국의 역사에 관심이 있는 사람들이다. 번역을 마치면 20권을 모두 들고 또다시 선생의 묘소를 찾아갈 생각이란다. 김승복 대표에게 흐르고 있는 한국인의 뜨거운 기개를 느낀다.

현재 《토지》의 번역자는 두 명이다. 1권은 요시카와 나기 씨, 2권은 시미즈 지사코 씨가 했다.[2)] 요시카와 씨는 일본 근대시 전공으로 석사 과정을 마치고 연세어학당에서 한국어를 배웠다. 그리고 인하대에서 정지용 연구로 박사 학위를 받았다. 박경리 선생의 묘소에서 일본어판 《토지》를 낭독한 시미즈 씨는 '요미우리 신문' 문화부 기자 출신으로 현재 책거리에서 일하고 있는데 서점에 갔을 때 몇 번 본 인물이다. 첫 방문 시 서점에서 본 직원으로 한국어가 서툴다고 수줍게 말했는데 《토지》를 번역할 정도로 실력자인 줄 미처 몰랐다. 소설에 나오는 경상도 방언은 한국어로만 느낄 수 있는 향토색이기 때문에 표준어로 번역했다.

김승복 대표는 1990년대에 서울예대 문예창작과를 졸업하고 일본 니혼대 문예과로 유학해 평론을 전공했다. 김승복 대표는 출판계에서 일하는 동기들에게 소설가와 시인을 추천했지만 실제로 출판되는 일이 없었다. 결국 자신이 출판사를 차려 한국 문학을 번역하기 시작했다. 노마 히테키 메이지카쿠

2) 2017년 7월 현재 3권까지 번역 출간되었다.

인 대학 객원 교수와 함께 엮은《한국의 지를 읽다》가 일본의 인문·사회 과학 부분 등에 수여하는 파피루스상을 수상했다. 한일 양국의 작가들의 만남을 주선한 대담집도 펴냈다.《토지》를 번역한다고 했을 때 한국의 반응이 시큰둥했다고 한다. 쿠온이 작은 출판사였기 때문일 것이다. 그런데 막상 번역본을 들고 나타나자 한국에서 무척 좋아하고 반응이 뜨거웠다고 한다. 김승복 대표는 그것이 크게 반갑지 않았다. 어떤 평가를 받고 싶어서 한 일이 아니었기 때문이다.《토지》는 자신이 좋아하는 소설이고, 한국 소설과《토지》를 좋아하는 사람들에게 소개하고 싶어서 번역을 한 것이다. 김승복 대표, 참으로 '아름다운 당신'이다.

올 1월에 도쿄에 갔을 때 책거리에 들러《토지》일본어판을 샀다. 나는 단순히 책 한 권을 산 것이 아니라 책 속에 들어있는 여러 사람의 열정과 혼을 사온 것이다. 박경리 선생과 김승복 대표, 번역자, 편집자, 감수자 등 책 한권에 스며들어 있는 그들의 열정과 혼을 말이다. 측정할 수는 없지만 얼마나 많은 애정으로 작업했을 것인가 생각하면 감사할 따름이다. 호기심 어린 눈으로 새로운 세상의 문을 두드리고, 좋아하는 사람들에게 좋아한다고 적극적으로 나서는 김승복 대표는 한국과 일본을 오가며 많은 사람들에게 문을 두드렸다. 그런데 이제는 많은 사람들이 김 대표에게 문을 두드리는 것 같다. 책거리에 가면 늘 사람들이 찾아오고, 그들과 미팅하느라 바쁜 김 대표를 본다. 책을 출간하거나 번역하려는 사람들도 꽤 있는 눈치였다. 문학의 한류를 이끌고 있는 김 대표의 행보에 큰 응원의 박수를 보낸다.

## B&B 술 먹는 책방

B&B는 그야말로 날마다 재미와 활기가 넘치는 축제의 장이 아닐 수 없을 것이다. 시모키타자와 지역 주민이 매일 찾을 수 있는 서점을 만드는 게 B&B의 첫 번째 지향점인데, 이벤트를 날마다 개최하기 때문에 멀리서 찾아오는 고객이 많다고 한다. 한국에서도 일부러 찾아준다고 했다. _ 'B&B'

**주소** 東京都 世田谷区 北沢 2-5-2 B1F
**전화** 03-6450-8272
**홈페이지** http://bookandbeer.com
**페이스북** https://www.facebook.com/bookandbeer

자세한 내용은 홈페이지를 참조하세요!

#1

## 오늘 이벤트는 뭐지? 날마다 축제

상암동의 북바이북은 우리나라에서 처음으로 맥주 마시는 책방이 되었다. 이어 '퇴근길 책한잔'이라고 아예 대놓고 이름을 지은 서점도 생겼고, 주인장이 바텐더여서 다른 서점보다 술의 비중이 큰 '책바'도 있다. 따라서 이제는 우리에게도 '서점과 술'이라는 조합이 그리 새삼스러울 것도 없게 되었다.

그런데 2012년 B&B 서점이 오픈했을 때 일본인들은 무척 놀랐을 것이다. 처음으로 '술 먹는 책방'이라는 파격적인 시도를 했기 때문이다. 'B&B'라는 상호는 'BOOK and BEER'의 준말이다. 실은 북바이북도 B&B를 모델로 삼아 술을 팔기로 했다. 알코올이라는 것이 적당히만 마신다면 마음의 긴장도 풀어지고, 깐깐한 사람도 조금은 여유로워져서 상황을 잘 받아들이게 된다. 술 한잔 가볍게 마신 상태에서 책을 읽으면 내용에 잘 스며들기도 하고 모르는 사람과도 말을 트기가 쉬울 것 같다.

그런데 이보다 더 놀라운 일은 B&B에서는 하루도 안 거르고 저자 강연회나 북 토크, 북 콘서트 등의 이벤트를 한다는 점이다. 주말에는 하루에 두 번 진행하기 때문에 연간 450회 정도를 하고 있다. 이벤트 참가비는 우리 돈으

로 15,000원~20,000원 정도다. 매출 구조는 책과 이벤트가 같은 비율로 80퍼센트를 차지하고 있기 때문에 이벤트의 효과를 톡톡히 보고 있다고 말할 수 있겠다. 이벤트에 참여한 사람은 반복적으로 참여해 책을 구입하고, 나중에 재방문해서 또 다른 책을 산다고 한다. 날마다 이벤트를 여는 이유는, 당연히 서점의 운영 전략이기도 하지만 '그 서점에 가면 항상 재미있는 것이 있다'라는 것을 실현시켜 주기 위해서라고 한다.

서점에 가기 위해 내린 시모키타자와역의 남쪽 출구는 5월의 봄 햇살처럼 평온했다. 내가 출발한 이케부쿠로역은 물론이고 중간에 환승하는 시부야나 신주쿠와 가까운 거리인데도 그곳과는 분위기가 사뭇 달랐다. 이 세 곳은 언제나 사람들로 북적이는 곳이기 때문이다. 역의 북쪽 출구는 세련되고 트렌디한 가게와 고급 주택이 많은 반면 남쪽 출구는 소박하면서 활기찬 곳이다. 무엇보다는 높은 빌딩이 별로 안 보여서 좋았다.

바로 서점을 가기보다는 주위를 돌아보고 싶은 생각이 드는 분위기여서 일부러 지도 앱도 켜지 않았다. 발길 닿는 대로 골목 안을 걸었다. 한 골목이 끝나고 다음 골목을 걸으려고 할 때 거짓말처럼 B&B 간판이 보였다. 서점은 2층에 있고 오히려 1층의 술집이 눈에 잘 띄어 애써 찾지 않으면 잘 보이지 않을 곳이었다. 너무 쉽게 발견되어서 더욱 반가운 마음이 들었다.

B&B는 조용하면서도 편안한 분위기였다. 서점 내부도 20~30평 정도는 되어 보여서 어느 정도의 여유로움이 있었다. 서점의 규모는 방문자의 마음을 많이 좌우한다. 너무 작으면 책을 보는 데 부담을 느낄 수 있다. B&B는 조용했지만 손님들이 계속 드나들어서 신기했다. 물론 일반적인 동네 서점보다 작은 편은 아니지만 물 흐르는 것처럼 한 사람 두 사람 계속 오고 가는 것을 보니 서점의 운영 상황이 가늠되었다. 큰 탁자에는 몇몇 사람들이 앉아서 책을 읽고 있었다. 서가엔 책과 소품들이 지루함을 느끼지 않게 중간중간 진열되어 있었다.

내부에 있는 가구도 판매한다고 한다. 손님이 앉아 있는 의자나 테이블 책장이 모두 판매용이다. 누군가가 가구를 산다고 하면 새 가구를 주문하는 것이 아니라 책을 다 비워내고 그것을 주어야 한다. 빈티지여서 세상에 단 하나밖에 없기 때문이다. 그래서 서점에서는 아주 힘든 일이다. 공동 대표인 우치누마 신타로 씨가 강연을 할 때도 이 이야기를 했는데 가구가 판매되어 새로 들어올 때마다 전혀 다른 책장이 들어오기 때문에 책도 달라 보이고 서점 안의 분위기도 바뀌는 점은 좋다고 한다. 책장이 바뀌는 것에 따라 책의 매상도 달라진다고 한다.

개점 이후 하루도 빠짐없이 책과 관련한 이벤트를 열고 있는 B&B. 작은

책방에서 일주일에 한 번 하는 것도 어려울뿐더러 입장료가 비싼 편이라 참가자 모으는 것이 만만치 않을 텐데 아직까지도 진행되고 있는 것을 보면 참으로 놀라운 일이 아닐 수 없다. 이벤트의 내용이 그만큼 훌륭하다는 증거일 것이다. 이벤트는 보통 유명 작가나 평론가, 연구가, 편집자, 블로거 등 전문가를 초청해서 대담 형식으로 진행하지만 실행력 있는 기술을 익히는 세미나 형식의 연속 강좌도 개최한다. 다른 서점에서는 무료로도 하기 때문에 여기에서는 기획으로 승부를 건다고 한다. B&B 대표는 하루하루의 이벤트를 매일 만드는 상품이라고 생각한다.

B&B는 그야말로 날마다 재미와 활기가 넘치는 축제의 장이 아닐 수 없을 것이다. 시모키타자와 지역 주민이 매일 찾을 수 있는 서점을 만드는 게 B&B의 첫 번째 지향점인데, 이벤트를 날마다 개최하기 때문에 멀리서 찾아오는 고객이 많다고 한다. 한국에서도 일부러 찾아준다고 했다. 그렇게 서점에 온 고객은 서점만 들르는 것이 아니라 대부분 근처에서 식사를 하거나 다른 가게를 들른다. 우치누마 씨는 이처럼 주변에 좋은 영향을 주는 서점으로

남고 싶다고 말했다.

우치누마 신타로 대표는 원래 서점에 이벤트 공간을 운영하고 싶지도 않았고 술과 가구도 팔고 싶지 않았다고 말한다. 하지만 종이책을 팔기 위해 상승효과가 있는 다른 비즈니스를 조합할 수밖에 없었다고 한다. 이제는 책만 갖추어놓고 손님이 알아서 방문해주기만을 기다린다면 언제 문을 닫을지 모를 일이므로 십분 이해가 간다.

그러나 중요한 사실은 날마다 이벤트를 하고 술을 팔고 가구를 파는 일의 중심에는 '책'이 있다는 점이다. 가장 중요한 일을 실행하기 위해 여러 아이디어를 동원하는 태도는 우리 삶에서도 필요한 일이라고 본다. 넘을 수 없는 벽이라고 뒤돌아서 가버리면 일은 끝난다. 그러나 어떤 수단을 써서라도 가야겠다고 마음먹는다면 좋은 생각도 떠오르게 마련이다. 우치누마 대표가 원래 다른 사람보다 탁월한 능력을 타고 났을 수도 있다. 하지만 그가 자신이 선택한 재미난 그 일을 해내고자 하는 의지가 강해서 기발한 여러 아이디어가 탄생했다고 본다.

요즘 이색적인 서점을 탐방하는 것이 인기이다. 그러나 단순히 구경으로 끝내지 말고 거기에서 삶의 방법도 함께 보고 오면 좋겠다. 서점에는 주인장이 추구하는 삶의 철학이 녹아 있기 때문이다. 출판업계는 점점 힘들어지고 있고, 책의 미래에 대해 걱정을 많이들 하고 있지만 두 팔 걷고 그 해결점을 찾기 위해 오늘도 고군분투할 우치누마 씨를 생각하니 도종환의 시 〈담쟁이〉가 떠오른다. 우리 모두가 어쩔 수 없는 벽이라고 절망하고 돌아설 때 그 벽을 오르고야 마는 담쟁이 말이다. 그는 혼자가 아닌 수천 개의 잎을 이끌어서 모두가 벽을 넘게 하고야 마는 카리스마 넘치는 담쟁이인 것이다.

#2

## 요시모토 바나나와 B&B가 손을 맞잡다

시모키타자와에는 소설가 요시모토 바나나가 살고 있다. 일본에서 바나나 현상[3]까지 낳았을 정도로 많은 인기를 얻고 있을 뿐만 아니라 전 세계적으로도 명성을 얻고 있는 요시모토 바나나가 B&B 서점에 제안 하나를 했다. 그 결과 요시모토 바나나가 《시모키타자와에 대해서》라는 에세이를 쓰고 B&B가 출판을 하기로 했다. 시모키타자와를 위해 만드는 것이어서 관련 스태프도 모두 시모키타자와 사람으로 했다. 서점이면서 출판사이고, 시모키타자와의 다른 가게에 위탁 공급도 하는 B&B는 이 책을 통해 이익을 얻으려 한 것이 아니었다. 저렴하게 판매해서 이익을 공평하게 나눌 생각으로 정가를 정하고 독립 출판으로 했다. 이 책은 시모키타자와에 직접 와서 이 동네를 즐기

3) 바나나 현상: 1988년 1월에 간행된 요시모토 바나나의 《키친》은 투명하고 고독한 감성과 치유라는 테마가 젊은 세대에게 공감을 불러일으켜 순식간에 베스트셀러가 되었다. 그 후 연이어 출간된 《포말 / 생크츄어리》, 《슬픈 예감》, 《TUGUMI》도 차례차례 베스트셀러가 되어 바나나는 일약 시대의 총아가 된다. 출판계를 석권한 바나나 열풍은 영화, 만화, 음악, 미술 등 다른 문화 제 영역으로도 확산되어갔다. 《마이니치신문》(1989. 10. 28.)은 이것을 '바나나 현상'이라고 명명했다. - 출처: 네이버 지식백과, 바나나 현상(〈일본소설 명인명작 감상〉, 2011. 8. 31. 제이앤씨)

게 하는 것이 목적이어서 B&B에서만 한정 판매한다.

나는 이 점에 주목했다. 그 서점에서만 살 수 있는 것들, 이것이 고객들의 발길을 향하도록 하는 포인트가 될 수 있기 때문이다. 그것은 숲속작은책방처럼 그림책과 관련한 인형이나 자체 제작한 문구일 수도 있고, 봄날의책방에서 제작한 테마 지도나 이 책방에서 개발한 노트일 수도 있다. 그것이 고객의 관심을 끌 수 있는 것이라면 멀리서도 그걸 사기 위해 찾아가기 때문이다. 전에 봄날의 책방에서 책을 많이 샀을 때 자체 제작한 노트를 두 권 서비스로 받았는데 아까워서 도저히 쓸 수가 없었다. 그래서 다시 갔을 때 열 권 정도 사가지고 온 일이 있다. 따라서 그 책방에서만 한정으로 판매하는 책이 있다는 것은 고객들에게 큰 동기 부여가 될 수 있다.

요시모토 바나나, 이름도 예쁘지만 마음씨는 더욱 고운 작가가 아닌가 하는 생각이 든다. 세계적인 작가가 작은 동네 서점에서 출간하는 아주 작은 책을 쓰기로 하다니 말이다. 그것도 자신이 먼저 손을 내밀어서 만들어진 일이다. 독립 서적 대부분이 그렇듯이 《시모키타자와에 대해서》도 아주 작고 얇다. 엽서만 한 크기이다(나는 지금까지 나온 책을 두꺼운 책으로 묶어낸 책으로 사왔다). 명성 있는 작가이기에 오히려 그런 책을 낼 수 있는 너그러움을 가질 수도 있지만 작은 책방을 아끼는 마음이 없다면 쉽지 않을 것이다. 그리고 '시모키타자와'라는 동네를 사랑하지 않으면 할 수 없는 일일 것이다.

그렇다면 시모키타자와는 어떤 곳인가? 신주쿠나 시부야에서 5~7분 정도면 갈 수 있는 곳이다. 시모키타자와는 우리나라의 홍대 앞과 비슷한 젊음의 거리이다. 이른 아침에 가면 내려져 있는 셔터에 그려진 귀엽고 아기자기한 그림을 감상할 수 있다. 빈티지의 천국이라 할 만큼 구제품을 파는 가게가 많아서 저렴한 가격에 괜찮은 옷을 구입할 수 있다. 식당 역시 아기자기하고, 개성 넘치고 매력적인 아이템들이 있는 가게들도 많다. 시모키타자와는 한국

1 리틀 프레스로 제작된 요시모토 바나나의 《시모키타자와에 대하여》 아주 얇고 작은 귀여운 책이다.

2 왼쪽은 그동안 한정으로 발간된 《시모키타자와에 대하여》를 한 권으로 묶어 출간된 책이다.
오른쪽은 요시모토 바나나의 소설 《안녕 시모키타자와》. 나는 이 두 권을 사왔다.

의 젊은 여행자들에게도 인기가 많고 주말이면 일본 젊은이들로 북적인다고 한다. 시모키타자와역 근처에는 시모키타자와 문화의 발상지라고 할 수 있는 혼다 극장이 있고, 이를 중심으로 소극장들이 밀집해 있다. 그리고 1990년대부터 인디 밴드의 활동 거점이 되어 현재에도 10여 개의 라이브 하우스가 있다. 북쪽 쇼핑가는 도쿄의 트렌디한 숍들이 많고 분위기 좋은 가게들이 많아서 커플들에게 인기가 많다. B&B가 있는 남쪽 출구는 소박하면서도 서민적인 분위기인데 사람들이 많이 다녀서 활기가 넘친다.

서점에 들르면서 이 일대의 거리를 구경하면 도쿄 여행의 즐거움을 선사받을 수 있을 것이다. 이 거리를 더 깊이 만나고 싶은 사람들은 요시모토 바나나의 책을 읽어보는 것도 좋겠다. B&B에서 출간한 독립 출판물 에세이집 《시모키타자와에 대하여》는 우리나라에 출간되지 않아서 소설 《안녕 시모키타자와》를 읽어도 된다. 나도 얼마 전 《안녕 시모키타자와》를 읽고 그곳에 다녀왔다. 이 소설의 배경 장소에 대한 이야기는 다음 글에서 이어진다.

## #3

# 왜, 시모키타자와인가?

요시모토 바나나의 소설 속 배경지 찾아가기

아무런 준비도 없이 당한 가족의 죽음 앞에선 속수무책으로 무너질 수밖에 없다. 그런데 아빠가 죽었다면? 그것도 숲속 자동차 안에서 한 여자와 동반 자살을 했다면?

키보드 주자인 아빠는 지방 공연 때가 아니면 절대 외박도 하지 않고 사소한 약속도 잘 지키는 자상한 사람이었다. 그런 아빠가 오싹할 만큼 예뻐서 마치 아름다운 여우나 뱀 같은 인상을 가졌던 여성과 함께 죽었단다. 테러와도 같은 아빠의 죽음으로 큰 상실감과 충격을 받은 요시에와 엄마는 원래 살던 메구로에서 시모키타자와로 간다. 모녀는 그곳에서 새로운 일상을 만들어나가며 서서히 상처를 치유해나간다. 요시모토 바나나의 소설, 《안녕 시모키타자와》의 줄거리다.

요시모토 바나나, 일본은 물론이고 우리나라에도 많은 팬을 가지고 있는 작가다. 예전에 나는 《그녀에 대하여》를 읽고 그 소설에 크게 공감하지 못해 다시는 그녀의 글을 찾지 않았다. '전작주의'에 가까운 내 스타일 때문이다. 그러다가 B&B 서점이 시모키타자와에 있다는 것을 알았고, 그곳을 검색하

커피 전문점 몰디브

다가 그녀의 소설 가운데 《안녕 시모키타자와》를 발견했다. 나는 이 책과 함께 세계 각국으로 번역되어 200만 부 넘게 판매되었다는 《키친》과 《데이지 인생》도 함께 주문했다.

세 권 모두 '가족의 죽음, 음식, 치유'라는 키워드를 가지고 있었다. 분위기나 내용이 다 비슷해서 작가의 이름을 보지 않아도 지문처럼 알 수 있을 정도였다. 세 권 가운데 《안녕 시모키타자와》가 가장 마음에 다가왔다. 재미있는 것은 이 책의 맨 앞에 시모키타자와 거리의 지도가 있는데, 이 소설에 등장하는 장소가 실제로 존재한다는 사실이다. 그래서 나는 이 책을 들고 시모키타자와를 찾았다. 물론 책을 다 읽은 뒤였다.

아빠가 죽고 1년쯤 지나 엄마가 기운을 조금 차렸다 싶을 때 요시에는 자신의 인생을 시작하기 위해 시모키타자와로 이사했다. 집은 역에서 7분 거리에 있었고 거기에서 마주 보이는 비스트로 '레 리앙'에서 일하기 시작한다. 요시에는 이곳에서 일을 하면서 마음을 달랜다. 어떤 손님이 가게에 들어올지 알 수 없다는 사실에 스릴을, 머리와 몸을 동시에 움직이는 것에 쾌감을 느끼며 일에 열중한다. 나아가 자신이 하는 바에 따라 가게가 어떤 모습으로

든 변화할 거라는 생각에 긴장감도 생긴다.

자신의 감정을 내면으로 침잠시키면서 현재 하고 있는 일에 최고의 정성을 들이는 요시에의 모습은 일본 사람들의 전형적인 삶의 태도와 크게 다르게 보이지 않는다. 레 리앙은 이 소설에서 가장 중심적인 장소인데 가게는 아쉽게도 없어졌다고 한다. 소설 속에서도 이 건물이 오래되어서 철거하는 것으로 나와 있다.

아빠가 죽은 후 아무것도 마시지도 먹지도 못한 채 언제나 누워 지내며 아빠의 죽음을 받아들이지 못하던 엄마가 요시에의 하숙집에 잠시 왔다가 아예 눌러 산다. 엄마는 젊은이들 취향의 발랄한 옷도 사고, 고서점에 가서 책도 보고, 전통 찻집에 가서 주인과 이야기도 나누고, 서점 겸 아트리에인 곳에 가서 책을 사면서 새 일상을 만들어가는 가운데 서서히 기운을 얻는다. 아빠 잃은 고독을 껴안고 시모키타자와의 가게를 순례하면서 새 지도를 그려나가는 엄마의 모습이 요시에는 참 멋지다고 생각한다. 실연 한 번 안 해보고 좋아하는 사람과 결혼했고, 시어머니 때문에 고생한 적도 별로 없고, 경제적 어려움도 겪지 않고, 매사를 반듯하게 살아온 엄마였다. 그래서 좁은 하숙집이지만 엄마와 지내는 것을 감수하기로 한다.

몇 해 전 친하게 지내던 동생의 남편이 교통사고로 죽었다. 그 동생은 사십 대 초반, 아이는 초등학교 3학년 때였다. 여느 날과 같이 회사로 나간 남편을 졸지에 잃은 동생은 장례식장에 간 나를 붙들고 큰 소리로 울었다. 나는 죽은 동생의 남편이 불쌍해서가 아니라 동생의 앞날이 걱정되어 가슴이 미어지는 것 같았다.

동생은 그때부터 여행을 다니기 시작했다. 주말 밤만 되면 어린 딸과 함께 단체 여행 버스를 타고 전국 투어를 다녔다. 무박 2일의 여행 버스를 타고 종횡무진으로 다니더니 서서히 아픔을 딛고 일상을 되찾았다. 동생은 왜 자신이 그렇게 여행을 다녔는지 몰랐다고 했다. 제정신으로 돌아온 뒤에서야 남편 잃은 아픔을 치유하기 위해서였다는 것을 알았노라 했다.

대책 없이 당한 상실감은 그 존재의 흔적이 있는 공간에서는 헤어나오기 어렵다. 자꾸만 그 사람 생각이 떠오르기 때문이다. 그래서 새로운 공간에 던져졌을 때 그 존재로부터 조금씩 놓여나면서 치유되어가는 경우가 많다. 요시에와 엄마도 메구로 집에 가면 아빠 생각 때문에 힘들어 한다. 넓은 집을 놔두고 좁은 하숙집에서 불편한 생활을 감내하는 것도 조금이라도 마음을 편하게 갖기 위해서다.

요시모토 바나나가 시모키타자와를 배경으로 한 것도 이 장소가 자아내는 독특한 분위기 때문이 아닌가 생각한다. 그곳은 많이 번잡스럽지 않으면서 적당한 활기가 있는데, 역시 독특한 가게들 덕분인 것 같다. 소설 속 가게들은 서민적인 분위기의 남쪽 쇼핑가에 있다. 첫 번째 내가 간 곳은 커피 전문점 '몰디브'다. 요시에가 '몰디브 아저씨'가 우람한 팔로 볶은 커피콩으로 내린 커피 한 잔을 마시고 의욕을 일으켰던 곳이다.

커피 한 잔으로 열심히 살아야겠다고 마음을 다잡는 요시에. 이해 불가인 아빠의 죽음을 받아들이기에는 아직 힘겨울 이십 대 초반의 아가씨다. 그래도 살아야겠다고 애를 쓰는 모습이 대견스럽다. 이 '몰디브'는 남쪽 쇼핑가를 조금만 내려가면 쉽게 만날 수 있다. '레 리앙'의 손님으로 왔다가 요시에와 사귀게 된 신야는 아빠가 생전에 연주한 적도 있는 라이브 하우스를 운영하는 사람인데 둘이서 여기에 와 커피를 마시는 장면이 있다.

나도 여기에서 커피 한잔 마실 참이었는데 원두 판매와 테이크 아웃만 되는 커피 판매점이었다. B&B에 가서 마시기로 하고 달콤한 향만 마시고 나왔다. 소설 속에서는 요시에가 좋은 코너 자리에서 커피를 마시는 장면이 나온다. 그래서 몰디브에서 맛있는 커피를 맛보고 싶었는데, 들고 다니면서 마실 만한 처지는 아니어서 아쉽지만 포기했다.

사진3(p. 246)은 소설 속에 나오는 술집이다. 달랑, 문 하나가 있고 벽은 독특한 타일 무늬로 만들어진 가게다. 정오 무렵이었는데 닫혀 있었다. 나중에 점심을 먹고 가다 보니 그새 열려 있었다. 안내 입간판이 밖으로 나와 있었는데, 식사와 술과 록이 있는 라이브 하우스였다. 영어 회화 강좌 안내도 씌어 있었다. 저녁에 갔을 때 여기서 술 한잔 해도 좋을 것 같다.

엄마가 시모키타자와에 와서 하던 일과 중 하나가 전통 찻집에 가는 일이었다. 주인인 에리코 씨와 가게에서 키우는 조그만 거북이에게 인사를 하고 매일 다른 종류의 차를 천천히 음미하면서 쌀과자나 만주를 먹었다.

"꽃집 앞에 있는 전통 찻집, 녹차도 끓이고, 거북이도 돌봐주고 그래요."

요시에가 신야에게 어머니 이야기를 하는 내용이다. 나중에 엄마는 여기에서 아르바이트도 한다. 어딘가에 마음을 쏟을 수가 있다는 것은 상처로부터 조금씩 멀어져간다는 이야기다. 전통 찻집에서 주인을 만나 대화를 나누고, 거북이와도 인사를 나누는 등의 사소한 행동들이 결국은 일상으로 회복되어 가도록 만들어준 것이다. 전통 찻집이라면 잔잔한 음악과, 담백한 차가 떠오른다. 중년의 일상이라면 뜨거운 것도, 차가운 것도 아닌 담백함 아닐까? 다른 말로 하면 평온함이다.

소설에서 전통 찻집 가는 골목에 꽃집이 하나 있었는데, 아마 옆 사진의 꽃집을 말하는 것일 게다.

돌아다니다 보니 점심 때가 다 되었다. 점심은 카레집에서 꼭 먹어야겠

1, 2 이 근처에만 와도 커피향이 가득한 것은 직접 커피를 볶기 때문이다. 연세 지긋하신 어르신이 문 옆에서 커피를 볶고 계셨고 한쪽에는 다양한 원두 커피가 진열되어 있었다. 오랜 전통을 가지고 있는 가게라는 느낌이 들었다.

3 술 취한 가우디가 만든 것 같다고 한 작은 록바.

4 엄마가 아르바이트 한 전통 찻집

다고 생각하고 있었다. 그 이유는 소설 속 이야기 때문이다.

요시에와 엄마는 오랜만에 메구로 집에 간다. 오랜만이어서 반가움에 울컥 치밀 것 같지만 둘은 숨 쉬기 어려울 만큼 괴롭다. 관 속에 있는 기분이었다. 둘은 물건을 챙기고 서둘러 나와 시모키타자와로 향한다. 하숙집 가까이에 있는 카레집을 보자 둘은 마음이 편안해진다. 통나무집 같은 인테리어에 자그마한 식당이지만 유명한 가게다. 엄마는 버섯 카레, 요시에는 야채 카레를 곱빼기로 시키면서 기분이 밝아진다.

소설에서는 카레집 이름이 일부만 나온다. 요시에와 엄마가 카레의 가지 맛을 칭찬하면서 가게 이름에도 '가지'라는 단어가 들어간다고 대화를 나누는 부분에서 살짝 드러난다. 실제 카레집의 이름은 '나스오야지'였다. 우리말로 '가지 아저씨'이다. 낡고 소박한 가게이고 골목 안쪽에 있어 눈에 잘 띄지도 않는 곳이다, 사람들에게 몇 차례 물었지만 금방 찾지 못했다. 나도 요시에처럼 야채 카레를 시켰다. 독특한 카레였다. 토마토 브로콜리, 당근, 가지가 들어 있었는데 아주 큼직하게 썰어 있었다. 그런데 맛은 깊었다.

소설에는 "맛있는 카레를 만드는 과묵한 부부와 노련미는 없어도 성실하게 손님을 대하는 점원들"이라고 씌어 있다. 그런데 내가 갔을 때는 사장으로 보이는 중년 남성과 예술가 분위기가 나는 젊은 남성, 이렇게 둘이 일하고 있었다. 선반에는 요시모토 바나나의 책도 있고, 한쪽 벽에는 요시모토 바나나와 사장이 가게 앞에서 나란히 서서 찍은 사진이 걸려 있었다.

소설 속에 나오는 가게들을 다 돌아본 것은 아니지만 내가 가본 가게들은 하나같이 소박하면서도 기품이 있고 매력적이었다. 요시모토 바나나는 어떻게 실제로 존재하는 이런 멋진 가게들을 소설 속에 넣을 생각을 했을까? 작가의 애정이 다시금 느껴진다.

그런데 왜 시모키타자와일까?

아빠가 사라진 후 답답하고 괴로운 마음에 제대로 먹지도 못하던 요시에와 엄마는 어느 여름 날 택시를 타고 시모키타자와로 향했다. 가장 맛있는 빙수가 있는 '레 리앙'에 가기 위해서였다. 빙수를 먹은 모녀는 보리 샐러드를 시켜서 나눠 먹는데 몇 달만에 포만감을 느낀다. 그 후로도 마음이 울적해질 때마다 서로를 부추겨 샐러드를 나눠 먹고, 빙수로 시원해진 마음으로 최악의 여름을 근근이 이겨낸다. 요시에가 '레 리앙'에서 일하기 시작한 것도 이 경험 때문이었다.

동반 자살한 것이 아니라 살해당한 아빠를 위해 죽은 현장으로 가서 위령제까지 지내주고 온 요시에, 시모키타자와는 그런 그녀를 포근히 감싸 안아주었다.

"나와 엄마가 이 동네에서 알게 된 사람들은 오늘도 이곳에 살면서 어제와 별다르지 않은 하루를 보냈을 것이다."

요시에의 이 말을 통해서 별일 없이 하루를 보낼 수 있다는 것이 얼마나 소중한 것인지를 새삼 느낀다. 그리고 지금 누군가 큰 상처를 받은 상태라면 시모키타자와 같은 동네에서 시간을 보내보는 것도 한 방법일 것이다. 그 공간에 있는 것만으로도 편안해지니 말이다.

《안녕 시모키타자와》를 읽은 독자라면 현실 속 그 장소와 분위기가 적잖이 궁금해질 것이다. 그래서 이 책을 들고 도쿄행 비행기에 몸을 실을지도 모른다. 그리고 다녀온 후에는 그곳이 그리워 마음 한쪽이 그쪽으로 향해 있을지도 모른다.

이 소설에 등장하는 가게들은 작으면서도 소박하고 매력적이다. 소설 속에서 비치는 느낌과 크게 다르지 않다. 그것은 그만큼 작가가 이 거리와 가게들을 잘 알고 있고 또 애정도 많이 갖고 있다는 증거일 것이다. 많은 팬들을 거느리고 있는 작가이기에 이 소설을 읽고 감동에 젖어 시모키타자와의 거리를 찾는 팬들이 적지 않을 것이다. 카레 가게에서도 한국 관광객들이 찾아온다는 소리를 들었다.

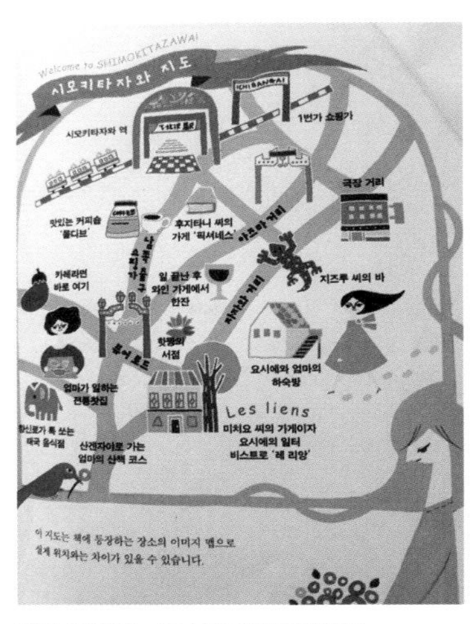

책에 등장하는 장소의 이미지 맵이다.

이 책을 들고 떠난 여행은 일반 여행과 또 달랐다. 소설 속 이야기와 함께 다니게 되므로 그 거리가

이 소설에 등장하는
가게들은 작으면서도
소박하고 매력적이다.

마치 전부터 알고 있던 곳인 양 느껴지기 때문이었다. 자신이 살고 있는 실제 거리를 소설 속 배경지로 삼은 작가의 따스한 마음도 느껴졌다. 달콤한 커피 향이 흐르는 몰디브에 들어섰을 때는 한쪽 구석에 마치 요시에와 신야가 앉아 있는 것처럼 느껴지기도 하고, 카레집에서 카레를 먹을 때는 두 모녀의 모습이 떠오르기도 했다. 숨 막힐 듯한 표정으로 들어섰던 모녀가 카레를 말끔히 비우고서는 환해진 모습으로 주인에게 인사하고 나가는 모습을 상상하니 슬며시 미소까지 지어졌다.

가족의 죽음으로 실의에 빠져 있는 사람에게 "산 사람은 살아야 한다"라고 독려한다. 맞는 말이다. 어떤 경우에든 딛고 일어서야 한다. 방법은 다르겠지만 남편 잃은 동생이 2년여 동안 미친 듯이 돌아다니면서 새로운 환경에 자신을 많이 노출시키면서 상처를 치유했듯이 새롭고 편안한 장소로 자신을 안내하는 것도 좋은 방법일 것이다. 상실과 배신과 아픔의 처방전이 될 수도 있기 때문이다.

#4

# 서점계의 아이돌, B&B

우치누마 신타로《책의 역습》, 하루

《책의 역습》의 저자 우치누마 신타로 씨는 앞서 소개했다. 날마다 재미있는 이벤트를 개최하고, 맛있는 맥주를 제공하며, 아름다운 가구를 판매하면서 그 상승효과로 책도 파는 B&B의 공동 대표. 한국판 출간에 맞춰 땡스북스에서 진행한 그의 강연을 들은 뒤 이 책을 사 왔다. B&B에도 다녀오고, 핵심적인 내용도 강연에서 들었지만 그것들만으로는 알 수 없었던 풍성한 내용들이 가득했다.

우치누마 신타로 씨는 출판업계의 미래는 확실히 어둡지만 책의 미래는 결코 그렇지 않다고 말한다. 왜냐하면 살아남을 방법은 많고, '책의 미래'에 이르러서는 오히려 밝고, 가능성의 바다도 넓어진다는 것이다. 그에 의하면 책은 이미 정의할 수 없고, 정의할 필요도 없다고 한다. 책은 모든 콘텐츠와 커뮤니케이션을 집어삼켜 영역을 횡단해서 확장해나가고 있으므로 이 상황이야말로 그는 '팔리지 않는다', '활기가 없다'가 아닌 책에 의한, 책을 위한 '역습'으로 보라고 말한다.

인류가 최초로 소통의 매개로 사용했던 동굴 벽화가 갑골 문자, 파피루스 등으로 진화해 인쇄된 책자에서 전자책으로 변한 것처럼 책이라는 것도 시대에 따라 따로 정의하지 않으면 안 될 것이다. 따라서 틀에 얽매이지 않는 이러한 저자의 개방적인 사고가 점점 위축되어가는 종이책 시장의 위기를 돌파해나가지 않을까 하는 기대를 해본다. 그의 말처럼 책을 지키고 싶다는 사명감을 가지되, 본질적으로 책의 '무엇'을 지키고 싶은지, '어디가' 없어지면 안 되는지를 생각하는 것이 훨씬 중요할 것이다.

실제로 그는 최근 10년 동안 출판업계와 인터넷업계가 맞는 여러 국면으로 인해 책을 둘러싼 상황도 크게 흔들리고 있지만 오히려 다양한 프로젝트에 참여하면서 참을 수 없을 만큼 재미나게 일을 하고 있다고 말한다. '앞으로 책은 어떻게 될까?', '책의 미래에는 어떤 가능성이 있을까?' 에 대한 그의 열 가지 생각은 다음과 같다.

1. 책의 정의를 확장해서 생각한다.
2. 독자의 사정을 먼저 생각한다.
3. 책을 하드웨어와 소프트웨어로 나누어 생각한다.
4. 책의 가장 알맞은 인터페이스를 생각한다.
5. 책의 단위를 생각한다.
6. 책과 인터넷 접속을 생각한다.
7. 책의 국경을 생각한다.
8. 제품으로서의 책과 데이터로서의 책을 나누어 생각한다.
9. 책이 있는 공간을 생각한다.
10. 책의 공공성을 생각한다.

위기를 위기로 보지 않고, 오히려 변화를 껴안고 함께 변할 자세를 갖는

자에겐 분명 기회가 올 것이다. 거기에는 사고의 확장과 유연성이 필요하다. 책은 형태를 바꿔가면서 앞으로도 우리의 인생을 풍성하게 해주는 존재로 지속될 것이고, 그 새로운 형태가 더욱 풍성한 '읽기'를 가져다줄 수도 있다. 그에 의하면 두근두근하는 아이디어에는 사람이 따라오고, 사람이 모이고 주목을 받으면 돈도 따라온다는 것이다.

자신의 친구가 클럽 이벤트를 한다고 할 때 그는 문고본 엽서를 기획했다. 문고본 헌책을 크래프트지로 싸서 제목은 알 수 없게 하고 겉에는 문고본에서 인용한 몇 줄의 문장을 인쇄했다. 포장 안도, 인용문도 책마다 다르고 제목과 저자를 모르므로 선택 기준은 인용문뿐이다. 이 책을 구매하면 두 가지 즐거움이 있다고 그는 말한다. 첫 번째는 직접 개봉해 우연한 만남을 즐길 수 있다는 것, 두 번째는 우체통에 엽서처럼 넣어서 누군가에게 선물할 수 있는데, 보낸 자신도 모르기 때문에 훗날 전화로 무슨 책인지 묻는 즐거움이다. 이 아이디어는 최근 우리나라 서점 몇 군데에서도 사용하는 것을 보았다.

또 다른 기획은 한 카페의 제안으로 5개월 동안 한정 메뉴로 25종류의 문고본을 판매한 것이다. 매달 다섯 권의 문고본과 음료수를 세트로 만들어서 간단한 광고 문구와 본문의 첫 문장을 적어놓았다. 주문 시 "3번 문고본과 카푸치노를 주세요"라는 형태로 케이크 대신 책 한 권과 음료수를 짝 맞추어 주문하는 방식이었다. 이것이야말로 많은 박수를 쳐주고 싶은 만큼 훌륭한 아이디어다. 이런 아이디어를 대체 누가 떠올릴 수 있단 말인가.

우치누마 씨는 중학생 시절부터 소설, 사회학, 현대 사상 책, 혹은 미술과 디자인, 컴퓨터 책을 읽었는데 이것이 아이디어의 밑거름이 되어주었을 것이란 생각이 든다. 그는 고등학생 시절에는 뮤지션의 꿈이 있어서 밴드도 만들었다. 중·고등학교 시절엔 음악과 시와 소설만 생각해서 음대나 미대에 진학하고 싶었으나 현실적인 생각에 상학·경영학계 학부를 지망했다.

대학 졸업 후에는 대기업에 입사했지만, 2개월 만에 그만두고 오라이도 서점에서 아르바이트를 시작했다. 2003년에는 대학 시절부터 활동하던 멤버 가운데 헌책을 좋아하는 동료 두 명에게 제안해 '북 픽 오케스트라'라는 '책과 사람과 우연의 만남을 만든다'는 유닛을 결성했다. 이후 2006년에 누마북스를 설립했으며 북 코디네이터, 크리에이티브, 디렉터로도 활동하고 있다.

우치누마 씨는 옷 가게와 식당, 잡화점과 인테리어 가게, CD 가게 등 다른 업종의 소매점에서 책 파는 장소를 만들고 숙박 시설 로비와 공동 주택의 공용 공간, 사무실 입구 등에 책이 있는 공간을 만든 서점과 도서관, 출판사, 책 도매와 유통 중개, 전자책 관련 기업 그리고 책을 이용해서 무언가를 시작하려는 개인과 기업의 상담을 하고 과제 해결과 새로운 실험의 실현에 맞는 아이디어를 내거나 디렉션한다. 클라이언트 업무는 물론 책과 얽힌 프로젝트도 기획하고 실행한다. 그는 2012년에 B&B를 열어 서점의 역사를 새롭게 써가고 있다. 앞으로 그가 해보고 싶은 프로젝트는 세계에 한 권밖에 없는 책, 혹은 몇 권에서 수십 권의 한정된 책을 프로듀스하는 것이다.

만약 서점을 하려는 사람이 있다면 이 책을 통해 사고의 확장과 더불어 많은 아이디어를 얻기 바란다. 그리고 나처럼 동네 서점에 관심이 많거나, 그가 운영하는 B&B에 다녀올 사람이라면 미리 읽어보는 것도 좋을 것이다. 그래야 서점에 갔을 때 훨씬 많은 것을 보고 올 수 있기 때문이다.

## **모리오카 서점** 단 한 가지 책만 판매

정확하게 표현하면 '한 권'이 아니라 '한 종류'이다.
일주일 동안 한 종류의 책을 200권 정도 입고해놓고 판매한다는
그 서점은 주인장의 이름을 딴 '모리오카 서점'이었다. _ '모리오카'

**주소** 東京都 中央区 銀座 1-28-15 領木ビル
유라쿠초선 신토미초역 2, 3번 출구
**전화** 03-3535-5020
**페이스북** https://www.facebook.com/yoshiyuki.morioka
자세한 내용은 페이스북을 참조하세요!

#1

# 이 시대의 삶의 방식, 미니멀 라이프를 보다

어느 날 강연장에서 '한 권의 책'만 판매하는 서점이 있다는 이야기를 들었다. 최근 각양각색의 서점이 등장하고 있지만 그 서점만큼 큰 놀라움을 안겨주지는 않았다. 그런데 책 한 권만을 판다니 대체 무슨 소리인지 감이 오지 않았다.

집에 돌아온 뒤 흥미와 의구심 속에서 검색해보았다. 과연 그런 서점이 있기는 했다. 기사에는 '도쿄 긴자 거리 한 서점은 일주일에 한 권의 책만 판다', '일주일에 한 권의 책만 파는 서점' 등의 제목을 달고 있었다. 그런데 정확하게 표현하면 '한 권'이 아니라 '한 종류'이다. 일주일 동안 한 종류의 책을 200권 정도 입고해놓고 판매한다는 그 서점은 주인장의 이름을 딴 '모리오카 서점'이었다.

기사에 실린 서점 내부의 사진을 보니 작은 테이블에 10권 정도의 책이 놓여 있었다. 책 옆에는 〈진품명품〉에 나올 정도의 것으로서 우리나라 선조들도 흔히 사용했던 형태의 경대가 진열되어 있었다. 군데군데 파인 상처가 보이는 흰 벽엔 액자 세 개가 걸려 있었다. 가장 안쪽에는 예전 한약방에서 사

단아함과 고요,
그리고 고품격의
분위기가 차분하게
전해져 왔다.

용했을 법한 서랍장이 묵직하게 서 있었다. 그 위에는 역시 세월을 제법 품었을 검은색 유선 전화기 한 대가 놓여 있었다.

사진을 보고 있자니 단아함과 고요, 그리고 고품격의 분위기가 차분하게 전해져 왔다. 그리고 '과연 내가 저 서점에 발이나 들여놓을 수 있을까?' 할 정도의 압도감도 있었다. 서점이 고급스러운 긴자 거리에 위치해 있다는 점과도 무관하지 않았을 것이다. 그래도 내 눈으로 직접 확인해보지 않고는 도저히 안 되겠다 싶었다. 한 종류의 책만 판매한다는 발상은 놀라움과 충격 그 자체였으니 말이다.

서점에 갈 기회는 얼마 안 있어 찾아왔다. 정보를 접한 지 한 달여 만에 일본에 가게 된 것이다. 이때 가장 중점에 두고 있었던 일정은 '모리오카 서점 방문'이었다. 그런데 사진에서 느꼈던 압도감이 여전히 남아 있었기에 남편을 대동했다.

서점을 가기 위해 전철을 탔는데 몇 해 전에 읽은 책 속의 한 장면이 떠올랐다. 다독을 하는 편인 내게 책 속의 내용을 선명하게 기억하기란 어려운 일인데 워낙 인상이 깊어서 뇌리에 남아 있었던 모양이다. 책을 읽을 그 당시에는 요즘 말하는 '동네 서점'이라는 개념이 없었던 때이다. 소설가 공지영 씨가 자신의 친구이자 시인인 두 사람의 지리산 생활에 대해 쓴《공지영의 지리산 행복학교》에 나오는 이야기다. 일명 낙시인이라 불리는 시인과 그의 아내는 화개장터에 책방 내는 것을 꿈꾼다. 그런데 엄선된 책, 그야말로 소장 가치가 있는 책 30권만 파는 독특한 책방이다.

낙시인의 아내는 당연히 장사는 안 되겠지만 집세만 나오면 되고 거기에 책상 하나 갖다놓고 남편이 천천히 시를 쓰면 된다고 말한다. 이 부분을 읽을 때 나는 피식 웃고 말았다. 그런 멋진 서점이 있다면 정말 좋겠지만 시골에서 집세 나올 만큼 팔릴 일이 없을 것이기 때문이었다. 한때 그들은 잘 나가는 도시인으로 살아도 봤고, 이제는 지리산의 자연과 함께 소박하게 살고 있으니 그런 상상이야 할 수 있겠지만 현실 속에서는 가당키나 하냐는 게 당시의 내 생각이었다. 한마디로 그것은 한가로운 오후에 잠시 나눠보는 로맨틱한 잡담에 지나지 않다고 여겼던 것이다. 그런데 이와 비슷한 생각을 한 사람이 현실 속에 진짜로 나타났다. 그러니 어찌 그 현장을 안 가볼 수 있겠는가.

인터넷에 모리오카 서점에 대한 기사가 많이 나와 있었던 것도 아니고, 가는 방법이 구체적으로 나와 있지도 않았다. 구글 지도가 알려주는 대로 유라쿠초선을 타고 신토미역에서 내렸는데 어느 출구인지는 알 수 없었다. 5월이었지만 양지는 제법 더운 날이었다. 한참을 헤매다가 겨우 근처까지 가보니 한적한 골목이었다. 그런데 서점은 보이지 않고 안내 화살표는 이미 지나쳐간 것으로 되어 있었다. 왔던 길을 되돌아가다가 우연히 한 건물 안에 쌓여 있는 책을 보았다. 간판을 찾아보았지만 보이지 않았다. 그런데 인터넷에서 본 건물과 비슷해 보여서 모리오카 서점이라 짐작했다.

1928년에 지은 중후한 건물에 입점해 있는 모리오카 서점에는 손님은 아닌 듯한 여성이 주인인 모리오카 씨와 서서 이야기를 나누고 있었다. 그 여성은 내가 들어서자 조용히 자리를 비켜주고 문 앞쪽으로 가서 서 있었다. 모리오카 씨를 보는 순간 머리 스타일과 생김새가 꼭 프랑스의 소설가 베르나르

베르베르와 많이 닮았다는 생각이 들었다. 그는 선한 얼굴에 조용하고 지적인 표정으로 나를 맞았다.

서점을 둘러보는 데에는 단 몇 초도 걸리지 않았다. 따로 걸음을 할 필요도 없이 눈으로만 휙 둘러보아도 될 정도로 좁은 공간이었기 때문이다. 이 세상 서점을 다 둘러보아도 그보다 작은 서점은 없을 것이었다. 인터넷 사진에서 본 것처럼 낡은 벽면엔 사진 액자가 몇 개 걸려 있었다. 바닥의 한가운데엔 좁고 낮으며 조금은 긴 테이블이 자리하고 있었다. 그 양옆은 한 사람이 왔다 갔다 할 정도의 여유 밖에 없었다. 그 위엔 말 그대로 한 종류의 책만이 예닐곱 권씩 쌓여서 여덟 줄로 진열되어 있었다. 책 옆에는 버려진 물건을 재활용해 만든 듯한 인형 두 개가 놓여 있었다.

그토록 신기한 공간에 있으려니 흥분이 일었다. 나는 책을 집어들고 계산대에 서 있는 주인장에게 가서 나는 한국에서 왔고 동네 서점에 관심이 많은 사람이라고 소개했다. 그리고 이렇게 말했다.

"이 서점은 세상에서 단 하나뿐인 서점입니다. 아이디어가 아주 훌륭하고 특별한 서점이에요. 당신이 부럽습니다."

그는 웃음을 지으며 감사하다고 했다. 그의 특별한 기운을 받아오려고 책

에 사인을 부탁했다. 그러나 그 책의 저자가 아니기 때문에 할 수 없다고 했다. 내가 종이를 찾기 위해 두리번거리자 그가 안쪽에서 책 한 권을 꺼냈다. 그리고 현재 판매하는 책은 아니지만 자신의 책이니 혹시 살 것인지 물었다. 도쿄의 구 시가지에 대한 책으로 그가 사진을 찍고 친구가 글을 쓴 것이었다. 나는 사려던 책을 도로 갖다놓고 그 책을 사기로 했다. 겉표지를 넘긴 그는 나에게 움직이지 말라고 했다. 무슨 일인가 했더니 잠시 나를 뚫어져라 쳐다본 후 펜으로 내 얼굴을 그리기 시작했다. 다 마친 그는 사인을 해서 건네주었다. 그림 솜씨는 능숙했다.

그러는 사이 한 중년 남성이 들어와 말없이 책을 집어들더니 계산하고 나갔다. 뒤이어 젊은 커플이 여행용 가방을 끌고 왔다. 외국에서 찾아온 손님인 듯했다. 모리오카 씨와 더 이야기를 나누려고 했지만 그 두 사람만 들어왔는데도 서점 안이 꽉 차버렸다. 나는 아쉬움을 뒤로하고 서점을 나올 수밖에 없었다. 그러나 흥분의 여운은 참으로 길었다.

모리오카 서점은 2015년 5월에 문을 열었다. 내가 방문한 때는 딱 1년 정도가 된 시점이었다. 개점 후 약 반년 정도가 지난 그해의 12월 기사 내용에는 그동안 모리오카 서점에서 약 2,100권의 책이 팔렸다고 했다. 상당한 양이다. 워낙 독특한 서점이다 보니 전 세계에서 손님이 찾아오고 한국인들도 종종 온다고 했다. 출판계에선 종이책이 위기라며 걱정들이 많다. 우리나라에는 서점 멸종 지역들도 적지 않다. 그러나 그는 "종이책이 매력적인 소통의 수단으로 영원할 것"이라고 한다.

그는 이토록 독특한 서점을 어떻게 열게 되었을까? 모리오카 씨는 고서점에서 20여 년간 일했다. 서점에서는 1년에 몇 차례 출판 기념회를 열었다. 그런데 많은 사람들이 오직 책 한권을 사기 위해 방문했다. 거기에서 그는 책 한권만으로도 서점을 경영할 수 있겠다는 아이디어를 얻었다고 한다.

그러나 이젠 시대가 변해 책만으로는 사람을 불러모으기가 쉽지 않다. 그도 다양한 이벤트를 벌인다. 판매 서적과 관련된 이벤트 소식은 그의 페이스북에 올라온다. 만약 서점에서 판매하는 책 내용이 전통 의복에 대한 것이라면 실물을 벽에 전시한다. 화집을 판매할 때는 그림을 전시하고, 꽃에 관한 책을 판매할 때는 책 속에 등장하는 꽃을 함께 전시한다. 저자나 편집인을 불러 독자와 만나는 자리를 마련하기도 한다.

모리오카 씨는 이것이 2차원의 책을 다차원적으로 경험할 수 있게 해준다고 말한다. 독자가 '책 속으로 들어간다'는 느낌을 받을 것이라는 이야기다. 내 생각에도 이 서점의 운영 방식이 가장 깊고 넓게 책을 만날 수 있는 길이라고 본다. 단 한 권의 책이기 때문에 집중과 몰입의 공간이 될 수밖에 없을 것이다. 시선이 분산될 일이 없으니 말이다.

그런데 서점주의 입장에서 볼 때 여러 종류의 책을 가져다놓는 것보다 한 종류의 책을 갖다놓는 것이 훨씬 어려울 수 있을 것 같다. 소위 모 아니면 도가 될 수 있으니 말이다. 그런데 모리오카씨는 책 선정이 크게 어렵지 않다고 한다. 자신의 서점을 찾는 편집자, 디자이너, 사진가, 작가들의 추천으로 하기 때문이란다.

도쿄에서 가장 땅값이 비싸기로 소문난 긴자에 단 한 종류의 책만 팔 생각을 한 이 배짱 두둑한 주인장 덕에, 세계의 많은 사람들도 이와 같은 즐거운 상상도 하고 색다른 아이디어를 생각해내려고 할 것이다. 모리오카 씨의 서점 운영 방식은 긴자이기 때문에 더 잘 어울린다고 생각한다. 소수 취향을 위한 콘셉트, 그리고 유명 백화점과 고급 전문점이 많은 긴자, 잘 맞지 않는가.

서점 방문은 우려했던 것처럼 무겁거나 압도적이지 않았다. 서점 내부는 꼭 필요한 물건 몇 개만 두고 사는 산중의 선방 같았고, 주인장 모리오카 씨의 인상은 하도 맑고 편안해 보여서 한 그루의 푸른 나무 같았다. 과잉 정보와 가상 관계망 속에서 허덕이며 사는 시대여서일까. 모리오카 서점은 독서의 방식보다도 삶의 방식에 대해 더 많은 이야기를 던져주고 있는 듯했다. 겉치레와 허영을 던져버리고 진지한 모습으로 자신과 마주해보라고, 단순한 삶을 살라고, 깊이 만나라고.

주위에 너무 많은 것이 있으면 에너지가 분산되어 쉽게 지치게 마련이다. 그리고 그것들에 묻혀서 자신이 누구인지조차 모르고 살아간다. 모리오카 서점은 그런 우리에게 쓸데없는 것들로부터 자신을 지키라고 말하고 있는지도 모른다.

최고의 미는 단순미이다. 모리오카 서점은 모든 군더더기를 버리고 최소한의 언어로만 쓴 절제된 시 한 편이었다. 더 이상 할 수 없을 때까지 덜고 덜어내어 오직 본질만을 담은 자코메티의 조각상이었다. 은유와 함축의 공간 모리오카는 이처럼 침묵으로 외치고 있었고 나는 거기에 저항할 수 없었다.

나는 얼른 집으로 돌아가 책장의 책들을 덜어내고 싶었다. 내가 사는 동안 꼭 필요한 열 권의 책만 골라낼 수 있다면 이 또한 아름답지 아니한가.

#2

# 104세의 커피 장인, 세키구치 이치로 할아버지

모리오카 서점에 들렀다면 커피 명소인 '카페 드 랑블'에 들러도 좋을 것이다. 둘 다 긴자에 있다. 모리오카 서점의 마지막 주소가 '1-28-15'이고, 카페 드 랑블은 '8-10-15'이다. 만약 카페의 인테리어나 분위기를 기대한다면 가지 않는 것이 좋다. 명성에 비해 규모도 작고 인테리어는 소박하다. 맛있는 커피 맛을 보고 싶다면 적극 추천한다. 68년을 유지했다면 맛은 인증된 것이다. 세상을 살아가는 법을 배우고 싶다면 강력 추천하는 바이다. 나는 여기에서 이 이야기를 하려고 한다.

《평생 일할 수 있는 즐거움》이라는 책을 읽고 커피 장인인 세키구치 이치로 할아버지를 만나러 가야겠다고 생각했다. 그분이 운영하는 카페는 도쿄에 있고, 도쿄에 갈 기회가 있기 때문이었다. 남편은 2012년부터 도쿄에 법인을 설립해 사업을 하고 있다. 첫해는 법인 설립과 비자 문제로 자리 잡는 시간이 필요했고, 나 또한 큰딸이 고3이어서 수능을 치른 후에 갈 수 있었다.

《평생 일할 수 있는 즐거움》에는 초고령의 프로페셔널 15인이 소개되어 있다. 그 가운데 '초고령 커피 전문점 주인' 이야기가 가장 관심을 끌었다. 커

삶과 철학이 매료될 만큼 깊이가 있었다.

피는 우리에게 많이 익숙하고 내가 가장 즐겨 마시는 음료이기도 하다. 그리고 이십 대 때 일본에서 어학 연수를 하던 당시 '카페 드 모네'라는 데서 아르바이트를 한 적도 있다. 우리 나라에서는 원두커피라는 개념조차 없었던 1990년대 초, 일본에는 많이 보급되어 있었다. 그 카페에서는 반자동 커피머신을 사용했는데 스위치를 누르면 원두가 갈아지면서 감미로운 향이 가득 퍼졌다. 맛 역시 달콤했다. 귀국 후 한동안은 그윽한 커피 향을 맡게 되면 그때의 시간이 떠오르곤 했다. 이러한 과거의 경험 때문인지 세키구치 할아버지의 이야기는 호기심을 더 자극했다. 거기에, 그분의 삶과 철학이 매료될 만큼 깊이가 있었다.

카페 드 랑블은 커피 전문가들 사이에서는 모르는 사람이 없는 명소라 한다. 책 내용에 의하면 손님 열 명이 들어오면 만석이 될 정도로 작고 특별한 것도 없는 가게인데도 끊임없이 사람들이 찾아왔다고 한다. 이걸 보면 처음 가게는 지금보다도 더 작았던 모양이다. 가부키 배우와 영화배우, 화가, 작가 등 유명인들이 상당히 많이 찾고 각종 주간지에도 '특별한 커피 전문점'이라고 소개되었다고 한다. 존 레넌과 오노 요코도 방문했는데 자리가 없어서 곤란했다는 일화도 있다. 외국인도 많이 왔는데, 그중에서 프랑스의 한 기장은 "프랑스에서도 이런 맛있는 커피를 마실 수 없다. 이 집 커피는 옛날에 우리 할머니가 만들어주시던 커피랑 똑같은 맛이 난다"라고 칭찬해주고, 일본에 올 때마다 직원들을 끌고 단체로 찾아와주었다고 한다.

2013년 1월, 드디어 딸 둘과 함께 도쿄에 가게 되었다. 20년 만이었다. 책을 읽은 지는 1년 가까이 지났지만 그 카페는 잊지 않고 있었다. 노선이 다르지만 카페는 신바시역과 긴자역의 중간 지점에 있다. 우리는 JR 야마노테선을 타고 갔기 때문에 신바시역에서 내렸다. 지금처럼 구글 지도를 사용할 때가 아니어서 지도를 뽑아서 갔다. 역에서 10여 분 거리인데 몇 차례나 물으며 갔는지 모른다. 전날에는 동경 시내의 교통을 마비시킨 17년 만의 폭설이 내려서 가는 길이 궂고 쌀쌀했다. 또한 일본은 해가 일찍 져서 4시 반경이었는데도 벌써 사위가 어둑해져가고 있었다. 멀게만 느껴지던 그때 카페의 입간판이 보였다. 그 앞에 서자 반가움과 비장감이 교차했다. 내가 그토록 만나고 싶어 한 세키구치 할아버지는 과연 계실까?

1914년도 출생이니 백 살. 안 계실 확률이 높다고 생각했다. 살아 있으시다 해도 카페에 나와 일을 할 수는 없을 것 같았다. 책에는 서른네 살 때 엔지니어를 그만두고, 긴자에서 가게를 연 지 62년째(2013년에는 68년째)이며 맛있는 커피를 만드는 일은 80년 가까이 해왔다고 나와 있었다. 고등학교 시절 시험공부할 때 졸음을 쫓으려고 스스로 커피를 만들어 마신 것이 계기가 되었다. 커피 만드는 법을 터득하기 위해 맛있는 커피를 파는 가게에 단골손님처럼 자주 가 선물 공세까지 하면서 커피 만드는 모습을 보게 해달라고 하고 원두에서 커피 추출하는 방법도 다양하게 시도해보았다. 무엇인가 궁금하면

끊임없이 시도하는 사람이었다.

명문 대학인 와세다 대학 이공학부를 졸업한 세키구치 할아버지는 도시바 연구소에 취직했지만 자신의 성향과 맞지 않아 3개월 만에 회사를 나왔다. 그리고 임시직 엔지니어로 일했다. 28세에 군대에 소집되어 병기 수리반에 비치되었는데 남들이 하기 싫은 화장실 청소와 막힌 분뇨를 뚫는 일 등을 도맡아 하면서 가장 먼저 상급자가 된다. 전쟁이 끝나고 군대 동료 몇 명과 영화 자재 회사를 만들었지만 중간에 도산했다. 그러자 그 당시 사무실에 커피를 마시러 오던 사람들이 커피 전문점을 해보라고 권했다.

그렇게 해서 골목 깊숙이 들어간 좁은 공간에서 개점했고, 이후 맛있는 커피를 맛볼 수 있는 가게라는 평판을 받았다. 평생 커피 전문점을 하려고 했던 것은 아닌데 손님들이 "전쟁으로 죽지 않아서 다행이야. 살아남은 덕택에 이렇게 맛있는 커피를 마실 수 있어!" 하며 기뻐하는 모습을 보고 계속 운영해야겠다고 마음먹었다. 그리고 커피 연구에 몰두하게 된다. 커피잔 하나 만드는 것에서부터 커피 알갱이를 분쇄하는 커피밀, 원두를 볶는 솥과 포트, 넬 필터까지 모두 고안했다. 할아버지는 '직접 볶은 커피'의 창시자이기도 하다.

의문이 들면 어떻게 해서든 그것을 풀기 위해 연구하고, 그 결과물을 만들어내는 세키구치 할아버지가 마지막 과제로 가지고 있었던 것은 초음파 기계를 테스트하는 것이었다. '맛있는 커피'는 30년 정도 숙성 시킨 원두로 커피를 내려야 나오는데 숙성실에 쌓아둔 5톤의 원두가 2톤 정도로 줄어버린 것이다.

긴자에 위치하고 있고 명성이 높은 카페라 특별할 줄 알았다. 하지만 실내는 좁고 인테리어도 별스러운 것이 없었다. 진한 갈색의 내부에 테이블도 몇 개 뿐이었다. 바 의자가 있지만 말이다. 오로지 맛으로 승부하는 곳 같았다. 오래된 카페라는 것을 한눈으로도 알 수 있는 곳이다. 하지만 그곳은 커피 연구로 평생을 바친 집념의 화신 세키구치 할아버지의 집결체이다. 할아버지의 그 장인 정신이 먼 곳의 나까지도 끌어당겼다.

일단 자리를 잡고 커피를 주문했다. 내가 마신 커피는 일반 브랜드 커피로 그 당시 우리 돈으로 약 7,800원 정도였고 작은 딸이 마신 라떼는 약 9,480원으로 높은 금액이었다. 웬만한 것들이 만 원 전후라 적은 금액이 아니다. 다른 일본 카페의 커피 가격은 한국과 비슷하거나 저렴한 곳이 많다. 주문한 커피를 가져온 아주머니에게 책을 꺼내 세키구치 할아버지를 만나러 왔다고 했다. 혹시 가게에서 아직 일을 하시는지 물었더니 물론 일을 하는데 전날 내린 폭설로 오늘은 쉬신다고 했다. 다음 날 오면 만날 수 있다고 했지만 다른 일정이 있었으므로 다시 가기는 어려웠다. 대신 일하는 분 가운데 가족이 있는지 물었더니 중년 남성분이 조카라고 했다. 나는 그분에게 책에다 사인을 해줄 수 있는지 물었다. 처음엔 안 된다고 했는데 가족이니 해달라고 정중히 부탁하자 들어주었다. 얼마나 정성들여 이름을 썼는지 보이지 않는 곳으로 가서 한참 만에 가지고 왔다. 만나고 싶어 했던 세키구치 할아버지를 못 뵈어서 못내 아쉬웠다. 연세가 있으시니 다음을 기약한다는 것도 어려운 일이었다.

작년 11월 일본에 갔을 때 그곳을 다시 찾아가보기로 했다. 3년이 지났으니 세키구치 할아버지는 정말로 돌아가셨을 것 같았다. 나는 《평생 일할 수 있는 즐거움》을 챙겨 갔다. 이번에는 한번 가본 경험도 있고 구글 지도가 있어 그리 헤매지 않고 찾아갔다. 카페는 긴자의 뒷골목에 그대로 있었다. 사람이나 공간이나 쉽게 사라지지 않는다는 것, 일본의 큰 장점이다.

문을 열고 들어가니 오른쪽에 있는 작은 공간에 초록색 츄리닝을 입은 어르신이 앉아 있었다. 직감적으로 세키구치 할아버지임을 알아차렸지만 예의 바른 일본인들이니 일단 테이블에 앉아 커피 먼저 시켰다. 놀란 가슴을 진정시켜야 했다. 눈으로 보고도 살아 계신 것이 믿기지 않았다. 사인을 해주었던 조카 분에게 책을 보여주었더니 지금은 세키구치 씨 본인에게 사인을 받을 수 있다고 말해주었다.

3년 전에 딸들과 앉았던 자리에서 커피를 받아 한 모금 마셨다. 할아버지의 신념이 담겨 있을 커피이기에 정성들여 마셨다. 하지만 할아버지가 살아 있으시다는 놀라움 때문이었는지 이번에도 잘 음미해보겠다던 생각과 달리 맛에 대한 기억이 없다. 나는 마음을 가다듬고 할아버지에게로 갔다. 할아버지는 작은 몸집으로 미동도 없이 앉아 계셨다. 전에 왔던 일을 설명하고 뵙고 싶어서 다시 왔노라고 했다. 그 연세에도 말귀를 다 알아들으시고는 고맙다고 했다. 다른 한국인들도 찾아온다고 했다. 책을 보여주면서 감동을 받았다 하고 사인을 부탁했더니 흔쾌히 해주었다. 연세가 있으니 펜 하나 찾는 데도 행동이 느리고 눈동자도 많이 흐려진 상태였지만 또박또박 자신의 이름을 쓰셨다. 이름 위에 102세라고 썼다. 우리 나이로 곧 104세. 한 세기도 넘은 시간을 담고 있는 커피계의 거인이 내 앞에 있다니 감개무량했다. 나는 그 역사적인 순간을 사진으로 남겼다. 혹시 한국에 다녀오신 적 있느냐고 여쭸더니 간 적이 없다면서 프랑스에 한번 나갈 기회가 있었지만 한 번도 해외에 나가 본 적이 없다 했다. "커피가 있으니까요!" 하고 내가 말했다. 할아버지는 고개를 끄덕였다.

80년을 넘게 커피를 연구하고 70년 가까이 가게를 일구어온 할아버지는 거동이 허락하는 한 자신의 가게에 나와 있으실 거다. 어제처럼 오늘도, 내일은 오늘처럼 말이다. 사람의 습관은 바꾸기 어려운 법이다. 먹고 자는 일을 잊어버릴 정도로 커피 연구에 푹 빠져 살았던 커피 장인 세키구치 할아버지, 그날 돌부처처럼 앉아 있었지만 머릿속으로는 여전히 커피를 연구하고 있었는지 모른다. 초록색 추리닝의 작은 거인, 검이불루 화이불치儉而不陋 華而不侈. 검소하되 누추하지 않고, 화려하되 사치스럽지 않음이어라. 세키구치 할아버지 만만세!

---

**주소** 東京都 中央区 銀座 8-10-15
**전화번호** 03-3571-1551

#3

# 에도 시대의 정취를 품은 정원, 하마리큐온시

당신이 도쿄 여행자라면 시끌벅적한 관광지를 돌아다닐 수밖에 없을 것이다. 그것도 첫 여행이고 기간마저 짧다면 유명 관광지를 피해갈 수는 없을 것이다. 그럼에도 불구하고 긴자에 발을 들여 모리오카 서점과 카페 드 랑블을 방문했다면 일본의 전통 문화재인 '하마리큐온시 정원'에도 들르라고 권하는 바이다. 이 세 코스를 방문한다면 당신은 그야말로 품격 높은 도쿄 여행자가 된다. 모리오카 서점에서 놀란 가슴을 진정시키려고 카페 드 랑블에 갔다가 혹여 104세의 커피 장인을 만난다면 놀란 가슴은 더욱 커지고 쿵덕거릴 것이다. 그 충격을 진정시키기에는 아무래도 호젓한 정원이 좋겠다.

카페 드 랑블에 가기 위해 내렸던 신바시역에서 10여 분 정도 가면 하마리큐온시 정원이 있다. 도쿄 도립 문화재로 지정된 정원 가운데 하나로 결코 방문자의 기대를 저버리지 않을 장소다. '사막이 아름다운 것은 그것이 어딘가에 우물을 감추고 있기 때문'이라고 했던가. 도쿄가 삭막하지 않은 것은 아름다운 정원이 아홉 개씩이나 포진해 있다는 사실이다. 도쿄 지하철을 타고 동서남북 어느 방향으로 가든 그 정원 가운데 하나는 꼭 만날 수 있으니 도쿄

1 오테몬 입구로 가는 길에서 찍은 쓰키지 강. 도쿄만과 연결되어 있다.

2 마쓰노 찻집

3 나카지마노 찻집

시민에게 마음의 안식처 같은 존재가 아닐까 생각한다.

하마리큐온시 정원은 에도 시대에 만들어진 것으로서 360여 년의 역사를 지닌 도쿠가와가의 정원이다. 1654년에 도쿠가와 막부의 4대 쇼군 이에츠나의 동생인 츠나시게가 바다를 매립해 별저를 지었는데 그의 아들 쓰나토요가 6대 쇼군이 된 것을 계기로 도쿠가와가의 별저가 되었다. 그 이후 조원 공사와 개수 공사가 수차례 추진되었으며, 11대 쇼군 이에나리 시대에 이르러서 현재와 같은 모습이 거의 완성되었다.

메이지 유신 이후에는 일본 황실의 별궁이 되었고 '하마리큐'로 바뀌었다. 이 정원은 관동 대지진과 제2차 세계 대전을 거치면서 몇몇 건물들과 나무들이 훼손되어 옛 모습이 많이 사라졌다. 이것을 도쿄도가 1945년에 하사받아 정비한 후 '하마리큐온시 정원'으로 이름을 바꾸었고, 이때부터 일반인에게도 공개했다.

정원의 연못은 도쿄 내에 유일하게 현존하는 조수 연못으로서 바닷물을 끌어와 조수 간만의 차에 따라 연못의 정취를 다양하게 연출하는 양식으로 만들어졌다. 인접해 있는 도쿄만의 수위 변화에 따라 수문을 여닫아 연못의 높이를 조절하고 있다. 연못에는 숭어를 비롯해 새끼 농어, 뱀장어 등의 바다 생물들이 서식하고 있다. 정원 안에는 찻집이 두 개 있는데, 일본 전통의 차와 전통 떡도 맛볼 수 있고 정원의 풍경도 감상할 수 있다.

마쓰노 찻집은 11대 쇼군 이에나리 시대에 지어진 많은 찻집 가운데 하나이다. 전쟁으로 소실되었는데 남겨진 초석 등을 바탕으로 2010년에 복원했다. 역사적 자료에 충실하게 재건한 것으로 당시의 정취를 그대로 살렸다. 나카지마노 찻집은 1707년에 지어진 이후 쇼군을 비롯해 그 부인이나 조정에 출사하던 사람들이 모여 훌륭한 정원의 조망을 마음껏 즐기던 곳이다. 이곳에서 말차와 전통 떡을 먹었다.

천천히 걸어야 좋은 길들이 있다. 에도 시대에도 불었을 바람을 맞으며 걷다 보면 잠시 시름을 잊게 하는 하마리큐온시 정원의 길이 그러한 길이다. 걸으면서 만나는 물, 꽃, 초록빛 그리고 곡선의 길은 내 마음을 부드럽게 만져 주었다. 도쿄만을 앞에 두고 앉아 시원한 바람을 쐬다 보니 누군가가 귀에 대고, "빨리 간다고 좋아할 것도 아니고 느리게 간다고 안달할 필요가 없다"라고 속삭이는 듯했다.

아사쿠사, 료고쿠, 오다이바 해변공원 및 가사이 임해공원 방면으로 운행하는 수상 버스가 있다. 이 수상 버스를 타면 스미다강에 걸려 있는 독특한 모습의 14개 다리를 선상에서 구경할 수 있다고 한다. 나도 타려고 했는데 이미 마감한 상태였다.

1, 2 나카지마노 찻집의 내부(우) 일본의 전통 차인 말차와 떡인 유로(좌)
3 수상 버스
4 도쿄만의 바닷물이 들어오는 수문
5 수상 버스 매표소(4시 15분 마감)

---

**주소** 東京都 中央区 浜離宮庭園 1-1
**전화번호** 03-3541-0200
**입장료** 일반 300엔, 65세 이상 150엔
**개원 시간** 오전 9시~오후 5시(입장은 오후 4시 30분까지)
**무료 공개일** 미도리(녹색)의 날(5월 4일), 도쿄도민의 날(10월 1일)
**가는 방법** JR 야마노테선, 케이한토호쿠선, 도큐메트로 긴자선, 도에이 아사쿠사선 타고 신바시역에서 하차 후 도보로 12분.
도에이 오에도선, 유리카모메선 타고 시오도메역에서 하차 후 도보 15분

#4

# 나도 끝까지 현역이고 싶다, 장인 정신의 모델들

도쿠마 서점 취재팀《평생 일할 수 있는 즐거움》, 상상너머

고등학교 때 우연히 어떤 시를 보다가 이런 문장을 만났다. '평생 일할 수 있는 직업을 가진 자는 행복한 사람입니다.' 그때부터 나는 이 문장을 수첩뿐 아니라 머리, 가슴에까지 적어놓았다. 그래서 지금까지도 기억하고 있다.

나는 원래 음식, 빨래, 청소 등 집안일에는 관심이 없다. 그래서 결혼 전에 할 줄 아는 음식도 거의 없었다. 신혼 때 잠깐 남편을 위해 밥을 하고, 옷을 다리고, 그를 기다리는 것이 즐겁기는 했다. 그러나 관성의 법칙에 의해 제자리로 돌아오고 말았다. 음식을 못한다는 것은 아닌데 그 일에 흥미가 없다. 음식과 육아가 사람을 성장시킨다는 글을 읽을 때는 그래서 내가 아직 철이 안 들었나 하는 생각이 들기도 했다.

어느 날 헬렌 니어링의《소박한 밥상》을 읽는데 이런 내용이 있었다. 자신은 요리하는 여성이 아니며, 세상 모든 여성이 하루의 대부분을 화덕 앞에 머물며 음식을 만들고 가사에 매일 필요는 없다는 주장이었다. 헬렌 니어링은 요리보다는 책 읽기, 음악 연주, 수영, 스케이트 등 활동적이거나 지성적인 일을 원한다고 썼다. 그리고 요리에는 최소한의 시간을 투자하고, 밖으로 나

가든가 음악이나 책에 몰두하고 싶다고 덧붙였다.

나는 그 부분에 밑줄을 긋고, 중간중간에 동그라미도 치면서 '내 생각과 너무 똑같다. 동감한다'라고 메모까지 해놓을 정도였다. 그동안 책을 읽으면서 이렇게 반가운 글을 만난 적이 없었다. 죄책감에서 벗어나게도 해주고 응원까지 받는 기분이었다. 그렇다고 내가 집안일을 폄하하는 것은 아니다. 다만 내 취향이 아니라는 것이다. 그리고 집안일을 안 하는 것도 아니다. 그저 내 가치관에서 벗어난 일이라는 것이다. 대신 나는 일은 평생 해야 한다고 생각하는 사람이다. 그러니까 집안일보다 일하는 것을 더 좋아한다는 말이다. 그러므로《평생 일할 수 있는 즐거움》이라는 책 제목을 보았을 때 내 기분이 어땠을지 짐작하고도 남을 것이다.

일본은 우리나라보다 고령 사회에 일찍 접어들었다. 그래서 노인들 대부분이 직업 전선에 있다. 워낙 일본인들이 부지런한 민족이기도 하지만 물가가 높아서 일하지 않으면 살기 힘든 사회이다. 그래서 어르신들도 일을 안 할 수가 없다. 내가 일본에 머물고 있던 때가 1991년 하반기부터 1993년 초였는데, 우리 사회 분위기와는 사뭇 달랐다. 그러니까 지금의 우리나라에서 벌어지는 일들이 그 곳에서 이미 행해지고 있었다. 예를 들면 그 당시 우리나라에선 은행이나 백화점, 마트, 관공서에서 젊고 예쁜 아가씨들이 근무하고 있었는데 일본엔 아주머니들이 많았다. 내겐 무척 낯선 모습이었다. 내가 아르바이트 하던 카페에도 쉰이 넘었을까, 집에서 편히 쉴 나이로 보였던 아주머니가 점장으로 일했다.

이러한 사회적 환경이어서《평생 일할 수 있는 즐거움》에 나온 어르신들도 현역에서 에너지 뿜으며 일들을 하고 있는가 보다. 아마 몇 년 지나면 우리나라에도 이런 책들이 나오지 않을까 싶다. 머지않아 우리가 일본을 따라잡아 세계에서 가장 높은 '초고령 사회'가 될 것이니 말이다. 이 책에 나온 열다섯 분들은 모두 1930년 전에 태어난 분들이다. 1907년에 태어난 분도 있고 1910년대, 그리고 1920년대의 노인들이다. 놀라운 일이다.

그런데 알고 보면 그리 놀라운 일도 아니다. 남편이 거래하는 업체의 일본인 중에도 쉰이 넘은 사람은 아주 젊은 사람이고, 일흔이 가깝거나 그 이상의 노인들이 많다는 사실이다. 그런데 이야기를 들어보면 나이가 믿기지 않을 정도로 얼마나 열정적으로 일을 하는지 모른다. 한국에도 자주 다녀가고 열심히 물건을 주문한다. 재해의 불안을 늘 끌어안고 사는 그들이지만 전혀 아랑곳하지 않고 묵묵히 일들을 한다.

그러므로 시집 《100세》와 《약해지지 마》를 낸 도요 할머니가 100세에 첫 시집을 낸 일도 일본 사회에서는 크게 놀랄 일이 아닐 수도 있겠다 싶다. 다만 그 연세에 순수성을 잃지 않고 시사에도 관심을 갖고 사람들의 마음을 울리는 시를 썼기 때문에 일약 스타가 된 것이 아닐까 생각한다. 《평생 일할 수 있는 즐거움》에는 80세에서부터 90세를 넘은 어르신들이 나온다. 원고를 쓸 당시 103세의 어르신도 있었으니 도요 할머니보다 오히려 연세가 훨씬 많다. 이제 일본 사회에서는 나이를 문제 삼지 않을 정도의 분위기가 된 것 같다. 사회는 어르신들에게 일을 맡기고, 어르신들은 아주 훌륭히 자신의 일들을 해내기 때문이다.

69세에 유명 만화가가 되었다는 말이 믿어지는가? 만화 캐릭터 '호빵맨'의 원작자 야나세 다카시 씨가 그 주인공이다. 야나세 씨는 디자이너, 시인 작사가, 편집자, 시나리오 작가, 무대 예술 디자이너, 일러스트레이터, 동화 작가 등 셀 수 없을 정도로 많은 일을 했다. 무슨 일이든 부탁을 받으면 해내고 마는 야나세 씨는 우연히 뮤지컬 드라마가 펑크가 나자 원래의 작가 대신 작품을 썼는데 그것이 동화책으로 나오고 호평을 받았다. 그러다 53세 때 그 후속 작품으로 〈호빵맨〉을 썼는데 편집자를 비롯해 많은 사람들에게 좋은 평을 받지 못했다. 그 당시 어린이 프로그램은 대부분 슈퍼맨이나 가면을 뒤집어쓴

영웅이 등장해 정의의 사도로 그려진 것이다. 그러나 야나세 씨는 그런 것들이 거북해 자신의 생각대로 썼는데 예상을 뒤엎고 좋은 반응을 얻었다. 그 작품을 한 방송국의 피디가 애니메이션으로 제작해 인기를 끌게 된 것이다. 야나세 씨는 현재 91세이고 호빵맨은 예상을 깨고 23년째 방송 중이란다.

야나세 씨는 할 수 없을 것 같은 일도 못 한다고 거절하지 않고 일단 도전하고 노력하면 얻을 수 있는 것이 의외로 많다고 한다. 지금까지 무슨 일이든 다 하겠다는 정신으로 죽을힘을 다해 노력했고, 그 모든 경험이 지금의 자신을 만들었다고 한다. 열심히 노력했다면 설령 실패하더라도 나중에 피가 되고 살이 된다면서 "이 일은 나랑 맞지 않아 못 해먹겠어" 하며 불평을 늘어놓는다면 평생 그 수준에 머물 수밖에 없다고 한다. 무슨 일이든 이왕 할 것이라면 힘들고 괴로워하기보다 재미있고 즐거워야 하지 않겠느냐고 반문한다.

이 책엔 88세 파일럿, 78세의 기타 장인, 83세의 수상 인명 구조원, 91세의 DJ, 103세의 성악가 등 지금도 현역으로 활발하게 활동하고 있는 초고령 프로페셔널 15명을 소개하고 있다. 오랜 시간 불황의 터널을 걸어오고 있는 일본에서 왕성한 활동을 하고 있는 그들의 비결은 무엇인가? 그들이 지금까지 오면서 만난 힘든 일들을 어떻게 극복해왔는지, 평생 직업을 선택하는 방법은 무엇인지 이 책에 나와 있다.

이분들의 나이를 보면서 나는 과연 그 나이 때에 무엇이 되어 있을지 상상해보았다. 이분들의 삶은 인생 2막을 준비하려는 내게 큰 용기로 다가왔다.

이 글은 《평생 일할 수 있는 즐거움》이 출간된 2012년도에 읽고 쓴 글이다. 올드 커피로 유명한 이치로 씨는 이 책의 한 꼭지를 장식하고 있는 '104세 커피 장인'이시다. 그리고 모리오카 씨는 자신의 확고한 신념과 멋진 아이디어로 모리오카 서점을 운영하는 서점 장인의 기질을 보여주고 있다. 그래서 이 글을 '모리오카 서점, 단 한 가지 책만'의 한 꼭지로 싣게 되었다.

## 크레용하우스 삶을 그리는 서점

어린아이가 처음 손에 쥐고 자신의 생각을 표현하는 것도 크레용이다.
자신의 생각을 그린다는 것은 자신의 삶을 그린다는 뜻으로
오치아이 게이코 씨는 서점 이름을 〈크레용하우스〉라 지었다. _ '크레용하우스'

**주소** 東京都 港区 北青山 3-8-15
**전화** 03-3406-6308
**홈페이지** www.crayhouse.co.jp
자세한 내용은 홈페이지를 참조하세요!

**#1**

# 자신의 빛깔로 인생을 그리자

오모테산도는 아름다운 가로수와 명품숍, 노천 카페로 유명한 곳이다. 그곳을 걷다보면 늘 우리말이 들릴 정도로 한국인들에게도 인기 높은 관광지이다. 하라주쿠역에서 내려 오모테산도역으로 가는 길에 그 유명한 오모테산도가 있다.

하라주쿠역 주변에는 사철 푸르름을 만끽하며 산책할 수 있는 메이지 신궁과 벚꽃 명소로 유명한 요요기 공원이 있다. 메이지 신궁은 1912년에 세상을 떠난 메이지 천황을 안치하기 위해 건립되었으며 오모테산도는 신궁 앞의 거리로 발전했다. 제2차 세계 대전 이후 미군이 요요기 공원 주변을 주둔지로 사용하기 전까지 오모테산도는 참배 길로 이용되었던 곳이다. 미군 점령 이후 하라주쿠는 국제적인 거리로 변모해갔고 이국적인 정서에 예술인들이 모여들면서 패션가로 진화했다.

이러한 역사를 담고 있는 오모테산도 안쪽으로 들어가면 매력적인 공간을 하나 만날 수 있다. 바로 '크레용하우스'이다. 물론 오모테산도역에서 내려서 가도 되지만 다케시타 도오리에 있는 시장의 활기를 느끼고 싶다면 그곳을 지나 다리를 건너서 가로수 길을 걸으며 가도 좋다. 나도 처음에는 오모테산도 역으로 해서 갔는데 그다음부터는 하라주쿠역으로 간다. 노선에 따라 오모테산도 역으로 갈 때 환승하는 경우들도 있으니 미리 살펴보고 가는 것이 좋다.

크레용하우스는 1976년에 창립되었고 그림책과 아동 서적을 판매한다. 2층은 목재 완구를 판매하는 크레용 마켓, 3층은 유기농 제품과 여성 전문 서적을 취급하는 미즈 크레용, 지하에는 오가닉 식재료를 판매하는 매장과 유기농 레스토랑이 있다. 따라서 크레용하우스가 있는 건물은 어린이 책 전문점, 여성 전문점, 그리고 유기농 전문점이 한곳에 모여 있는 복합 문화 공간이다. 이 건물에서 취급하는 상품들을 보면 생태와 생명과 사회적 약자가 그 중심에 있음을 알 수 있다. 이쯤 되면 그곳을 창시한 자가 누구인지 궁금해지지 않을 수 없다.

크레용은 가장 일반적인 색칠 도구이다. 어린아이가 처음 손에 쥐고 자신의 생각을 표현하는 것도 크레용이다. 자신의 생각을 그린다는 것은 자신의 삶을 그린다는 뜻으로 오치아이 게이코씨 씨는 서점 이름을 크레용하우스라 지었다. 미국이나 유럽의 어린이 전문 서점을 다니면서 품었던 소망을 자신의 나라에다 실현시킨 결과물이다.

게이코 씨는 일반적인 가정에서 태어나지 못했고 편모 슬하에서 자랐다. 어머니가 일을 나가면 혼자서 책을 읽고 놀면서 어렸을 때부터 사회의식을 키웠다. 그리고 성인이 되었을 때 문화방송 아나운서로 입사했다. 기자가 되고 싶었지만 여성이라는 이유로 차별을 받았다. 이것이 미즈 크레용으로 연결되었다고 추측해본다.

게이코 씨는 반핵 운동·반전 운동·차별 반대 운동을 펼치고 있다. 역사를 왜곡하는 정치인 아베 신조에게 위안부 문제를 제대로 해결하라는 발언도 하고 오키나와의 군사 기지 반대 운동에도 앞장서고 있다. 동일본 사고 이후 원

자력 발전 반대에 나서면서부터 자신의 생각과 실천을 담은 책《하늘을 찌르는 성난 머리》를 펴냈다. 어린이 전문 잡지와 여성 잡지도 꾸준히 발행해오고 있으며 저서가 100권도 넘는다.

내가 크레용하우스를 알게 된 것은 김언호의《세계서점기행》을 통해서다. 김언호 씨 역시 원자력 발전만을 추구하느라 아이들의 미래와 주민들의 인권을 침해하는 세력들에게 분노하는 사람이다. 크기와 두께와 가격이 일반 서적과 많이 차별되는 이 책에는 영국과 프랑스, 네덜란드, 노르웨이, 중국, 일본 등의 서점들과 책 마을을 소개하고 있다. 그 가운데 크레용하우스가 있었다. 그림책 서점이라는 것 때문에 관심이 갈 수밖에 없었는데 게이코 씨의 서점 설립 철학이나 인생관 등을 알고 큰 감동을 받아 서점을 방문하기에 이르렀다. 지금까지 내가 걸어온 길을 되돌아볼 때 생각을 현실로 만들어낸 일이 적었기 때문에 더 인상 깊게 다가왔다. 생명과 평화, 인권 등 사회에서 소중히 다루어져야 할 문제들을 행동으로 보여주고 있는 모습이 존경스럽다.

크레용하우스의 스태프들은 한 달에 한 번씩 '신간 회의'를 통해서 읽고 검토한 신간들을 설명하고 추천한다고 한다. 이 정도는 우리나라의 다른 서점과 크게 다르지 않다. 그런데 크레용하우스에서 매입한 책은 절대 반품하지 않는다고 한다. 좋다고 선택한 책은 책임지고 판매한다는 것이다. 반품되어 파쇄되는 책을 보면 눈물이 나기 때문이라니, 진정으로 책을 사랑하고 끝까지 책임지는 서점인의 태도를 엿볼 수 있다.

또한 게이코 씨는 스태프들에게 특정한 책을 권하지도 말고 한두 책을 집중해서 진열하지도 말라고 한단다. 이런 책 저런 책을 두루 진열해서 독자 스스로 선택하게 한다는 것이다. 게이코 씨답다. 어떤 책을 집중 판매한다는 것이 꼭 나쁜 것은 아니지만 한편으론 서점인의 편중된 가치를 판매한다고 볼 수 있다. 사는 사람의 가치나 판단을 존중한다는 의미에서 크레용하우스의 판매 방식이 인상 깊다.

우리나라도 점점 그림책 향유 세대가 확장되고 있지만 일본은 이미 그림책이 성인들에게 많은 사랑을 받고 있다. 일본은 우리나라보다 그림책의 가치를 훨씬 더 일찍 알아본 것이다. 물론 그림책의 역사도 우리보다 길다. 이런 점을 크레용하우스에서 실감하니 그 부러움은 평소보다 더 컸다.

어떤 서가에는 신문에 난 작가의 기사를 스크랩해서 저자의 책 옆에 놓아두기도 했고, 어떤 서가에는 특정 주제에 맞는 책을 진열해놓기도 하였다. 그리고 각 나라의 책들을 진열해놓은 서가도 있었다. 우리나라 책도 있었는데 그렇게 많은 양이 아니어서 아쉬움을 느끼기도 했으나 세심한 흔적은 느낄 수 있었다.

처음 이곳에 갔을 때는 1층에서 그림책을 구경하고 5권을 구입한 뒤 2층과 3층을 둘러보고 지하로 내려가 유기농 매장과 레스토랑을 눈으로만 보고 나갔다. 지상으로 올라가는 계단에는 화분들이 여럿 있었는데 한 남자 직원

이 정성을 다해 손질을 하고 있었다. 아주 작은 것까지 신경을 쓰는 모습이 크레용하우스의 진실된 모습이라 생각되었다. 꼭 판매하는 상품이 아니어도 방문하는 고객에게 즐거움을 주는 것이라면 정성을 다한다는 마음이 전해와서 나도 모르게 행복했다.

세상의 일 가운데에는 불합리한 일들이 더 많다. 힘 있는 자들의 논리에 의해 움직이기 때문이다. 그래서 약자들의 외침이 그들의 귀에까지 들어가서 사회가 바뀌기까지에는 엄청난 시간과 노력이 필요할 수밖에 없다. 그래도 오치아이 게이코 씨는 끊임없이 세상을 향해 소리치고 있고 힘이 약한 자들에게 좋은 것들을 전달하기 위해 애쓰고 있다. 좋은 그림책과 여성에 관한 책들, 친환경 제품과 유기농 제품으로 몸과 마음을 단단하게 키울 수 있는 플랫폼을 마련해주고 있으니 말이다.

실행하지 않는 '생각'은 아무런 변화를 이끌어낼 수도 없고 아무런 힘도 발휘할 수 없다. 크레용하우스에 가면 게이코 씨의 생각이 그곳에 담겨 있다는 것이 느껴진다. 꼭 거창한 것이 아니어도 내가 할 수 있는 것에서부터 조금씩 해보자는 생각을 하게 된다.

#2

## 우키요에 전문 전시관, 오타 기념 미술관

하라주쿠역에서 가까운 곳에 위치하고 있는 오타 기념 미술관에서 우키요에를 전시하고 있다고 해서 가보기로 했다. 역에서 내린 뒤 정면에 보이는 신호등을 건너 오른쪽 대로변을 잠시 따라 걷다가 왼쪽 골목으로 들어가면 어렵지 않게 찾을 수 있다. 우키요에는 책으로만 보았지 실물로는 본 적이 없어 어떤 느낌일지 궁금했다. 일반 회화 작품 전시회는 기회가 되면 가지만 우키요에는 그림의 크기나 질감 등이 어떨지 전혀 상상이 되지 않았다. 막상 가서 보니 우키요에 작품의 크기는 생각보다 훨씬 작았다. 보통 전시장에서 보는 회화 작품들과는 비교가 되지 않았다.

우키요에 판화는 브로마이드형 인쇄와 책자형 판본의 둘로 나뉜다. 책자형 인쇄는 교토에서 스미노쿠라 소앙에 의해서 시작되었다. 엠보오 시대에 처음으로 우키요에 화가 히시카와 모로노부라는 이름으로 책자형 삽화에서 감상용 브로마이드형 인쇄가 등장하였고 이어서 정치·경제의 중심지인 에도로 무대를 옮기면서 상업 출판물로 성장하고 쇠퇴했다. 상품이기 때문에 육필 우키요에와는 달리 대중의 기호에 따라야 했고, 따라서 조각·인쇄기술

'우키요'라는 말은 '떠다니는 세상의 그림'이라는 뜻이다.

도 발달하고 사용되는 안료도 진화했으며 시대에 부합하는 화가도 명멸하곤 했다.

우키요에는 모두 판화인 줄 알았더니 육필화도 있었다. 오타 기념 미술관에서 본 카즈카와 순쇼의 그림 가운데에도 육필화가 있었을지 모르지만 처음 보는 우키요에이니 전혀 알 수가 없었다. 그런데 불과 며칠 후에 닛포리의 뒷골목을 거닐다가 만난 작은 미술관에서 우키요에 전시를 보게 되었는데 거기에서 육필화 2점을 볼 수 있었다. 다른 그림들과는 달리 배경색이 진했다. 일반적으로 우키요에라고 하면 서양인이 평가한 것을 주로 따르고 있는데, 육필화는 숫자도 적고 진위의 판정이 어려워 연구가 늦어졌기 때문이란다. 정성을 다해 자신의 화필로 직접 그린 직필화는 주로 부유한 계층으로부터 의뢰를 받아 그렸으며, 한정 제작으로 아무나 살 수 없는 값비싼 것이었다 한다.

우키요에를 본 곳은 모두 작은 미술관이었다. 우키요에의 크기가 작기 때문에 큰 미술관보다는 작은 미술관이 훨씬 잘 어울린다고 생각한다. 그런데 잔뜩 기대를 하고 간 오타 기념 미술관의 카츠카와 슌쇼의 그림이 별로 마음에 와닿지 않았다. 일본의 정서와 달라서인가, 내 감성이 메말라서인가 하면서 보았는데 카츠카와의 그림은 대부분 무사도가 많아 검이 많이 등장하고 무사들의 모습도 낯설었다. 미인도나 자연 풍경이라면 좀 더 나았을지 모른다.

작은 미술관이니 관람자도 북적이지 않을 것이라 생각했다. 그런데 카츠카와의 작품을 보러 온 사람이 꽤 많았다. 일본인들은 작품 앞에 서서 캡션을 읽기도 하고 오랫동안 감상했다. 작은 스케치북 위에 그림을 따라서 그리고 있는 사람도 있었다. 1층과 지하 1층, 그리고 2층에 이르기까지 상당히 많은 작품을 전시하고 있었다. 이 미술관은 우키요에 전문 미술관으로, 약 1만 2,000여 점을 소장 전시하고 있다고 한다. 1980년에 개관했으며, 우키요에에 관한 한 독보적인 미술관이라 한다. 1층의 한쪽 면에 다다미가 깔려 있었고 신발을 벗고 가까이에서 감상할 수 있게 한 점이 특이했다.

'우키요浮世'라는 말은 '떠다니는 세상의 그림'이라는 뜻이다. 지금의 도쿄에 해당하는 에도, 오사카, 교토 등지의 이곳저곳에 퍼져 있던 현대풍의 새로운 문화들을 일컫는 말이었다. 이 말의 유래는, 똑같은 발음의 다른 말인 '우키요憂き世', 즉 '근심어린 세상'이라는 말이다. 불교의 극락정토와 대비되는 것으로서 꺼리고 멀리해야 할 근심스럽고 걱정스러운 세상이라는 개념이다.

우키요에는 주로 풍경이나 가부키 배우, 스모의 역사, 그리고 유곽의 여인들을 소재로 그렸다. 희극적인 요소가 많이 보이는데 이것이 현대에 와서 일본의 만화에 영향을 주었을 것이라고 추측한다. 남녀간의 성적인 일을 주제로 한 춘화는 대부분의 작가들이 그렸다. 춘화는 묶음으로 판매되는 경우가 많았으며, 판매 가격이 비쌌기 때문에 제작비를 많이 들일 수 있어 기술적으로도 수준이 높은 작품들이 많이 만들어졌다.

전에 책을 읽다가 반 고흐가 우키요에에 흠뻑 빠졌었다는 일화를 만났다. 그때 괜스레 시샘이 나기도 했다. 지금 생각하면 우스운 일이지만, 하필 일본 전통 그림을 좋아했나 하는 생각에 부러운 마음이 들었던 것이다. 19세기 수출한 일본 도자기의 포장지로 사용된 호쿠사이北斎의 그림이 마네·드가 등에게 큰 영향을 끼쳤고 인상파의 발단이 되었다는 이야기는 널리 알려져 있다. 우키요에가 일본에서는 하층민의 미술로 크게 대접을 받지 못했는데, 1867년 파리의 제2박람회에 출품된 이래 해외에서 높이 평가되었다.

그런데 17세기에 우리나라의 판화가 일본에 전해져 《삼강행실도》를 복각한 《화각삼강행실도》가 제작되었고, 이것이 일본 판화에 영향을 미치기도 했다니 결국 우리의 문화가 그렇게 거쳐서 간 것이 아닌가 하는 생각도 들었다. 일본은 메이지 시대에 '탈아입구'라 해서 서구 사회를 따르려고 다분히 노력했다. 문화적 바탕이 빈약했고 서양 환상이 강했던 일본인들에게 이 일은 크나큰 자부심으로 작용했을 터이다.

오타 기념 미술관은 크레용하우스를 방문하는 코스로 함께 잡으면 좋을 것이다. 하라주쿠역에서 가까운 오타 기념 미술관을 먼저 들른 뒤 서점으로 이동해도 좋고, 서점을 방문한 뒤 미술관과 젊음의 거리인 다케시타 도리를 구경해도 즐거운 관광이 될 것이다.

---

**주소** 東京都 渋谷区 神宮前 1-10-10
**전화번호** 03-5777-8600
**교통편** 原宿(하라주쿠)역 도보 5분
**홈페이지** http://www.ukiyoe-ota-muse.jp/H27ryokin.html

#3

## 세계 독립 예술인들의 축제, 도쿄 아트 북 페어

작년에 서점에 관한 책을 읽다가 '도쿄 아트 북 페어'가 해마다 열리고 있다는 사실을 알았다. 이 전시를 주최하는 독립 서점 '위트레흐트' 홈페이지에 들어가 일정을 살펴보니 추석 무렵이었다. 마침 그 기간에 일본에 가기로 했기 때문에 행사에 참여할 수 있었다. 장소는 크레용하우스와 같은 지역인 기타아오야마에 있는 교토조형예술대학이었다.

아오야마에 있는 독립 서점 위트레흐트의 미야기 후토시는 미국 유학 당시 뉴욕의 독립 서점으로 유명한 프린티드 매터에서 일했다. 도쿄로 돌아온 그는 그때의 경험을 살려 위트레흐트를 만드는 데 참여했다. 위트레흐트는 매년 도쿄 아트 북 페어를 주최해 세계 독립 출판인들을 한 공간으로 모이게 한다. 국내외 아티스트의 출판물을 만드는 발행인들에게 소통의 장을 마련해 주고 아시아 북 페어의 장이 발전하기를 바라는 마음에서이다.

'2016 도쿄 아트 북 페어'는 9월 16일(금)부터 19일(월)까지 진행되었다. 첫날 오후 3시에 오픈한다고 해서 4시경에 갔는데 평일인데도 이미 많은 사람들이 전시장을 돌아다니고 있었다. 이 전시에 응모한 작품 수가 700건 정

세계의 예술인들을 한자리에서 만나볼 수 있다는
점에서도 큰 축복이 아닐 수 없다.

도 된다 하니 각국의 창작자들에게도 지대한 관심이 있다는 것을 알 수 있다.

도쿄 아트 북 페어에 전시된 작품들은 디자인, 미술, 사진 분야의 책들이다. 기성 출판물과 달리 다양하고 기발한 아이디어로 만들어진 책들이 전시되었다. 전 세계인의 작품이니 그 작품의 다양성은 그 층위가 또 다르다고 생각한다. 문화·사회적으로 다른 사람들이 모인 장이므로 형식에서도 많은 차이가 있지만 내용 면에 있어서 비교해볼 수 있는 좋은 전시가 아닌가 생각한다. 따라서 디자인이나 예술 분야, 도서 분야의 사람들이 공부를 위해서나 아이디어를 얻기 원한다면 이런 전시장을 둘러보는 것이 좋을 것이다. 또한 창작자가 직접 판매하고 있기 때문에 제작 과정이나 내용에 대해 물어볼 수 있다는 장점도 있다.

나는 독립 출판 제작에 대한 공부를 한 지 얼마 되지 않은 데다가 이런 전시는 처음이어서 어떻게 감상해야 할지 몰랐다. 짐프리와 이후북스가 주최한

서울 진 페스티벌은 도쿄 아트 북 페어를 보고 난 다음에 갔기 때문에 아주 조금은 보는 눈이 생겨 창작자들에게 많은 질문을 하면서 다녔다. 그런데 이 전시는 그야말로 처음인 데다가 규모까지 방대해서 그저 쭉 돌아보았다는 것에 의미를 두어야 할 것 같다.

그래도 기억나는 작품은 여러 임산부의 알몸을 모델로 해서 다른 배경이나 오브제에 조합을 해서 찍거나 합성을 한 사진집, 나무를 주제로 찍은 사진집, 일반 책의 형태와는 전혀 다르게 검은 색지로 만든 아트북, 그리고 너덜너덜 누더기가 된 사진집이다. 이 가운데에서도 마지막 사진이 가장 인상 깊었는데 왜 그 당시엔 물어보지 않았을까? 혹시 동일본 대지진 속에서 꺼내온 사진은 아니었는지, 아니면 일부러 빈티지로 보이기 위해서 그랬는지 물어볼 것을……. 그때는 워낙 볼거리가 많아 생각을 못했나 보다.

일반 서점엔 비슷비슷한 책들이 있다면 이런 전시에는 각자의 가치관을 다양한 형태로 만든 책들이 있다. 우리의 생각과 삶이 그처럼 다양하다는 것을 힘주어 말하고 있는 것 같았다. 우리나라에서도 독립 서점의 원조라 할 수 있는 유어마인드에서 주최하는 '언리미티드 에디션'이 매년 가을에 열리고,

서울독립출판축제인 '서울 진 페스티벌'이 작년 10월 초에 처음으로 홍대 부근에서 열렸다. 꼭 예술 종사자나 예술에 취미를 가진 사람이 아니어도 사고의 전환이나 소소한 즐거움을 얻기 바란다면 이런 전시회로 나들이가면 좋을 것이다.

독립 출판물이라면 평범한 대중 출판을 거부하고 자신이 직접 기획과 디자인을 하고 편집도 해서 만들어낸 창작품이라는 것에 큰 의미가 있다. 그 창작품 속에는 개인의 가치관이 그대로 반영되어 있다는 것이 큰 가치이다. 물론 독립 출판물이 지나치게 개인 편향적이라는 단점이 있지만 창작욕을 최대한 발휘한 결과물이기 때문에 의외의 작품을 발견하는 기쁨을 누리기도 한다.

나는 디자이너가 그린 얇은 그림집을 두 권 사 왔다. 그리고 그들의 작품만큼이나 독특하고 멋진 명함들이 많았는데 눈에 띄는 것이 있으면 모두 가져왔다. 만약 내년에도 행사 일정과 맞으면 다시 찾아볼 생각이다. 그때는 창작자에게 궁금한 점들도 물어보고 창작 과정도 좀 들어볼 수 있지 않을까 기대해본다. 세계의 예술인들을 한자리에서 만나볼 수 있다는 점에서도 큰 축복이 아닐 수 없다.

---

교토조형예술대학(도쿄 캠퍼스)

**주소** 東京都 港区 北青山 1-7-15

**전화번호** 03-5412-6101

**가는 방법** JR소부선 시나노마치역에서부터 개찰구를 나와 좌회전, 도보 약 5분
도쿄 메트로 한조몬선·긴자선·도영 지하철 오에도선 아오야마1초메역에서부터 0번 출구, 도보 약 10분

#4

## 세상이 아름다운 까닭

곽은경 · 백창화 《누가 그들의 편에 설 것인가》, 남해의봄날

국제 재난 현장을 누비고 다니던 한비야 씨를 모르는 사람은 드물 것이다. 그의 행적을 일일이 알지는 못하더라도 어떤 위치에서 어떤 모습으로 일을 해나갔는지는 그가 써낸 책들을 통해 많이 알려졌다. 남성들도 하기 힘든 죽음과 상처의 현장을 마다하지 않고 달려가던 그의 모습은 존경스럽고 자랑스러웠다.

나는 《누가 그들의 편에 설 것인가》라는 책을 통해 우리나라의 훌륭한 국제 활동가 여성 한 명을 더 알게 됐다. 국제 사회에서는 '로렌스 곽'이라 통하며 가까운 이들에게는 영세명인 '로렌시아'로 불리는 국제 NGO 활동가 '곽은경'이 그 주인공이다. 앞서 크레용하우스의 운영자인 오치아이 게이코씨도 인권 활동가라는 것을 말했다. 인권 활동가들을 우리가 잘 알기는 쉽지 않다. 인권이라는 것이 정치와 예민하게 연관되는 일이기 때문일 것이다. 그들의 활동이 방송이나 매체에 자주 나오면 사회의 어두운 부분이나 비리가 나오게 마련인데, 이것은 결국 정치인들의 심기를 불편하게 하는 일들이 대부분일 터이다. 그래서 인권 활동가의 활동을 자주 접할 수가 없는 것이 아닌가

생각한다. 따라서 이런 책이 나온다는 것이 더 없이 반갑다.

자신의 사생활, 가족의 경조사, 우정, 사랑, 건강도 멀리한 채 사회적 부조리와 핍박받는 사람들을 위해 눈코 뜰 새 없이 바쁜 생활을 한 곽은경의 삶을 하나하나 읽어내려가다 보니 참으로 숙연해지기도 하고 가슴 한켠이 무거워지기도 했다. 겉으로 볼 때 아무리 강인한 자라도 인간은 많은 겹의 감정을 가진 존재이다. NGO 활동가로 25년 동안 활동해오면서 얼마나 외롭고 쓸쓸했을까? 아무리 높은 뜻이 있다 할지라도 고국에 대한 향수는 밀어내기 어려웠을 것이다. 친구 백창화에게 보낸 편지글을 볼 때 울컥하게 만드는 대목들이 몇 개 있었다.

> 한국에서 편지가 올 때면 나는 뛸 듯이 기뻐하고 위로도 받지만 그날은 영락없이 우는 날이기도 합니다. 많은 각오를 했고 특히 새로운 일, 새로운 세계에 대한 나 자신의 끊을 수 없는 욕구를 격려하며 이곳으로 왔지만 실로, 참으로 생각보다 힘들고 벅찬 일임을 고백하지 않을 수 없습니다. - 92쪽

한국에 있을 때 한 잡지사에서 선후배 관계로 만났던 곽은경과 백창화는 오랜 벗이 되었고 서로의 힘을 모아 이 책을 만들었다. 이 책을 만들던 백창화는 곽은경의 편지들을 다시 읽어내릴 때 여러 번 눈시울을 적셨을 것이다. 이 세상은 참으로 아이러니하다. 똑같은 사람이지만 누구는 다른 누군가를 핍박하고, 또 누군가는 그러한 사람들을 구해내려고 자신의 삶까지 던진다. 몸이 바스러지는 상황에서도 억압과 폭력, 전쟁에서 그들을 평화의 세계로 구해내기 위해 희생을 아끼지 않는다. 그러하기까지에는 얼마나 많은 아픔이 뒤따르겠는가. 온갖 만행의 현장에서 겪은 트라우마로 시달리면서도 끝내 포기하지 않고 애초에 생각했던 4년을 넘어 청춘을 인권 운동에 바친 곽은경의 삶은 숭고하기 그지없다.

1987년, 프랑스 파리에 사무실을 두고 있는 국제 가톨릭 학생 운동IMCS에서 아시아 대표로 일을 해보지 않겠느냐고 제안을 받은 곽은경은 최소한의 생활비와 활동비를 월급 대신 받으면서 가난한 국제 활동가로서 세계의 학생, 청년 대표들과 국제 교류와 연대 활동을 해왔다. 그때 나이가 스물다섯이었다. 2008년에는 제네바에 본부가 있는 팍스 로마나 사무총장이 되었는데 지금은 안식년을 맞아 스위스의 인터라켄의 자택에서 민박집 아줌마로 변신해서 살고 있다.

곽은경이 1999년에 인도를 방문했다. 그때 그가 만난 달리트 여성들의 삶은 우리가 상상하기조차 어려운 현실이었다. '달리트'는 인도의 유명한 신분제도인 카스트에서 불가촉천민이라 해서 사람 취급을 받을 수 없는 신분이다. 한 여성이 곽은경에게 어렵게 질문한 내용은 실로 충격적이었다.

"한국이나 프랑스에서도 여성들이 생리를 할 때 격리 수용하나요?"

인도의 도시에서는 그런 일이 없어졌지만 시골 마을에서는 생리를 시작하면 집에서 쫓겨나 바깥에 격리 수용되었다는 것이다. 숲이나 동굴에서 노숙하며 며칠을 지내는데 빗속을 헤매기도 하고 바위 뒤나 큰 나무 밑에서 추위에 벌벌 떨며 밤을 지새운다고 했다. 생리 기간 동안에는 부정하다고 해서 가족을 위해 밥을 지을 수도 없고, 가족과 마주 앉아 음식을 나누어 먹지도 못한단다. 밤새 숲속에서 잠 한숨 못 자고 새벽이 되면 집까지 먼 길을 걸어와 가족을 위해 청소와 빨래를 다 해놓고는 다시 일을 하러 나가야 하니 생리는 이들에게 형벌인 셈이었다. "생리를 할 때도 집에서 쫓겨나지 않았으면 좋겠어요" 하던 여성의 말이 기가 막혔다. 그래도 2007년에는 달리트 여성이 지방 정부의 수장으로 등장했다니 그동안 얼마나 많은 싸움과 희생으로 얻어낸 것일까? 참 다행이다.

달리트인이 쓴 자전적 소설《신도 버린 사람들》에서 우리가 우상으로 여기는 간디가 달리트인들에게 대한 태도가 생각 밖이어서 놀란 적이 있는데 여기에도 그 이야기가 실려 있었다. 간디와 함께 독립운동을 하던 달리트 지도자들은 카스트 제도 철폐를 내걸었지만 간디는 인도의 독립과 민주화가 우선이라며 신분제 철폐는 급한 과제가 아니라고 했다. 의견이 팽팽히 맞서자 간디는 오랜 단식 투쟁을 했고 결국 달리트 지도자들을 굴복시켰다. 그러나 독립 후에 논의하자고 했던 신분제에 대해서는 약속을 지키지 않았다. 그리하여 오늘날 달리트들이 간디를 용서하지 않고 있으며, 달리트의 지도자였던 암베드카르는 죽는 날까지 간디와 했던 협상을 후회하며 카스트 제도는 앞으로 결코 사라지지 않을 것이라고 비판했다. 법으로는 신분제가 철폐되었지만 성만 들으면 다 알 수 있는 것이기에 공공연히 차별과 멸시는 이어지고 있다는 것이다.

이 외에도 이 책에는 아프리카의 남아공이나 시에라리온, 페루, 콜롬비아 등의 가슴 아픈 이야기들이 실려 있다. 특히 콜롬비아 이야기가 가슴을 몹시 울렸다. 반군과 정부군 사이에서 고통받고 있는 원주민들을 위한 연대 활동

으로 학대와 살상의 현실을 세계에 알리기 위해 젊은 청년 지도자들을 유럽에 초청했는데 고국에 돌아가기만 하면 학살의 표적이 되어 살해당하는 일들이 벌어졌다고 한다. 그래서 파리에서 함께 활동하던 사람들은 패닉 상태에 빠졌다고도 한다.

이 책을 읽던 날, 저녁 무렵 시작해서 새벽 2시 반경에 책장을 덮었다. 읽기를 멈출 수 없게 만든 책이었다. 읽는 내내 가슴이 아리고, 무거운 돌덩이가 하나둘 들어앉는 느낌이었다. 이런 좋은 책을 만든 출판사가 남해의봄날이다. 무척이나 시적인 이름을 가진 이 출판사는 남해안의 작은 도시 통영에 있는 아주 작은 출판사이다. 지금은 좋은 책을 출판하며 단단하게 자리잡아가고 있는 봄날의책방 운영도 함께 하고 있다. 당시 책 한 권도 내지 않은 시골 출판사에 손을 내밀어준 곽은경, 역시 그는 어리고 약한 사람의 손을 잡아주는 따스하고 큰 사람이다.

만 2년 동안 수십 통의 메일을 주고받으면서 책의 방향성을 기획하고 고민하며 만든 책이란다. 그리고 서울과 파리, 인터라켄, 제네바를 오가며 함께 글을 쓴 곽은경의 친구 백창화의 힘도 아주 크다고 한다. 25년을 외국에서 생활했으니 모국어가 매끄러울 리 없는 곽은경의 글을 백창화가 다듬고 자신도 함께 글을 써서 빚어진 작품이다. 백창화 씨는 괴산의 산골 마을에서 가정식 서점 숲속작은책방의 운영자이자 책 두 권을 낸 저자이다. 역시 이 책에서도 아름다운 사람들은 씨줄과 날줄처럼 엮여 있다.

곽은경, 세상을 지탱하는 힘이다. 《누가 그들의 편에 설 것인가》는 많은 이들의 사랑을 아낌없이 받을 책이다.

## **카우북스** 소처럼 느릿느릿

그 소는 큰 눈을 끔벅거리며 먼 산을 바라보고 있는 듯하다.
'카우북스'를 대표하는 마스코트이다.
소처럼 느릿느릿 쉬어가며 새로운 아이디어를 얻고 가라는 의미에서
그렇게 이름을 지었다 한다. _**'카우북스'**

**주소** 東京都 目黒区 青葉台 1-14-11
**전화** 03-5459-1747
**홈페이지** www.cowbooks.jp
자세한 내용은 홈페이지를 참조하세요!

#1

# 소처럼 느리게

나카메구로역에서 내려 다리를 건넌 뒤 메구로가와를 따라 걷다 보면 젖소 조형물을 만난다. 그 소는 큰 눈을 끔벅거리며 먼 산을 바라보고 있는 듯하다. '카우북스'를 대표하는 마스코트이다. 소처럼 느릿느릿 쉬어가며 새로운 아이디어를 얻고 가라는 의미에서 그렇게 이름을 지었다 한다. 소는 화가 났을 때 말고는 언제나 그렇듯이 묵직한 걸음으로 뚜벅뚜벅 걸어가는 존재이니, 서점의 위치와 분위기에 잘 어울린다 생각되었다.

강변길과 조용한 주택가에 위치해 있어서 문을 열고 들어서는 것이 사뭇 조심스러웠다. 서점 내에는 서점 관계자 세 명을 제외하고 손님은 아무도 없어 민망스럽기까지 했다. 여성 두 명과 중년 남성이 있었는데 남성은 잠시 후 밖으로 나갔다. 나중에 보니 서점 앞 강변길의 의자에 앉아 있었다.

그래도 들어갔으니, 나는 왼쪽부터 훑으며 눈에 띄는 책들을 꺼내서 보다가 꽂기를 반복했다. 그러다가 반대편의 끝 부분에서 그림책 비슷한 책을 하나 꺼냈다. 그즈음 우리나라에서든 일본에서든 그림책을 많이 사는 중이었다. 일본 전통 옷 기모노를 입은 어린 남매와 전원의 평화로운 풍경이 많이 그려져 있는 책이었다. 그런데 한 여성이 밖으로 나가더니 아주 두껍고 큰 책을 가져와 보여주었다. 같은 저자의 도록이었다. 내가 보고 있던 책보다 훨씬 작은 문고판도 하나 가져다주었다. 모두 같은 화가의 그림이 실려 있었는데 그림 옆에 글도 실려 있었다. 화가는 1970년대 활동한 다니우치 씨로 그의 그림이 일본인들한테 많은 사랑을 받았다고 직원이 설명해주었다. 결국 나는 그 책 세 권을 샀다. 헌책이었지만 가격은 인쇄되어 있는 것보다 더 높게 지불했다. 귀한 책들은 헌책이어도 더 비싼 경우가 많다.

작은 서점들은 들어서는 것이 쉽지 않다. 어차피 나는 작은 서점에 가면 책을 꼭 사오는 편이지만 모든 서점이 대형 서점처럼 편하게 가서 읽고 나올 수는 없다. 미묘하게 카우북스에 갔을 때 그 작은 공간 안에 흐르고 있는 기류가 편하지 않았다. 점원과 너무 가까이 있었고 나밖에 없었기 때문이다. 그래서인지 그들은 내가 들어왔을 때 인사를 한 뒤 가만히 내버려두었다. 전혀 나를 신경 안 쓰는 것처럼 보였는데 밖에서 같은 사람의 책을 가져다주는 것을 보고는 내심 놀랐다. 안 보는 척하면서 어떤 책에 흥미를 보이는지 다 보고 있다가 척 대령해서 사게 만들었으니, 그들의 조용한 판매 테크닉에 놀란 것이다.

전광판에는 문구가 흘러가고 있었다. 어느 책에선가 인용한 문구라는데 광화문 거리의 교보문고 전광판을 생각나게 했다.

'카우북스 나카메구로'는 빈티지 서점으로 1960년대 후반에서 1970년대 중반에 발행된 에세이, 미술 서적, 요리 서적, 아동서, 잡지, 사진집 등을 주로 취급한다. 책 이외에 가방, 티셔츠, 엽서 등 카우북스 브랜드 상품도 판매한다.

카우북스의 시초는 마쓰우라 야타로 씨가 일본에서 처음 선보인 '이동 중고 서점'이었다. 야타로 씨는 도쿄 시내가 아닌 북쪽으로는 센다이, 남쪽으로는 오사카까지 2톤 트럭에 책을 싣고 대여섯 시간을 운전해서 다녔다고 한다. 외지로 나가게 되면 이틀 동안 이동 서점을 열었다 돌아온다. 이곳에 서점을 연 뒤 아직까지도 이 일을 계속하고 있다고 한다. 이동 서점의 출발점이었기 때문에 그 일을 그만둘 수가 없다니 그의 뚝심이 꼭 소를 닮은 것 같다.

카우북스는 《생활수첩》의 편집장이자 문필가인 마쓰우라 야타로 씨와 패션 브랜드 제너럴 리서치의 고바야시 세츠마사 대표 두 사람이 2002년에 설

립했다. 서점에는 약 2,000권의 책이 진열되어 있다. 예전에는 서양 서적과 미술 잡지, 사진집을 주로 취급했지만 점차 읽을 거리가 늘어나면서 요즘은 여성 작가의 에세이도 많아졌다. 창업자인 마쓰우라 씨와 직원들이 하나하나 의논해가며 책을 선정한다.

이 책방의 점장 요시다 시게루 씨는 '공간'을 특히 중시한다. 공공장소인 서점은 책을 좋아하는 사람이 느긋하게 즐기다 가는 놀이터이자 지역 주민들이 자연스럽게 모이는 장소라고 여긴다. 그래서 그 역할에 충실해야 한다고 생각한다.

내가 사 온 책 세 권. 한 권은 시집에 다니우찌 씨가 그림을 그렸고, 두 권은 그림집이다. 상상력이 뛰어난 화가의 그림을 보며 굳어져가는 뇌를 깨워야겠다고 생각했다.

카우북스 나카메구로는 메구로가와와 더없이 잘 어울리는 서점이다. 메구로가와가 주는 고즈넉함처럼 아직도 긴 여운이 남아 있다. 잔잔한 강물이 흐르듯 내 마음에 작은 물길 만들어주었다.

#2

# 도쿄 속 작은 유럽, 에비스 가든 플레이스

나는 아직 술맛을 잘 모른다. 맥주는 여성들도 큰 부담 없이 마실 수 있는 술인데도 각기 다른 맛을 가려낼 재간도 없다. 그런데 일본에 있다가 한국에서 온 지인들과 맥주를 마시게 되면 여성들도 맛이 다르다고들 한다. 그 가운데 에비스 맥주가 맛있다고 여러 번 강조하는 여성도 있었다.

'에비스 가든 플레이스'를 만나게 된 것은 아주 우연이었다. 2년 전 카우북스가 있는 다이칸야마에서 한 정거장만 가면 있는 '도쿄도사진미술관'을 방문하러 간 적이 있다. 그런데 2년 동안 리모델링을 한다고 문이 닫혀 있었다. 아쉬운 마음으로 되돌아오다가 이국적인 건물에 이끌려 걸어갔더니 그곳은 마치 딴 세상과도 같았다.

유럽식 건물처럼 생긴 첫 번째 건물을 보니 에비스 가든 플레이스라 씌어 있었다. 그리고 독특한 건물들이 한곳에 있었다. '에비스 가든 플레이스' 바로 옆에 '비어 스테이션'이라는 건물이 있었고 이 맞은편에는 '미쓰코시 백화점'이 있었다. 그리고 중앙은 계단을 내려서 가도록 되어 있었는데, 가운데에는 레드 카펫이 깔려 있었고 양옆에는 가로수처럼 나무들이 서 있었다. 다양

한 이벤트가 열리는 센터 광장이었다.

이 센터 광장을 앞에 두고 서면 정면에 유럽풍의 멋진 3층 건물과 마주한다. 도쿄에는 서구식 건물이 적지 않지만 멋진 외양을 하고 있는 그 건물이 도대체 무엇인지 궁금해 걸음을 재촉해서 가보았다. 레스토랑이었다. 밖에 안내되어 있는 메뉴를 보니 런치 메뉴가 일반 가격보다 적게는 3배, 많게는 7배 정도나 차이가 났다. 그런데 이 레스토랑을 운영하는 요리사 조엘 로뷔숑은 미슐랭으로부터 별을 24개나 받았으며 백 년에 한 번 나올까 말까 하는 인물이란다. 건물은 그처럼 훌륭한 요리사에 어울릴 만한 위용을 가지고 있다.

원래 '에비스'는 여러 종교가 뒤섞여 만들어진 칠복신 가운데 하나로 상업이 번성하기 시작한 뒤에 시장의 신이자 복의 신으로 섬겨지기 시작했다고 한다. 1887년 일본 맥주 양조회사는 한적한 농촌 지역이었던 이곳에다 독일에서 옮겨온 듯한 벽돌 건물을 짓고 에비스 맥주를 제조하기 시작했다고 한다. 이후 청일전쟁 등 호기를 타며 공장 규모가 커지고 맥주를 운송하기 위한 철도가 놓이면서 상품 이름이었던 에비스가 역 이름인 동시에 지역 이름이

되었다 한다 에비스가 맥주 이름에서 비롯되었다는 것을 이때 처음 알았다. 에비스 맥주와 에비스 역은 전혀 별개인 줄 알았다.

에비스 가든 플레이스는 삿포로 맥주의 에비스 공장 부지를 치바로 이전하고 재개발해 만든 복합 시설 단지이다. 약 3년에 걸친 공사 끝에 1994년에 탄생했다. 이곳은  인공 정원과 백화점, 호텔 등이 있어서 일본 젊은이들도 많이 찾고 해외 관광객들에게 많은 인기가 있다. 특히 일본판 〈꽃보다 남자〉의 배경지로도 유명하고, 한국의 젊은 여행객들도 많이 찾는다.

삿포로 빌딩 지하에 있는 '에비스 맥주 기념관'은 관광객들에게 많은 인기가 있다고 한다. 김영하는 《여행자 도쿄》에서 "맥주는 누구나 사 마실 수 있는 서민의 술이지만 그것을 만드는 회사는 장인의 경지에 도달해야 한다는 것을 이 기념관에서 보여준다"라고 말하고 있다. 기념관에는 맥주의 발효 기계와 맥주 공정에 대해서도 소개하고 맥주에 관한 많은 자료들을 전시하고 있다고 한다. 그리고 무료 시음도 할 수 있다고 하니 맥주를 사랑하는 사람이라면 꼭 들러서 체험을 하면 좋을 것이다.

무엇보다도 그곳에 있는 건물들이 색달라서 사진 찍는 데에 시간을 많이 보냈다. 두어 시간 머물렀는데 나뿐만이 아니고 외국인 관광객들이 연신 셔터를 눌렀다. 레스토랑 앞에서는 중국인으로 보이는 한 커플이 여러 포즈를

취하면서 사진을 찍었다. 건물들 가까이 가면 워낙 독특하고 각이 진 건물들이 있어서 햇빛이 만들어내는 명암으로 사진 찍기가 여간 즐거운 게 아니었다. 그곳을 잘 모르는 사람이 사진을 보면 분명 유럽의 어느 한 나라일 것이라고 말할 것이다. 도쿄에 있으면 도쿄다운 것이 더 의미가 있겠으나 서구의 모습을 좇고자 하는 모습도 도쿄의 아이덴티티가 아닐까 생각해본다.

터널 같은 지붕을 하고 있는 센터 광장에서는 다양한 이벤트와 전시가 열린다. 크리스마스 때에는 화려한 조명으로 멋진 야경을 연출하기도 했다. 하지만 이 복합 단지는 특별히 크리스마스가 아니어도 야경이 아름답다.

에비스 가든 플레이스의 복합 타운에 가면 맘껏 사진을 찍는 시간을 가져보고, 바로 옆에 있는 도쿄도사진미술관에도 들르면 좋을 것이다. 이곳에 가면 일본은 물론 전 세계적으로 유명한 사진 작가들의 작품을 감상할 수 있는데 사진이나 영상 표현을 전문으로하는 미술관 중에서 가장 큰 규모라 한다. 평소 쉽게 접할 수 없는 거장들의 사진전과 화제가 되고 있는 젊은 작가들의

기획전 등을 한번에 둘러볼 수 있는 곳이라 하니 사진 애호가들에게 좋은 기회가 될 것이다. 카우북스를 찾는 사람이라면 예술 분야에 대해서 관심이 높을 것이기 때문에 이곳을 찾는 것이 자연스러운 동선일 것으로 예상이 된다.

---

**가는 방법**

'에비스 가든 플레이스'는 JR 야마노테선을 타고 에비스역에서 하차 후에 동쪽 출구를 나와 오른쪽에 있는 '에비스 스카이 워크'를 타고 7분 정도 간다.

#3

# 라이프 스타일을 팔아라, 츠타야

카우북스를 방문했다면 다이칸야마의 '츠타야'를 돌아보는 행운도 놓치지 않기를 바란다. 츠타야는 워낙 유명해서 도쿄 여행자라면 많이 들르는 곳 중 하나라고 생각한다. 우리나라의 서점들이 벤치마킹도 많이 하고 문화 관계자들도 답사를 많이 가는 곳으로 알고 있다. 또한 카우북스에서 그리 멀지 않은 곳에 위치하고 있어서 걸어갈 수 있는 거리이다. 다이칸야마역에서 내려서 츠타야를 먼저 둘러본 뒤 카우북스가 있는 메구로 강 쪽으로 가도 된다. 다이칸야마에는 고급 주택과 멋진 건물들이 많아서 그것들을 구경하는 재미도 크다. 또한 세련되고 감각적인 물건을 판매하는 가게들이 많아서 도쿄의 트렌드도 살펴볼 수 있는 곳이다.

츠타야는 카우북스와 사뭇 다르다. 어쩌면 극과 극의 분위기라 해도 틀린 말이 아닐 것이다. 고즈넉한 강가의 주택가에 자리하고 있는 카우북스는 규모에 있어서도 츠타야와는 비교가 안 될 정도로 작으며 아날로그 분위기가 가득하다. 반면 츠타야는 많은 사람들과 관광객들이 드나드는 곳으로서 서점 내에 스타벅스와 레스토랑도 있다. 부지는 4,000평 정도에 이른다. 세 개의 건물로 이루어져 있는데 건물의 가장자리를 미묘하게 어긋나도록 해서 전체적인 모습을 볼 수도 없고 촬영도 할 수 없다. 그곳을 찾는 사람들의 눈에는 늘 한 부분밖에 안 보이는 것이다. 그렇게 배치한 이유가 있다. 서점의 디자인을 맡은 '클라인 다이섬 아키텍처'는 그 공간을 휴먼 스케일[4]로 만들었다. 건물과 건물과의 거리, 그곳에 들어오는 햇살과 그늘의 조화 등을 고려한 적합한 위치를 찾아내어 방문자에게 풍경을 잘 느끼고 감상할 수 있게 만들었다. 매장 곳곳에는 라운지가 설치되어 거의 매일 그곳에 찾아와 일을 하는 사람도 많다고 한다. 서점의 운영주인 마스다 무네아키는 그곳이 방문자들에게 창조성을 자극하는 공간이라고 본다. 실제로 츠타야에 가보면 휴먼 스케일에 맞추어져 있다는 느낌을 지울 수 없다. 공간은 너무 크지도 작지도 않게 1호관, 2호관, 3호관으로 나누어 각 분야별로 상품들을 진열해놓았다. 그리고 햇빛이 비쳐드는 창가의 테이블에 앉은 사람들이 책을 읽거나 노트북으로 작업하고 있는 모습은 평화로움 그 자체였다.

2011년 말 개점한 츠타야는 'T-SITE'라는 이름으로, 마스다 무네아키의 철학이 담긴 건물이다. 건물은 일본인들의 오랜 정신문화의 본산인 신사나 절을 상징하고 있다. T-SITE의 중심지는 참배하기 위해 마련한 산도라 할 수 있다. 그리고 신사나 절의 본당에 해당하는 것은 책이나 영화, 음악 등의 '문화'다. 즉 츠타야는 가장 일본적인 서점을 만들어서 일본을 방문하는 외국인들에게 일본의 문화를 소개하는 장소로 만들고 싶어 한 마스다 씨의 소망과 철학을 담은 집결체인 것이다. 마스다 씨는 자신이 운영하는 '컬처 컨비니언스 클럽CCC' 사원들에게 '세계 최초'를 지향하지 말고 '고객 가치 최대화'를 지향하라고 말한단다. 이것을 달리 말하면 '라이프 스타일 제안'이

4) 휴먼스케일: 인간의 체격을 기준으로 한 척도로서 인간의 자세, 동작, 감각에 입각한 단위

세계의 예술인들을 한자리에서 만나볼 수 있다는
점에서도 큰 축복이 아닐 수 없다.

다. 일본 거리를 다니다 보면 '츠타야'를 자주 마주칠 수 있다. 내가 일본에 가면 머무르는 이케부쿠로에도 '츠타야'가 있어서 들어가보았는데 엄청난 양의 DVD를 렌탈하고 있었다. 지난 30여 년간 운영해온 츠타야의 상품은 주로 CD나 DVD, 또는 책이나 잡지였다. 하지만 마스다는 자신의 회사는 눈에 보이는 단순한 상품을 판 것이 아니라 상품의 내면에 녹아 있는 '라이프스타일'을 고객에게 제공한 것이라고 말한다. "서점은 서적을 판매하기 때문에 안 된다"라는 그의 글을 읽었을 때 강타를 맞은 느낌이었다. 출판계가 불황인 시대에 츠타야의 성장 이유가 한마디로 설명되는 부분이었다. '활자 이탈'이 된 이 시대에 팔아야 하는 것은 서적 자체만이 아니라 그 안에 들어 있는 '풍부한 제안'이었음을 그가 날카롭게 본 것이다. 마스다 무네아키에 의하면 츠타야는 제안덩어리이다. 지적 탐구심이 왕성한 단카이 세대[5]를 핵심 고

5) 1947년에서 1949년 사이에 태어난 일본의 베이비 붐 세대. 1970년대와 1980년대 일본의 고도성장

객으로 가정해 취미 본위의 학문이나 예술을 자극하는 상품을 제안하기로 했다. 진열은 책의 형태가 아니라 문맥 진열 방식을 따랐다. 여행, 음식과 요리, 인문과 문학, 디자인과 건축, 아트, 자동차 등으로 장르에 따라 구분해놓았고 이 안에서도 내용이 가까운 것들끼리 횡단적으로 진열했다. 영업 시간도 밤 10시까지로 늘렸는데 이익 때문도, 노력하는 모습을 어필하기 위해서도 아닌 고객 가치를 높이기 위해서이다.

일본 서적을 즐길 수 있을 만큼 일본어가 능숙하다면 츠타야에서 하루 종일 놀면 행복할 것 같았다. 나무 풍경을 배경 삼아 햇살이 한가로운 창가의 테이블에 앉아 책을 읽다가, 배가 고프면 2호관 2층에 있는 레스토랑 '안진 Anjin'에 가서 점심을 먹으며 안락한 시간을 즐기는 것이다. 2호관의 2층이 모두 레스토랑 공간인데, 사방을 책으로 꾸민 것이 인상적이다. 식사를 하면서 안진이 뭘까 궁금했는데 에도 시대에 도쿠가와 가에서 일을 한 항해사로서

---

을 이끌어낸 거대 인구 집단으로서 항상 사회 전반에 새로운 현상을 일으키며 커다란 영향력을 미쳤다. 이들의 성장기에는 교실 증축 붐과 입시 지옥이 생겼고, 젊은 시절에는 청바지, 운동화, 패스트푸드가 문화 코드가 되었다. 이들이 가정을 이룰 때에는 '뉴 패밀리'라는 신조어가 생겨났는데 단카이세대에 들어 가부장적 문화에서 탈피한 민주적 가정 문화가 자리 잡기 시작했으며, 가정용 승용차 시장이 급속히 확대되었다. 사십대에 이르러서는 주택 붐이 일었다. _출처: 두산백과

'파란 눈의 사무라이'라 불렸다고 한다. 새 문물을 전해주었던 그처럼 새로운 문화의 분위기를 느끼도록 많은 사람을 모이게 하는 것이 안진이 지향하는 바라고 한다.

아이들과 함께 와서 식사를 하는 가족을 보니 책이 있는 공간에서 주말의 여유를 부려도 좋겠다는 생각이 들었다. 3호관에서 아이들과 그림책을 함께 보고 왔을지도 모르고 각자 자신들이 좋아하는 서가에 머물다가 서로 약속한 시간에 맞춰 레스토랑에서 만난 것일 수도 있다. 하루 종일 있어도 불편할 게 없을 것 같은 츠타야는 가족들이 추억을 공유하는 공간이 될 수밖에 없겠다 싶었다. 물론 츠타야가 너무 상업적으로 보일 수도 있다. 그러나 각 구간마다 제안한 라이프 스타일을 최대한 즐긴다고 하면 다르게 생각될 수도 있다. '영화를 즐긴다', '집에서의 생활을 즐긴다', '소통을 창출한다' 등의 제안을 말이다. 무너지고 침체되는 서점 현황의 분위기에서도 계속 성장하고 있다는 것을 보면 고객이 원하는 것이 무엇인지 그 가치를 잘 헤아리고 있다는 생각이 안 들 수가 없다.

## #4

# 예술은 어떻게 치유하는가

알랭 드 보통 《영혼의 미술관》, 문학동네

칸딘스키의 이론처럼, 작가가 자신의 내면과 감정을 깊이 탐구해서 훌륭한 작품을 내놓았다면 이제 감상자의 차례여야 한다. 그렇다면 감상하는 우리가 그런 작품을 보았을 때 작가의 고유한 영혼과 만날 수 있어야 하는데 그것이 왜 매번 일어나지 않는 것일까? 전시장에 가서 작품 앞에 섰을 때 강하게 끌리는 작품이 있는가 하면 아무런 감정이 일지 않는 경우도 적지 않다. 후자의 경우 난감하기도 하고 작품 감상이 지루하기도 하다. 그렇다면 이것은 누구의 잘못인가?

《영혼의 미술관》의 저자 알랭 드 보통도 이러한 현상을 지적한다. 명성이 자자한 전시회를 찾았던 사람들이 그 문을 나서며 자신의 무능함을 탓하고, 이해력 부족과 감성적 수용 능력의 부족을 자책한다고 말이다.

전시장을 찾은 사람 가운데 이런 경험을 한 이가 결코 적지 않으리라 생각한다. 그러나 알랭 드 보통은 이 잘못이 개인에게 있지 않다고 말한다. 문제는 예술을 가르치고, 팔고, 보여주는 주류 예술계의 방식에 있다고 한다. 20세기가 시작된 이래 인간과 예술의 관계는 어떻게 변화해왔을까? 그에 의하

면 '예술은 무엇을 위해 존재하는가?'라는 질문에 대답하기를 근본적으로 꺼리는 제도의 소극성으로 말미암아 꾸준히 약화되어왔다고 한다. 그리고 예술의 존재 이유를 묻는 행위는 아주 부당하게도 조급하고, 불합리하고 다소 무례하다고 여겨지게 되었다는 것이다.

그리고 현대 예술계에 대한 현주소를 신랄하게 말해주는 부분도 있었다. 작품의 명성과 개인의 영혼을 움직이는 힘 사이에는 위에서 말한 것처럼 간극이 있을 수 있다. 보통에 의하면 '걸작'이 여러 면에서 우리의 내적 필요와 단절되어 있기 때문이라고 하는데, 걸작과 예술가의 목록이 실제로 우리 삶에서 벌어지는 상황에 맞춰진 것이 아니라는 것이다. 훌륭한 예술이 무엇인가라는 개념은 후원, 이데올로기, 돈, 교육이 뒤얽힌 복잡한 체계에 대학 교육과 박물관의 지원 사격이 더해진 결과라는 것이다.

그리고 이 모든 요소가 예술 작품의 무엇이 특별히 주목할 만한 가치가 있는지에 대한 우리의 생각을 좌우하게 된다는 것이다. 정리해보면 결국 자본주의 사회에서는 기득권층에 의해 예술이 움직이며, 그에 따라 우리들도 그것을 상식으로 받아들여간다는 이야기다. 그러함에도 이 책에서는 예술이 관람자를 인도하고, 독려하고, 위로하며, 보다 나은 존재 형태가 되도록 이끌 수 있는 치유 매개라고 말한다. 그렇다면 예술은 우리를 어떻게 치유하는가? 알랭 드 보통은 이 책에서 자신이 직접 엄선한 예술 작품 140여 점을 통해 우리를 해답으로 인도해준다.

알랭 드 보통에 의하면 예술은 선한 도구로서 안전하다. 그렇다면 그 선한 도구를 어디에 어떻게 사용하면 좋을까? 이 책에서는 예술이 일곱 가지 기능을 한다고 소개한다. 그것은 '기억, 희망, 슬픔, 균형 회복, 자기 이해, 성장, 감상'이다. 풀어 쓰면, 예술은 기념하고, 희망을 주고, 고통에 존엄하게 공감하도록 하고, 균형 회복과 길잡이 역할을 하며, 자기 이해와 소통을 돕는다.

그리고 감상을 고취하고 그 지평을 넓혀준다. 굳이 그의 설명을 듣지 않아도 우리도 예술이 심리 치료에 많이 차용되고 감상자에게 새로운 아이디어를 제공해준다는 사실 정도는 안다. 그림을 통해 힘든 삶을 견디고 희망과 꿈을 찾는 사람들도 종종 본다.

행복은 우리 자신과 멀리 떨어져 있다고 생각하는 경우가 많다. 지금, 여기에서 행복을 찾고 있는 사람들은 대부분 삶의 경험이 축적된 사람들에게 해당될 것이다. 알랭 드 보통의 말처럼 화려함은 모르는 사람의 집이나 잡지에 나온 파티, 또는 돈과 인기를 거머쥐는 재능이 뛰어난 사람들의 삶에 있다고 생각한다. 이것은 미디어에 의해 많이 노출되어 각인된 이미지로 현재의 삶에 만족하기 어렵도록 한다.

삶에 만족하려면 우리들이 늘 접하는 일상에서 가치를 찾으면 된다. 그 하나의 방법으로서 예술이 있다. 예술에는 파악하기 어려운 일상의 진정한 가치에 경의를 표하는 힘이 있기 때문이다. 예를 들면 지나치기 쉬운 채소나 공원의 의자, 아니면 시든 잎사귀에서도 가치를 발견하게 해준다. 알랭 드 보통은 어떤 것의 정신이 우리에게 깊이 각인되려면 그것을 꾸준히 반복해서 보아야 한다고 조언한다. 유치원에 갈 때, 저녁에 집에 올 때, 신호등이 켜질 때, 저녁을 준비할 때 그 정신과 접촉하라는 것이다. 1년에 한두 번 미술관을 찾는 것으로는 예술이 약속하는 근원적인 충족을 얻기에 부족하다.

보통은 어떻게 하면 예술을 관람객의 심리적 약점과 보다 긴밀히 연결시킬 수 있을지 연구해야 한다고 말한다. 예술이 어떻게 상심한 마음을 위로하는지, 어떻게 성공적인 인생의 올바른 이상을 제시하는지, 어떻게 우리가 자신을 이해하도록 돕는지 등을 분석해야 한다고 강조한다.

예술에 매혹된 사람들은 종종 예술가나 학계 연구자가 되지만, 사업, 채용 및 구직 상담, 정부, 데이트 주선, 광고, 부부 심리 치료 등의 분야에서 일할 수도 있다고 한다. 또한 알랭 드 보통은 좋은 인간관계, 격조 있는 도시, 금전적 만족도도 높을 뿐 아니라 존경받을 만하고 감성적으로 만족스러운 일, 그것이 진정한 예술 작품이라고 한다. 그러나 그가 결론에 이르러 한 말이 이 책에서 말하는 최고의 결정체이다. 예술을 사랑하는 사람의 궁극적 목표는 예술 작품이 덜 필요해지는 세계를 건설하는 것이어야 한다는 것!

예술이 많이 필요한 사회는 그만큼 현실이 힘든 사회이기 때문이다. 예술이 치유의 매개로서 필요하지 않는 세상은 예술의 가치들을 굳이 세속에서 실현시키지 않아도 되는 것이다. 다양한 방면으로 종횡무진하는 능력을 가진 알랭 드 보통이 말하는 예술의 방법론, 역시 기대를 저버리지 않았다. 어느 문학 작품에든 그의 철학적 깊이가 담겨 있기 마련인데 이 책에서도 그것을 확인할 수 있었다.

《영혼의 미술관》에서는 복잡한 삶에서 우리 자신을 건강하게 만들어가는 방법, 그리고 우리가 예술과 좋은 관계를 맺는 법 등을 작가가 깊은 통찰력으로 말해주고 있다. 칸딘스키의 《예술에서의 정신적인 것에 대하여》 다음으로 읽어서 그 흐름이 괜찮았다. 책도 A4용지에 가까운 크기여서 그림 감상하기에도 좋다. 그림에 관심이 많고 지친 영혼을 달래고 싶은 사람은 글과 함께 그림을 감상해도 좋겠다.

고즈넉한 메구로가와의 거리, 잔잔히 흘러나오던 서점 안의 음악, 조용하고 깔끔한 매장에 유유히 흐르던 전광판, 서가에 꽂혀 있는 여러 예술서 등의 이미지가 긴 여운으로 남게 된 카우북스는 나카메구로 주민들에게 '영혼의 미술관'이 아닐까 하는 생각이 들게 했다.